황제의 외동딸

* 이 책은 ㈜디앤씨미디어가 저작권자와의 계약에 따라 발행한 것으로 저작권법의 보호를 받는 저작물입니다. 본 서의 내용을 무단 전재 및 무단 복제하는 것을 금합니다.
* 작가와의 협의에 의해 인지는 생략합니다.

황제의 외동딸

2

윤슬 장편소설

파피루스

1. How blessed I am! · 9

— End. Perdel · 143

2. I'll hold on · 155

— End. Serira · 231

3. Take me into your world · 243

— End. Assisi · 341

Arca I · 351

1. How blessed I am!

1. How blessed I am!

그다음 날은 공교롭게도 페르델과 시르비아의 결혼식이었다. 근처의 다른 성에서 치러진 결혼식은 다행히 나도 참석해서 지켜볼 수 있었다. 페르델은 둘째 치고, 하얀 웨딩드레스를 입고 순백의 신부가 된 시르비아는 정말 이루 말할 수 없이 아름다웠다. 나도 나중에 크면 저런 신부가 되고 싶다고 생각할 정도로. 문득 등 뒤에서 하얀 날개가 돋아 나올 것 같은 착각이 들 정도였다. 하, 진짜 예쁘다.

그 이후 이루어진 연회에서 입고 나온 분홍색 원피스도 시르비아의 머리색이랑 잘 어울려서 정말 예뻤다. 그런데 정작 문제는 그다음에 터졌으니, 나는 정말 경악을 금치 못했다.

"죽고 싶은 거지?"

살벌한 기세로 카이텔이 노려본다. 페르델은 그저 빙그레 미소를 짓고 있었다.

"뭐가?"

어깨를 으쓱이며 뭘 그러냐는 듯 페르델이 웃는다. 우와, 얄미워. 카이텔은 정말 죽일 기세로 어느새 칼까지 소환해서 페르델의 목에 들이밀고 있었다.

허나 전과 상황이 좀 많이 다르다. 여유만만하게 올려다보는 페르델은 어째 이번에 카이텔에게 제대로 엿을 먹인 것 같았다.

"아, 베리타 궁으로 신혼여행 온 거?"

다 알면서 그러지 마라, 너. 나는 조용히 한숨을 내쉬었다. 정말 목숨이 열 개라도 되는지 카이텔 앞에서 행동하는 게 가관이다. 이미 카이텔의 이마엔 혈관이 도드라지게 튀어나와 있었다.

으아아, 무서워.

나를 안고 선 시르비아도 못 말린다는 듯 고개를 내저었다.

그랬다. 바로 시르비아가 내건 조건인 '누구도 가 본 적 없는 신혼여행 장소'는 바로 황궁이었다. 그것도 황궁 내에서도 가장 풍경이 좋다는 베리타 궁. 보통은 간간이 오는 국빈들한테 내주는 궁이었다.

"잘 알아보지도 않고 사인한 건 너잖아. 안 그래?"

이래서 약관은 꼼꼼히 읽어 보고 동의를 해야 한다는 건가. 계약서에 사인 함부로 하면 안 된다는 것도, 아니, 그냥 사인은 조심조심하는 게 좋은 모양이었다. 난데없는 교훈에 고개를 끄덕이고 있는데, 내 시야에 들어온 카이텔의 손이 부르르 떤다. 죽이고 싶어서 안달난 몸짓이었다.

"시르!"

"어머, 귀여워라."

당연히 나는 귀엽지. 아니, 이게 아니라 네 남편 좀 말려 봐, 시르비아. 저렇게 나대다가 우리 애비 손에 죽겠다. 허나 시르비아는 무사태평했다. 나를 꼭 껴안은 채 내 귀여움만 찬양하고 있다. 너도 내 광신도니? 어째 좀 무섭다.
내 귀여움은 이성까지 마비시킬 정도란 말인가.
아, 내가 뭐래.
"내 궁에서 꺼져."
낮게 깔린 저음이 제법 음험하다. 소름이 등을 타고 올라오는 느낌이었다. 으아아, 살벌해! 내가 다 살얼음판을 걷는 기분이다. 그러나 막상 그 카이텔을 상대 중인 페르델은 제가 앉은 소파에서 늘어진 자세로 방긋방긋 웃었다. 턱을 괸 채로 어째 그의 얼굴은 한층 더 나른한 표정이었다.
"어허, 이미 네 허락은 처리된 지 오래인데, 이거 왜 이래? 난 정당하게 이 궁에 열흘 동안 묶는 국빈이야."
"닥쳐. 네가 무슨 국빈이야."
"이 나라 재상이잖아. 국빈이지."
어이구, 어깨 으쓱이는 거 봐라. 얄미워서 한 대 때려 주고 싶네. 이 생각은 우리 애비도 동일한 모양이었다.
"그럼 재상에서 꺼져."
험악한 어조로 씹어 뱉듯 내뱉은 말에 나는 두 눈을 동그랗게 떴다. 어라, 잠깐, 카이텔아, 그럼 그건 페르델을 자르겠다는 말이니? 이런 식으로 잘라 버려도 돼? 재상인데?!
한데 자기를 자르겠단 상관의 말에도 어째 페르델은 여유 만만했다. 뭐야, 너? 뭐길래 이렇게 여유로워? 불길한 시선으로 눈동자만 굴리는데, 그 순간 도리어 제 앞의 카이텔을 비웃으며 페르델이 싱긋 웃었다.

"과연 나 없이 한시도 버틸 수 있을까, 네가?"

그 말이 계기였다. 순식간에 소환된 검이 언제 소환된 건지 모를 정도로 빠르게 그어진다. 내 눈앞에서 또 살인이! 반사적으로 두 눈을 꼭 감았다. 그리고 시르비아의 품으로 코를 묻었는데, 이상하게 시르비아에게서 오는 반응이 범상치 않았다.

잠깐, 너 괜찮은 거야?

멍청하게 바로 눈을 떠 버린 나는 그대로 펼쳐진 상황을 적나라하게 지켜볼 수 있었다. 흩날리는 하얀 깃털. 카이텔이 그어 버린 건 페르델의 목이 아니었다. 바로 소파였다. 어이.

"왜 하필 황궁이야."

낮게 깔린 목소리는 여전히 음산했다. 나는 정말 불안해 죽겠는데, 이놈의 망할 비테르보 후작 부부가 태평해서 막 짜증이 치민다. 아니, 지금 이 상황에서 나만 무서워하는 거냐고!

"시르비아가 누구도 가 본 적 없는 신혼여행 장소라고 했는걸. 뭐, 사실이잖아. 이 세상의 그 어떤 누가 황궁으로 신혼여행을 오겠어."

자랑이다, 자랑이야, 쯧쯧.

"열흘간 베리타 궁 잘 쓸게. 고마워, 카이텔."

그러면서 빙그레 웃는 게……. 아, 정말 그 머리를 주먹으로 콩 쥐어박아 주고 싶을 정도로 얄미웠다. 어휴, 내가 이 정도인데, 카이텔은 어떠하리. 녀석은 이미 오늘 피를 볼 기세로 제 손에 쥐어진 검을 고쳐 잡고 있었다.

"죽여 버리겠어."

"어허, 폐하, 통촉하시옵소서."

넌 마조히즘이냐! 어떻게 저 살기등등한 모습을 보고 아무렇지 않을 수가 있어?! 아니, 도리어 페르델은 카이텔의 날뛰는 모습을 즐기는 것처럼 보였다. 아, 저 변태.

"다과 좀 드세요."

타이밍 좋게 시르비아가 둘 사이에 끼어든다. 언니, 나이스! 죽일 기세로 노려보고 있던 카이텔의 얼굴이 순식간에 풀렸다. 순간 마주친 시선에 나는 나도 모르게 해맑게 웃었다. 헤헤, 아빠, 안녕?

응? 아, 이제 습관이다, 이거. 흑, 기쁘지 않아. 슬프다고! 살기 위해 잘 웃는 아기라니! 뭐야, 그거 엄청 슬프잖아! 그렇다고 내 미소에 같이 웃어 주는 애비도 아니건만 뭐가 좋다고 웃어 젖히는 건지. 아, 가여운 내 인생.

"우리 공주님은 오늘도 귀엽네."

"꺼져."

아무튼 저놈은 꼭 한 소리를 더해서 욕을 얻어먹어요, 어휴.

"폐하, 부탁드리고 싶은 게 있어요."

차분한 시르비아의 목소리가 나긋나긋하게 말을 건다. 카이텔의 시선은 곧 시르비아에게 닿았다. 전에도 느낀 거지만 묘하게 시르비아를 대하는 카이텔의 태도가 딱딱했다.

"뭐지?"

목소리도 더없이 무미건조하다. 페르델하고 대화할 때의 목소리의 온도를 알아서 그런지 유난히 그 차이가 더 심하게 느껴졌다.

둘 사이에 뭔가 있나? 카이텔과 시르비아를 번갈아 쳐다보았지만 딱히 시르비아 쪽에서 느껴지는 건 없는데.

그냥 여자가 싫은 거니, 애비야. 뭐가 문제니. 말 좀 해 봐.

"제가 아리아드나 공주님의 대모가 되어 드리고 싶어요."

응? 이건 또 무슨 소리래? 대모?

"가능할까요?"

사근사근한 미소였다.

우와, 나는 무심코 감탄했다. 세르이라도 그렇지만 시르비아는 진짜 천사야, 천사. 어쩜 사람이 이리 비단같이 부드럽고 얌전하고 조용하고 나긋나긋하고 친절하고 상냥하고 싹싹하고 붙임성이 좋단 말인가! 시르비아 딸 하고 싶다. 이런 엄마라면 자식으로 태어난 게 정말 행복할 것 같아.

시르비아의 품에 뺨을 비비니 시르비아의 시선이 내게로 향했다. 순간 마주친 눈동자가 옅은 분홍빛으로 부드럽게 물들어 있다는 걸 깨달은 순간 저도 모르게 웃고 만다. 이렇게나 호의에 호의적이니 나도 참 문제다 싶긴 한데, 그래도 이 호의를 거절할 생각이 들지를 않는걸.

거절해야 할 이유도 없고. 에라, 모르겠다.

"나도 대부할래!"

"넌 꺼져."

더 볼 것도 없는 즉결즉답이었다. 불쌍한 페르델, 그러게 누가 나서래니. 껄끄러운 듯 시르비아를 쳐다보다 그 시선이 이내 나에게 향한다. 미세한 차이였지만 그나마 나를 보는 시선에 무언가 다정함이 들어 있다고…… 느껴진다면 그건 나의 착각이겠지?

그래, 착각이네.

"허락하지."

응? 정말? 두 눈을 동그랗게 뜨고 카이텔을 쳐다본다. 내 시선에 녀석이 순간 입꼬리를 비틀었다. 풍선에서 바람 빠지는 소리가 얼핏 들렸다.

"아이에겐 역시 엄마가 있는 편이 좋을 테니."

그걸 그렇게 비웃듯 말하지 말라고, 애비야. 그건 꼭 엄마가 없는 게 낫다는 말 같잖아, 이 망할 놈아.

"잘되었다."

카이텔이 비꼬건 말건 시르비아는 허락을 받았다는 사실에 순수하게 기뻐했다. 내 뺨을 부비부비하는 시르비아의 행동엔 정말 기쁨이 가득 넘쳤다. 으엥.

"공주님, 정말 좋아요."

뭐, 나도 싫진 않아.

"나도 할래, 대부! 나도 할 거야!"

그사이를 참지 못하고 페르델이 끼어든다. 아, 진짜. 그러니까 그렇게 촐싹거리지 좀 말라고, 너.

옆에서 카이텔은 벌써 열이 오르는지 아직 없애지 않은 검을 들고 페르델을 노려보았다.

"나도 대부하고 시르비아도 대모니까 그럼 공주님이 우리 딸인 거야?!"

시르비아가 어색하게 웃는다. 그도 그럴 게…….

아, 진짜 그런 생각은 네 마음속으로만 해 주면 안 되겠니? 굳이 우리 애비 앞에서 그러는 저의가 뭐야!

"으악."

안 그래도 처맞을 짓을 다방면으로 하고 다니는데, 용케 살아 있다 싶었다. 제 머리로 날아오는 검을 가까스로 피한 페르델이 원망 어린 시선으로 카이텔을 올려다봤다. 카이텔은 별말 없이 제 손의 검을 놓았다. 어김없이 허공으로 녹아드는 긴 장검.

저 장면은 아무리 봐도 신기해.

"그럼 오늘 회의 참석해."

"뭘? 야, 나 지금 휴가야! 신혼여행 중이라고!"

"닥쳐."

그러게 누가 신혼여행을 황궁으로 오래, 쯧쯧.

"와, 저 미친놈."

억울해 보이긴 했지만 동정이 가지 않는다는 게 단점이었다. 미친놈 소리에 열 받은 미친놈이 냅다 소환한 칼을 휘두른다. 엄마, 무서워라. 시르비아는 나의 안전을 위해 잠시 뒤로 물러났다.

현명한 선택이십니다.

"항복, 항복! 항복이라고!"

목이 터져라 항복을 외쳐 대지만 통할 리가 없다.

결국 카이텔이 멈춘 건 머리카락 몇 가닥이라도 베어 낸 후였다. 바닥에 떨어진 제 머리카락을 내려다보며 페르델이 얼굴을 구긴다. 저놈은 따로 운동 안 해도 될 거야, 맨날 저러니까.

"와, 진짜."

불만 가득히 페르델이 씨근덕거린다. 그 작은 소리에도 카이텔은 고개를 돌렸다. 제게 꽂히는 시선에 페르델은 애써 아무렇지 않은 척 빙그레 웃었지만……. 카이텔의 시선이 돌아가자마자 그 표정은 바로 무너졌다.

"이, 씨."

내가 이러고 살아야 하나?!

—라고 그러는 거지, 너 지금. 자식, 내가 네 맘을 다 알아. 이 누님이 좀 안다. 근데 그러고 살아야지 어쩌겠니. 그게 우리네의 인생. 망했어요.

"출정식 전 마지막 회의야."

"어, 그럼 아시시도 와?"

어, 그 아시시란 사람이 지금 수도에 와 있어? 난 그게 더 신기했다. 맨날 이름으로만 들은 사람이라 그런가. 묘한 환상도 남아 있는 게 사실이었다. 그도 그럴 게 검은 기사라잖아. 그건 카이텔이 피의 반왕反王 혹은 피의 황제라고 불리는 것과 페르델이 철혈재상이라 불리는 거랑 같았다.

근데 왜 검은 기사야? 그건 아직도 좀 의문이다.

"어."

페르델의 얼굴에 화색이 돈다. 가기 싫었던 회의가 갑자기 막 가고 싶나 보지? 죽마고우라더니 아시시랑 많이 친한 모양이었다.

응? 근데 카이텔하고도 죽마고우잖아. 뭐지?

"두 분께서 회의하실 동안 저희는 희사원에 가 있을게요."

베리타 궁에서 창밖으로 보이는 호수에 소복이 쌓인 눈이 내 눈을 시원하게 만들어 준다. 겨울나무의 이파리를 떠오르게 만드는 새하얀 눈들. 카이텔에게서 오는 답은 없었다. 다만 페르델만 환하게 웃으며 고개를 끄덕였을 뿐.

"파파!"

시선이 마주치니 일단 웃으면서 부르긴 했는데, 예전엔 잘도 무시하드만 이젠 그것도 반반이다.
픽 웃더니 카이텔이 제 손을 뻗는다. 그의 손등이 내 뺨을 가만히 쓸어 보았다. 그 손길이 무언가 기분을 요상하게 만든다. 추운 것도 같고, 서늘한 것도 같고, 느낌이 건조해서 그런가. 마른 물속에 빠진 기분이었다. 어쩐지 아릿하기까지 한…….
"폐하!"
생각은 곧 끊겨 버렸다. 날카롭게 찢고 들어온 목소리가 다급히 카이텔을 부른다. 응? 무슨 일이지? 카이텔의 시선과 함께 내 시선도 돌아갔다. 응접실로 다급히 들어온 시종이 다짜고짜 바닥에 주저앉아 무릎부터 꿇는다.
"무슨 일이지?"
순식간에 거둬진 손길에 밋밋한 잔상도 채 곱씹지 못하고 나는 입술을 삐죽였다. 카이텔의 시선이 돌아가자 몸을 크게 움찔하는 모습이 좀 불쌍했다.
"그게, 그것이…….."
저렇게 말을 끌면 끌수록 더 안 좋을 텐데. 내 생각은 역시 유효했다. 카이텔이 막 스팀을 받으려는 시점에서 시종이 나 죽었소하며 고개를 수그렸다.
"칼더라스 교도소가 습격을 당했습니다!"
그 말에 페르델의 몸이 튕기듯 일어난다.
"뭐?"
카이텔의 반응도 심상치 않았다. 잠깐, 그러니까 교도소가 습격을 당했다고? 교도소. 교도소가 뭐 하는 데더라, 밥 먹는 데? 파티

하는 데? 사람 잡아 가두는 데? 이게 대체 무슨 일.

"칼더라스 교도소가 그, 그게 괴한들에게……."

페르델이 시종의 어깨를 잡고 흔들자 시종이 당황해서 말을 더듬는다. 나는 시르비아의 옷깃을 꽉 쥐었다. 시르비아도 놀란 얼굴로 상황을 주시한다.

"다시 말해 봐."

어느새 다시 소환된 검은 예기를 머금은 채 시종의 목덜미에 박혔다. 완전히 썰어 버린 것은 아니고, 아슬아슬하게 들이밀어진 상황. 그러나 조금만 더 파고들면 지금은 자국이 생기는 게 고작인 살갗에 칼집이 생길 것 같았다. 험악하게 굳어진 인상과 뿜어내는 살기가 어째 그를 다른 사람처럼 보이게 했다.

"폐, 폐하."

시종의 몸이 사시나무 떨 듯 떨린다. 덜덜 떠는 모양새가 한눈에 보기에도 안쓰러웠다. 어째 우리 애비 앞에 서는 놈들은 태반이 저런다. 물론 옆에 떨어져 있다고 해서 나도 그 살기가 피해 가는 건 아니었다.

무서워. 나를 안고 있는 시르비아도 조그맣게 떨고 있었다.

"카이텔."

유일하게 그 속에서 혼자 떨지 않던 페르델이 카이텔을 말린다. 그래도 친구라고 어느 정도 효과는 있었다. 카이텔이 검을 거둔다.

그렇다고 검을 역소환시킨 건 아니었지만 그것만으로도 막 썰리기 직전의 시종은 숨을 놓으며 안심했다. 그래도 지금은 어느 정도 제정신을 차리고 제어하고 있는 것 같은데……. 그런데도 살기가 강하다. 내가 애기라서 그런 건지는 모르겠는데, 정말 숨을 쉬기가 힘들었다. 무서워.

별안간 카이텔이 시종의 목덜미를 낚아챈다. 한 손으로 시종의 멱살을 잡고 일으킨 카이텔이 낮게 뇌까렸다.

"한마디의 거짓이라도 있다간 네 혀를 뽑아 버릴 줄 알아라."

카이텔의 엄포에 시종은 그냥 제 목을 잡고 겨우 고개만 끄덕였다. 목이 졸릴 정도로 멱살을 들어 올려서 그게 그의 최선이었으리라.

"가자."

그대로 시종을 끌고 카이텔이 궁을 나간다.

나는 불안한 눈길로 그 뒷모습을 쳐다보았다. 페르델이 그 뒤를 따르려다 잠시 우리 쪽으로 돌아본다.

"시르비아."

"예?"

시르비아의 대꾸에 페르델의 얼굴이 구겨진다. 미안함과 안쓰러움이 교차되는 듯한 표정이었다.

"공주님 좀 잘 봐 줘."

시르비아는 말없이 고개를 끄덕였다. 페르델이 웃는다. 그리고 그도 곧 궁을 나섰다.

"이게 갑자기 무슨 일이라지……."

한숨 어린 목소리. 그러게, 대체 이게 무슨 일이냐. 그나저나 우리 시르비아 불쌍해서 어째. 결혼 첫날부터 남편이 일이나 하러 나가고. 불쌍해서 시르비아의 옷깃을 잡고 뺨을 비비는데, 시르비아가 날 끌어안으며 등을 다독여 준다.

"괜찮아요, 공주님. 아무 일도 없을 거예요."

아니, 그걸 걱정한 게 아닌데.

그래도 뺨에 닿는 온기는 따뜻했다. 걱정스러운 얼굴로 내 뺨에 제 뺨을 대며 시르비아가 작게 앓는 소리를 낸다. 괜찮아, 응?

"아."

응? 왜? 물끄러미 올려다보니 시르비아가 물고 있는 손가락을 입에서 빼 내며 작게 웃음 지었다.

"공주님, 우리 희사원이나 가 있을까요?"

희사원? 아니, 희사원은 갑자기 왜…….

나는 달갑지 않았다만 시르비아는 갑자기 아이처럼 좋아하며 침 묻은 내 손을 턱받침으로 닦아 주었다. 아니, 입이 심심해서 자꾸 물게 된다니까.

"세르이라도 부르고, 우리 공주님 희사원 좋아하신다면서요."

"희사원!"

희사원이 문제가 아니야. 세르이라가 오면 내 장난감도 가지고 오는 거겠지? 요새는 공놀이에 푹 빠져 있었다. 토끼도 가져왔으면 좋겠다! 시토! 토실토실한 시토랑 놀고 싶어! 내가 웃으면서 박수를 치자 시르비아가 웃는다.

"공주님, 잼잼."

"잼잼!"

나 잼잼 잘해. 내가 좀 잘함.

시르비아가 잘했다며 내 이마에 키스를 해 주었다. 시르비아가 겉옷만 걸친 채 나를 안고 밖으로 나온다. 그녀의 뒤를 베리타 궁의 시녀들이 수행원으로 따랐다.

우와, 겨울이다. 황궁의 겨울은 그렇게 춥지 않았다. 아니, 아직 겨울이 다 지나가지 않아서 그런 걸지도 모르는데, 그래도 그렇게 추워서 죽겠다는 느낌은 아니었다. 적어도 내가 살던 인천보다는 따뜻했다. 거긴 가을이 되는 순간부터 꽁꽁 싸매고 살았는데. 별로 비교할 생각은 아닌데, 알고 있는 지식이 전생의 것이 다라 어쩔 수 없이 꺼내게 되네. 다른 세계에서의 환생은 꿈도 못 꾸던 시절이었는데…….

"어?"

응? 시르비아, 왜?

갑자기 멈춰 선 시르비아가 어딘가를 가만히 응시했다.

뭔데 그러지? 세르이라가 바라보는 시선 끝으로 고개를 돌리니 그곳엔 어떤 남자가 서 있었다. 가까운 건 아니고 그렇게 먼 것도 아닌, 적당한 거리에 선 한 남자.

겨울 같다. 이상한 생각이었지만 순간 그런 생각을 했다. 검은 마스크로 가려져서 얼굴은 볼 수 없었는데, 언뜻 보이는 머리카락이 이상하게 시선을 잡아끌었다. 은발? 아니, 언뜻 푸른빛이 어리는 것 같기도 하고.

"……이만 가자."

응? 그냥 가는 거야? 아는 척 안 해? 아는 사람 아니었어?

허나 돌아본 시르비아의 표정은 언뜻 굳어져 있었다. 뭐야, 전 남자 친구라도 되는 거야? 당황했지만 나는 고작 애기일 뿐이라 내 당황을 눈치챈 사람은 아무도 없었다. 진짜 전 남자 친구인가.

희사원으로 발길을 옮기는 시르비아의 품에서 나는 고개를 돌려 아까 그 남자를 보려 했다. 그러나 그 자리에 분명히 있던 남자는 내가 다시 쳐다본 순간 온데간데없이 사라져 있었다.

뭔가, 좀 그렇다. 홀린 느낌이야. 꿈이라도 꿨나.
허나 그래도 내게 남은 감상이 있다면 그건 오로지 차갑다가 전부였다.

* * *

계절은 어느새 봄을 뛰어넘어 여름을 향하고 있었다. 희사원의 풍경은 늘 그렇듯 아름답다. 겨울의 정령이 잠들어 있다는 겨울나무 때문인지는 몰라도 이상하게 희사원은 야외에 있는 정원임에도 불구하고 언제나 늘 같은 기온을 유지했다. 겨울이나 여름이나.
세르이라가 말하길 겨울에는 나무가 냉기를 흡수해서 따뜻하고 여름에는 냉기를 뿜어내서 시원하단다. 게다가 오히려 나무 근처는 겨울보다 여름이 더 춥기도 했다. 냉기를 뿜어내서 그런가. 하긴 겨울은 나무 근처가 더 따뜻하니까. 일 년 내내 지지 않는 하얀 이파리가 유난히 예뻤다.
"공주님, 뛰지 마세요!"
그런다고 내가 안 뛸 쏘냐!
그래, 안 뛴다. 나는 말도 잘 듣는 착하고 귀여운 아가니까, 흠흠.
"세르이라!"
내가 태어난 지 어느새 18개월에 접어들었다. 고작 1년 6개월에 해당되는 18개월이지만 짧으면 짧고 길다면 긴 그 시간 동안 나는 많은 걸 할 수 있게 되었다. 일단 혼자 걸을 수도 있고, 뛸 수도 있고, 오래 서 있을 수도 있고, 무엇보다도!

"세르이라!"

이렇게 제대로 발음을 할 수 있게 되었다는 사실!

음화하핫, 이게 바로 인간 승리다. 다른 아이들이랑 비슷한 시기에 말을 트긴 했어도 내 발음이 더 우월했다. 아, 역시 난 천재인가 봐. 어떡해, 이 천재성을 대체 어떻게 숨겨야 할까. 수많은 모래 속에 섞여 있어도 나의 재능은 보석처럼 빛을 발한다. 물론 다 개소리고.

"자, 아."

요새 세르이라는 틈만 나면 내 입안을 검사했다. 오늘도 어김없이 입을 벌리니, 내 입속을 진지하게 훑어보던 세르이라가 이내 환하게 웃는다.

"곧 어금니 다 나시겠네. 간지럽지는 않으세요?"

"아니!"

간지럽다기보단 좀 아프지만 이 정도면 견딜 만했다. 내가 고개를 끄덕이니 세르이라가 또 웃는다.

하, 엄마, 요새 자주 웃는 거 알아? 난 세르이라가 웃는 게 정말 정말 좋았다. 바로 두 팔을 벌려 안겨서 세르이라의 다리에 얼굴을 묻어 버리니 곧 머리 위로 익숙한 손길이 내려앉는다.

"예뻐요, 공주님."

"응. 나 예뻐."

끄덕끄덕. 내가 진지하게 고개를 끄덕이자 세르이라가 또 웃는다. 뭐야, 그건. 비웃는 거야? 그치만 난 내가 봐도 예쁜걸. 예쁜 걸 어떡하라고! 예쁘다니까 비웃네. 너무해. 네가 그러고도 내 엄마냐, 이씨!

"우리 공주님, 이제 말 정말 잘하시네!"

투덜투덜거리고 있자니 일린이 내 옆에 쪼그려 앉으며 말을 건다. 나는 그녀를 돌아보았다. 작년에 막 애기였을 때만 해도 어린 티가 나던 시녀였는데, 이젠 제법 능숙한 시녀의 태가 났다. 괜히 내가 다 기분이 이상해진다. 뭐랄까. 세월의 무상함이 느껴진다고 해야 할까? 아, 뭐래. 이제 두 살짜리가.

"응. 잘해, 너보다."

"……."

일린이 말없이 고개를 숙인다. 어두운 표정이 제법 심각했다. 그러더니 진지하게 말하기를.

"공주님, 미워요."

두 살짜리 애한테 그렇게 진심으로 삐지지 말라고, 너! 마음 같아선 그냥 무시하고 모른 척해 주고 싶었는데, 그래도 어릴 때부터 봐 온 무언가가 있어서 그런지 그렇게 쉽게 몸을 돌리지 못하겠다. 에라, 모르겠다. 결국 일린의 옷깃을 잡고 빤히 올려다본다. 나 아무것도 몰라요.

"진짜?"

내가 미워? 정말? 이걸 보고도 미워?

"꺄아, 귀여워!"

일린은 단번에 격침되었다. 하, 나의 이 천재적인 귀여움이란. 역시 이 귀여움으로 지구 정복도 불가능해 보이지 않아―는 웃기시네. 아, 근데 일린, 제발, 아오. 그렇다고 막 그렇게 안고 그러지 말아 줄래? 낀다고, 껴! 이러다 나 죽겠다.

"우리 공주님은 진짜 누굴 닮아서 이렇게 예쁜 거예요?!"

그야 나 닮아서. 야, 당연한 거 아니니? 닮긴 누굴 닮아. 닮을 사람이 어디 있다고.

순간 아빠를 닮았나 생각해 봤지만…….

그랬으면 시궁창이었겠지. 애기가 벌써부터 딸랑이 집어 던지고 막 난리 치고, 하. 완전 성격 파탄이었을 거야. 암, 그렇고말고. 엄마 쪽은 엄마의 성격을 몰라 아예 모르겠네.

원래 스킨십을 그렇게 좋아하고 익숙하게 받아들이는 타입이 아니었는데, 꼴에 그러고 1년 6개월을 보냈다고 일린이 맘대로 껴안고 부비부비하고 뽀뽀하고 만지작거리는 게 엄청 익숙했다. 원래 난 누가 나 건드리는 거 엄청 싫어했는데, 어쩌다 내가 이런 신세가 되었지. 망할, 역시 인간은 적응의 동물이었다.

"떨어져."

괜히 이 일련의 과정에 익숙한 내가 싫어서 투덜거려 봤지만.

"아잉, 우리 공주님은 왜 이렇게 귀여운 거예요. 귀여워, 귀여워!"

씨알도 먹히지 않았다. 아, 망할.

왜! 제대로 말을 할 수 있게 되었는데! 의사소통이 안 돼!

애초에 내 의사소통 장애는 발음의 문제가 아닌 모양이었다. 엉엉, 그럼 대체 뭐가 문제야! 이제 발음이 아주 조금 새는 것 외엔 문제가 없어서 광명을 찾은 줄 알았는데…….

그런 거 없었다, 썩을.

"그레시토, 공주님께 인사해야지."

세르이라의 말에 그레시토가 인상을 쓰며 그대로 제 할머니 치마폭으로 쏙 들어간다. 나는 일린의 품에 안긴 채 그 장면을 멀거니 지켜보았다. 세르이라가 곤란한 듯 입술을 깨문다.

아, 화나네. 우리 세르이라 괴롭히지 마라, 망할 토끼야.

"멍청이."

작은 목소리였다, 아주 작은. 나 혼자만 알아듣는 수준의 목소리였는데도 녀석은 내 입술 모양만 보고 인상을 찌푸렸다. 그걸 또 알아듣네. 신기한 게, 할 줄 아는 건 제 할머니 치맛자락 붙들고 날 쳐다보는 것밖에 없으면서 싫은 소리는 귀신같이 알아듣는다. 어휴, 내가 어쩌다가 이 꼴이 된 건지.

"공주님."

세르이라가 날 쳐다보았다. 미안함과 죄책감이 가득한 표정. 하, 그런 표정 짓게 하려고 한 건 아니었는데. 어쩔 수 없지, 뭐. 그냥 아무것도 모르는 양 웃는다. 그게 가장 현명한 행동이었으니까.

"나 아이스크림! 얼음!"

내 외침에 나를 안고 있던 일린이 나를 놓고 일어선다. 가지러 가려는 모양이었는데, 세르이라가 그런 일린을 저지했다. 제가 가지고 온다는 뜻이었다. 어지간히 미안했나 보네.

사라지는 세르이라의 뒷모습을 지켜보다 다시 고개를 돌려 그레시토를 본다.

이게 다 내 생일이 문제였다, 썩을. 그날 이후로 망할 놈의 애비가 대체 무슨 생각을 한 건지 황궁으로 가끔 그레시토를 오게 한 것. 그래, 이 상황은 바로 카이텔이 농간이었다, 아오.

또래 애한테 관심을 가지는 시기이건 뭐건 난 일단 나 싫어하는 놈하고 같이 있는 거 싫거든? 특히 그레시토는 무슨 날 원수처럼 쳐다본다. 아직 아기라서 원한이 생길 이유도 없는데, 지도 애기면서 나한테 가질 원한이 대체 뭐라고! 저 시선도 하루 이틀이어야 너그럽게 넘어가지. 벌써 6개월째인데 불만이 생기지 않을 수가 없었다. 일주일에 두 번씩 나를 볼 때마다 제 할머니 옆에 꼭 붙어서 숨어 가지고 뚱하니 보고만 있는다.

그래서 대체 불만이 뭔데? 뭐냐고, 대체.

"바보."

웃으면서 한 말인 데도 금세 노려본다. 어린 데도 안 좋은 말이라는 건 다 아네. 흥, 그래, 이건 좀 신기했다. 아, 뭐, 일단 녀석이 날 싫어해도 내가 녀석을 좋아한다고 다들 알고 있으니까 그렇게 행동해 줘야지. 가까이 다가가서 녀석의 손을 잡는다.

그레시토는 단박에 내 손을 쳐 냈다. 세르이라 없는 게 다행이다.

"그리야!"

할머니가 기겁을 하며 그레시토를 잡는다. 나는 뭐 매번 있는 일이라 그냥 숨만 내쉬었다. 저 망할 놈, 아오.

"고, 공주님."

그렇게 당황할 것 없어. 이럴 줄 알면서도 간 거였으니까. 그래도 일린이 부르는 손짓을 피하거나 그러진 않았다. 내가 대체 무슨 고생이람. 그렇게 좋은 감정도 아닌데. 그래도 그레시토가 오지 않게 되는 일은 없게 하려고 부단히 친한 척을 해야만 했다. 물론 이건 다 세르이라를 위해서였다. 이것 때문에 고작 한 달에 한 번씩 보던 아들을 여덟 번 정도 보게 되었는데, 어떻게 못 오게 해.

"응? 무슨 일이야? 그리가 또 무슨 일 했니?"

나이스 타이밍. 막 돌아온 세르이라가 일린에게 물었지만 일린이 뭐라 말하겠나. 그냥 웃으며 고개를 가로젓는다. 나는 세르이라에게 달려갔다.
"아이스크림!"
퍼먹는 거! 뭐, 이쪽의 아이스크림은 아무래도 아이스크림이라기보다 빙수에 가까운 느낌이었지만 아무래도 좋았다. 난 차가운 게 좋은 애기니까!
"자, 그리도 먹으렴."
"싫어!"
세르이라가 아이스크림을 내밀었으나 그레시토가 바로 제 손으로 쳐 냈다. 저게 먹기 싫으며 그냥 싫다 그러지 어디 음식을! 순식간에 깊은 빡침이 내 머리를 뒤흔들었으나 곧 참았다.
가만있어야지. 가만있어야 돼. 나대지 말아야지, 후우.
"그레시토!"
하마터면 아이스크림을 엎을 뻔한 세르이라가 드물게 큰소리를 냈다. 저런 세르이라한테 매번 혼나는 그레시토도 참 문제라면 문제였다. 결국 고새 내 몫으로 가져온 빙수를 다 먹고 나는 화가 난 세르이라에게 가서 매달렸다.
"내가 먹을래."
먹기 싫으면 먹지 마라! 내가 다 먹을 거다! 이게 얼마나 맛있는 건데. 황실 주방장은 역시 뭐가 달라도 달랐다. 흡, 겁나 맛있어. 내가 이거 때문에 폭풍 살찔 위기라니까.
"공주님, 안 돼요. 찬 거 많이 먹으면 배탈 나요."
"싫어. 먹을래!"
"공주님—."
"먹을 거야. 먹을래!"

세르이라가 난감한 표정을 짓는다. 곤란한 건 알겠지만 그래도 맛있는걸. 참 어른답지 못한 행동이었지만 그래도 좋았다. 나 아직 겉으로 보기엔 애새끼다, 뭐!

"그럼 반만 드세요. 나머진 제가 먹을 테니."

"그럼 일린도 먹어!"

"어, 그래도 돼요?"

내가 고개를 돌려 일린을 부르니 일린이 감격스러운 듯 제 손을 마주 잡는다. 난 고개를 끄덕였다.

"응. 같이 먹자."

그리고 이 맛있는 거 안 먹겠다는 저 멍청이 놀려 주자.

"할므니도 먹어!"

아이스크림을 한 스푼 떠서 갖다 주니 할머니가 인자한 미소를 지었다. 세르이라의 엄마라던데, 정말 세르이라와 판박이다. 나중에 늙으면 세르이라가 이렇게 되는 걸까, 막 그런 생각이 마구마구 들 정도로.

"우리 공주님, 많이 드세요."

"그래도 이것만 먹어."

자, 내가 수저를 내밀자 주저하던 할머니가 결국 한입 먹는다.

"맛있지?"

이게 바로 우리 솔레이 궁 주방장의 솜씨야. 내가 다 콧대가 높아진다. 천오백 대 일로 뽑혔다더니, 그 말이 거짓은 아닌 모양이다. 어째 나오는 음식이 다 보배야, 보배. 이런 건 나라에서 문화재로 지정해야 한다고. 맛있는 음식은 국가의 보배니까!

"그리도 먹으련?"

내가 해맑게 웃으며 다시 아이스크림을 퍼먹자 할머니가 고개를 돌려 제 손주에게 물었다. 허나 저 고집쟁이가 이런다고 넘어 올쏘냐. 녀석은 매몰차게 고개를 가로저었다.

흥, 그래, 어디 약 좀 올라 봐라.

"아, 정말 맛있어."

내가 못 먹을 때 남이 맛있게 먹으면 그것만큼 약 오르는 게 없지, 껄껄.

한동안 잠잠하던 카이텔 관련 소문은 칼더라스 교도소 습격 사건으로 다시 재점화되었다. 피의 폭군이니 뭐니, 솔레이의 미친 왕이니 뭐니, 치를 떨며 사람들이 떠들어 댄 터라 궁 안에만 갇혀 지내는 어린 나도 금세 그 소문들을 접할 수 있었다. 뭐, 시녀들이 그렇게 떠들어 대는데 모를 리가 없지.

그 사건은 교도소 감독관들이 카이텔 손에 다 죽거나 처형당하고 뒤이어 관련된 관료들 전부가 파문당하고 나서야 좀 조용해졌다. 그냥 파문으로 끝났으면 다행인데, 그것이 또 그렇게 쉽게 끝나거나 그러진 않았다. 그 파문 관리들을 따로 모아 놓고 업무에 조금이라도 소홀했거나 처리한 업무에 하자가 많은 놈들은 또 죽이거나 어디를 자르거나 그랬단다. 어휴, 아무튼 그 일 때문에 한동안 궁정은 말 그대로 살얼음판이었다.

습격한 단체나 우두머리, 조금이라도 관련 있는 자들은 이유를 불문하고 사형. 한동안 사형장에 피가 마를 일이 없었고, 이 한차례의 피바람 때문에 나로 인해 조금 좋아졌던 카이텔의 이미지가 다시 곤두박질쳤다. 역시 부동의 나쁜 놈, 아니, 폭군.

"죄다 무능하군. 대체 어떻게 지금껏 그 벌레 같은 목숨을 이어 온 거지, 그 무능력함으로?"

시간을 잘못 잡아 들어온 건가. 어째 응접실에 들어서마자 들려오는 목소리가 심상치 않다.

어휴, 하지만 들어 보니 이게 그렇게 과민반응은 아니라서 더 문제였다. 칼더라스 교도소에 갇힌 범죄자들은 죄다 1급 범죄자에 거의 다가 정치범들이다. 카이텔이 반역을 해서 황궁을 집어삼켰을 때 웬만한 정적들은 다 죽였는데, 그래도 죽이기엔 애매한 놈들이 무더기로 있었단다. 그놈들은 다 교도소에 처넣었는데, 그 교도소가 바로 칼더라스였다. 이건 여담이지만 애매한 놈들도 원래 다 죽이려고 했는데 페르델이 막았다고.

"인간들 무능한 게 하루 이틀이냐."

"죄다 죽여 버리고 싶어."

진득한 살기가 묻어 나온다. 저건 진담. 혐오하는 시선마저 섬뜩했다. 페르델이 한숨을 내쉰다.

"참아. 그러다가 네가 죽는다."

"너부터 죽어 볼래?"

"죽이지도 않을 거면서 협박은."

아무튼 저 두 놈들은 안 맞는 듯하면서도 잘 맞는단 말이야. 신기했다. 저것도 운명이라면 운명인데.

"이거나 어떻게 해 봐. 아시시가 보내온 거야. 북프레치아는 어떻게 잘 쳐부쉈는데, 남프레치아는 힘들대. 벌써 한 달이나 대치 상황이란다."

"그래서 어쩌라고."

"가서 날뛰고 오라고. 쌓인 스트레스나 풀라니까."
페르델의 권유에 카이텔의 표정이 사뭇 딱딱하게 굳었다. 아무래도 페르델은 이번 피바람이 카이텔의 쌓인 스트레스 때문이라고 생각하는 모양이었다. 뭐, 그럴 수도 있겠지.
그런데 애초에 전쟁에 안 간다고 했던 이유가 나였던지라. 그래도 애비라는 건가. 기분이 좀 묘했다. 내가 살짝 숨소리를 내자 카이텔이 반사적으로 이쪽으로 고개를 돌린다. 살기 짙은 시선이 내게 닿았다.
"파파!"
언젠가 나를 죽이려 했을 때의 시선과 비슷한 눈길이었다만 최대한 해맑게 웃으며 달려가자 카이텔이 시선이 바뀐다. 그가 얼굴을 굳혔다.
"뛰지 마. 다쳐."
안 다쳐. 내가 이러고 얼마나 뛰어다녔는데. 괜한 걱정이라고 생각하며 발을 옮기는데, 하필 그 순간 응접실 턱에 발끝이 걸리고 말았다. 으, 으악? 넘어진다!
"뛰지 말라니까."
허나 바닥에 채 몸이 닿기도 전에 단단한 두 팔이 내 몸을 낚아챘다. 헤헤, 아빠다. 저절로 웃음이 나온다. 뭐, 괜찮아. 내가 넘어져도 네가 잡아 줄 거잖아?
"파파—."
더럽게 삭막한 인간이거늘. 나는 뭐가 좋다고 매번 바보같이 웃는 건지 모르겠다.
아, 뭐, 그 답은 내가 제일 잘 알고 있으니까 넘어가자.

흑흑, 그냥 살고 싶었어, 엉엉. 여기서 더 예쁨 받는 건 상관없어. 하지만 적어도 현상 유지는 하고 싶다! 난 지금이 제일 편해!

"공주님, 예쁜 짓—."

"예쁜 짓!"

뒤이어 들어온 세르이라의 목소리에 맞춰서 검지를 뺨으로 가져다 대고 빙그레 웃는다. 그게 고작인 행동이었는데, 옆에서 이미 우당탕탕 난리도 아니었다. 어이, 거기 너 보라고 한 예쁜 짓 아니거든.

"우와, 귀여워. 정말 귀여워. 진짜 귀여워, 완전 귀여워. 사랑스럽다. 엉엉, 예뻐. 진짜 예뻐."

이그, 내 광신도, 쯧쯧.

고개를 획 돌려 다시 우리 애비를 올려다본다. 애비야, 내가 친히 예쁜 짓까지 해 주었거늘 네 표정은 왜 그러느냐. 죽을래? 뭔가 오고가는 게 있어야지, 그냥 그렇게 보고 땡? 아오, 이걸 진짜.

"공주님, 여길 봐요! 이리로! 까꿍, 여기 있지롱!"

근데 쟤는 뭐 하는 거니. 야, 나 까꿍 놀이 질린 지 오래야. 내 눈길을 끌려면 좀 신선한 걸 들고 와 봐.

"공주님, 아리아드나 공주님— 아— 리— 아— 드— 나—."

아, 진짜. 쟤 시끄러워. 어떻게 좀 해 봐.

카이텔의 옷자락을 잡아끌자 왜인지 녀석이 한숨을 쉬며 나를 끌어안았다. 이렇다 할 애정 표현도 없는데 그래도 페르델보단 카이텔이 더 좋은 걸 보면 사실 나도 착잡했다. 그래도 애비라 이건가. 하긴 페르델보단 많이 보기도 하고, 일단 카이텔은 왠지 모르게 시선이 가는 타입이었다. 물론 미쳐서 날뛰면 이야기가 다르다만.

내 냉대에 한참을 관심 끌어 보려 온갖 짓을 다하던 페르델이 침울한 표정으로 소파에 주저앉는다. 제법 우울한 표정이었다.
그래, 광신도야, 넌 이만 날 적당히 좋아하는 게 좋을 것 같아.
넌 너무 날 좋아한다고.
"카이텔, 우리 공주님은 대체 왜 날 싫어하는 걸까?"
"네가 못생겨서."
어? 미묘하게 표정이 굳는다. 응? 방금 내가 뭘 들은 거지?
"아, 내가 못생겨서 그렇구나. 그런 거였구나. 그런 거…… 일리가 없잖아, 이 자식아! 좀 진지하게 답변해 봐!"
깨달은 듯 웃다가 페르델이 옆에 있던 쿠션을 날린다. 물론 카이텔은 몸을 트는 것만으로 간단히 그 쿠션을 피했다.
"그럼, 못난이라?"
"대체 아까랑 뭔 차이인데."
아마도 글자 수?
페르델은 우울한지 이마를 짚다가 내가 손을 들어 하품하자 다시 두 눈을 반짝였다.
"저 도도한 손짓이 나를 사로잡았지!"
감탄, 또 감탄. 쟤한텐 내가 무슨 말로의 비너스상 정도 되는 모양이었다. 뭐만 하면 저리 좋아하니, 쯧쯧. 그 시선이 고까운 건 나뿐만이 아닌 모양이었다. 나를 안고 있던 카이텔이 갑자기 몸을 돌린다.
"야, 왜 가리는데."
당황한 페르델의 목소리가 들렸으나 카이텔은 꿋꿋했다. 그래, 날 저 변태에게서 지켜 줄 사람은 너밖에 없구나, 애비야. 품 안에서 꼼지락꼼지락 괜히 다리를 흔든다. 그러다가 카이텔의 어깨를 잡고 쏙 고개를 들어 올렸다. 시선이 마주치자 페르델의 얼굴이 환하게 변한다.

"시르! 시르비아."

시르비아, 보고 싶어! 대모가 된 이후로 대모라는 명목 아래 적어도 일주일에 사흘은 황궁에 다녀갔는데 요새는 부쩍 그 발걸음이 뜸했다.

"우리 아내님 보고 싶은 거야?"

어휴, 저 팔불출, 그렇게 좋을까. 그러면서도 그 모습이 마냥 미워 보이지 않아서 문제였다. 나는 고개를 끄덕였다. 그러자 카이텔이 다시 몸을 돌린다. 어째 나를 놔주는 건지는 모르겠는데 일단 놔줘서 좋았다.

"응, 시르!"

"그럼 보러 갈까?"

반색을 하며 페르델이 내 고사리 같은 손을 잡는다. 어, 지금 가게? 가도 되는 거야? 나야 좋지만 일단 아빠한테 허락 받아야 하지 않나? 안 그런가? 고개를 홱 돌려 애비를 쳐다보니 그 순간 카이텔이 내 어깨를 잡고 제 쪽으로 끌어당긴다. 엉? 게다가 순식간에 차단당한 페르델. 음?

"왜, 뭐, 대체 왜!"

페르델이 격하게 항의해 봤지만 카이텔은 심각한 목소리로 경고했을 뿐이었다.

"내 딸 건드리지 마."

"안 건드렸어!"

억울하다는 듯 페르델이 소리친다. 허나 카이텔은 진지했다.

"손도 잡지 마."

아, 설마 저놈이 내 손을 잡았다고 이러는 거니?

어느새 카이텔은 검까지 소환해서 내 주위에 실드를 치고 있었다. 나도 조금 어이가 없는데, 당하는 페르델은 오죽할까. 녀석은 말이 나오지 않는지 제 입을 벌린 채 다물지를 못했다.

"와, 미친! 이게 무슨 핍박이야. 더러워서 진짜."

그래, 이건 좀 치사하다. 내가 생각하기에도 좀 치졸했다. 허나 우리 카이텔은 포부도 당당했다.

"네 딸을 낳던가?"

정말 아니꼬운 목소리다. 나도 괜히 딸이 낳고 싶어지는 한마디였다.

"안 그래도 낳을 거거든!"

페르델이 주장해 봤지만 카이텔은 콧방귀만 뀌었다. 하지만 예전의 주장과 달리 페르델의 이번 주장은 나름 신빙성이 있었다. 그도 그럴 게 시르비아가 벌써 임신 6개월째에 접어든 상태였으니까. 그 때문에 나를 잘 보러 오지 못하는 거라, 나는 조금 우울했다. 시르비아, 보고 싶어, 힝.

"내 공주님 곧 태어나실 거야. 이제 육 개월이지룽!"

"그게 딸인지 아들인지 어떻게 알아."

그래, 그게 딸인지 아들인지 네가 어떻게 알아!

물론 마법으로 미리 식별 가능한 방법이 있었지만 페르델은 나올 때까지 두근두근 기다리겠다고 거절한 상태였다. 아님 거절한다 해 놓고 몰래 본 건가?

"그야 딸이지! 내가 이렇게 원하는데, 당연히 딸이지! 첫째는 무조건 딸이어야만 해!"

쟤가 뭐래, 그게 네 맘대로 되는 일이니.

카이텔은 더 이상 상대하기 싫었는지 나에게로 시선을 돌렸다. 응? 뭐? 아, 아까 아이스크림 먹다가 뭘 흘렸던 모양이었다. 하얀 원피스에 묻은 얼룩을 만지작거리며 카이텔이 시선으로 묻는다.

뭐, 어쩌라고. 그냥 먹다 흘린 건데 그게 신기하냐.

"무시하지 마. 제발 관심 좀 가져줘. 사회적 약자에게 따뜻한 관심과 눈길을 보내 달란 말이야!"

대체 누가 사회적 약자인데.

둘 다 고개를 돌리긴 했는데 둘 다 한심하다는 시선을 보내고 있었다. 어쩜 부녀가 이리 똑 닮았는지. 하, 망했어요. 안 그래도 생긴 것도 쏙 빼닮았는데 하는 짓까지 닮으면 이거 뭐 끝난 거죠. 이러다 나도 나중에 피바람을 불러일으킬까 무섭다, 망할.

"됐다. 안 바라, 젠장. 내가 이렇게 사느니 죽어야지!"

페르델은 안 그래도 비슷한 부녀가 똑같은 시선으로 저를 보니 치명타를 입은 모양이었다. 유난히 우울해 하는 모습에 괜히 미안하다. 어휴, 어쩌겠어. 고개를 도리도리 젓다가 카이텔 품에서 나와 페르델의 어깨에 손을 올렸다.

"죽지 마."

"……위로해 주는 거니?"

그래, 너 죽으면 누가 우리 카이텔을 엿 먹여. 죽으면 안 돼. 나도 아직 아빠 엿 먹이는 건 힘들단 말이야. 이젠 발음도 제법 괜찮아서 대놓고 욕하는 것도 못한다.

그런 나에게 너는 한 줄기 희망!

뭔가 의도가 불손하긴 하지만 뭐 결과는 나름 괜찮았다. 페르델의 두 눈동자가 초롱초롱하게 변한다. 아, 이건 뭔가 심하게 감동한 것 같은데.

"응. 죽지 마."

그대로 나를 껴안고 페르델이 울부짖는다.

"엉엉, 천사님!"

그리고 그 즉시 내리치는 카이텔의 손.

"악, 때리지 마! 아파!"

……이건 뭐 바보들의 행진도 아니고, 어휴.

이튿날 나는 세르이라와 함께 비테보르 저택에 놀러 왔다. 임신 중이라 움직이기 힘든 시르비아를 보기 위해!

엄청 각오한 뒤, 애비한테 간다고 말한 것이었는데, 생각보다 카이텔은 내가 시르비아를 만나는 걸 반대하거나 말리지 않았다. 그런 것치곤 시르비아를 대할 때의 태도가 뭔가 석연치 않긴 하지만. 그동안 꽤 오랫동안 지켜봤지만 딱히 싫어하는 건 아닌 듯했다. 뭔가 시르비아를 꺼리는 기색은 확실히 있지만 뭐 그렇게 따지면 세르이라를 꺼려 하는 분위기와도 비슷해서……

그냥 여자가 싫은가?

근데 들려오는 소문을 들어 보면 고자는 아닌 거 같은데. 여성 혐오증인가? 그런 식으로 끼워 맞춰서 보면 또 마냥 그런 것 같지도 않고. 아무튼 신기한 놈이야. 그냥 인간 혐오인가? 그래, 도리어 그쪽이 맞는 것 같다. 아오, 뼛속까지 뿌리박힌 그놈의 인간 혐오. 하여튼 우리 애비는 양파야, 양파. 까도 까도 깔 게 나와.

"공주님께서 직접 와 주시다니, 영광이에요."

시르비아는 가든을 참 좋아했다. 식물성 인간 같은 느낌마저 들 정도로 정원이나 후원, 온실을 정말 광적으로 사랑했다. 지난 6개월 동안 그녀와 놀던 곳이 죄다 그런 곳이라는 것만 봐도 알 수 있었다. 뭐, 그게 싫다는 게 아니고, 그냥 분홍분홍한 사람이 그렇게 녹색을 좋아하는 게 좀 신기했다.

"시르!"

사람들은 '대모님'이라고 부르라고 시키곤 했지만 나는 어째 시르라고 부르는 편이 편했다. 물론 시르비아도 시르라고 불러 주는 게 더 좋은 듯했다. 사실 엄마라는 소리를 제일 들어 보고 싶어 하는 것 같지만 널 보고 엄마라고 부를 정도로 내가 아직 얼굴이 두꺼운 건 아니라서. 게다가 아직 세르이라도 아직 대놓고 엄마라고 부르지 못했다. 속으로는 엄마라고 부르긴 하는데…….

아무래도 그레시토를 봐서 그런가. 진짜 아들이 눈앞에서 알짱대니까 나 같은 게 엄마라고 부르긴 좀……. 에라, 그만두자.

"어머, 우리 공주님 오셨어요!"

"아기!"

날씬한 사람이 딱 배만 불러 있으니까 기분이 이상하다. 페르델이 엄청 먹는다고 해서 살쪄 있을 줄 알았는데. 더러운 세상. 그래, 원래 세상은 이런 거였지, 흑흑.

"예, 아기에요."

"아기 좋아!"

내 말에 시르비아가 부드럽게 웃는다. 그 미소가 너무 따뜻해서 마음이 다 달아오르는 기분이었다. 그런데 뭐냐, 이 기분은. 꼭 동생이 생기는 기분이다. 그래, 딱 그런 느낌이었다. 좋기도 하고 약간 싫기도 한, 뭐 그런 복잡한 기분.

뭔가 기분이 좀 거시기하다, 끄응.

이 아기가 태어나면 이제 시르비아와 페르델에게 나는 2순위로 밀려나는 거다. 아무리 귀엽고 예쁘더라도 남의 애는 남의 애니까. 확실히 자기 새끼가 더 예쁜 법이지. 그래, 그런 원리였다. 조금 서운하긴 해도 뭐 그래도 어쩔 수 없지. 유감이지만 어쩔 수 없는 건 어쩔 수 없는 거다. 벌써부터 부럽네, 자식.

"좋아요?"

"응!"

그래도 시르비아가 이렇게 좋아하는데. 페르델도 뭐, 엄청 좋아하고. 무사히 잘 태어났으면 좋겠다. 그럼 내 동생처럼 잘 대해 줘야지.

신기한 시선으로 큰 배를 보고 있으려니 시르비아가 웃는다. 나를 데리고 온 세르이라가 어느새 내게 어느 정도 식은 차를 내밀었다. 내 전용 손잡이가 있는 컵이 앙증맞았다. 귀여워라.

"배에 통증이 느껴지신다면서요? 앉아 계시는 것도 힘드시겠습니다."

"이젠 좀 괜찮아요. 전에는 유산을 하는지 알고 깜짝 놀랐는데, 다행히 그런 건 아니더라고요."

"육 개월이 넘어가면 유산할 확률이 줄어든다고 알고 있어요. 괜찮아요. 건강한 아기 출산하실 거예요."

한 모금 한 모금씩 들이켜며 나는 두 사람을 눈동자만 굴려 번갈아 보았다. 세르이라와 시르비아. 어째 이름이 주는 인상부터 비슷하더니 두 여인은 성향이나 성품도 비슷비슷했다.

그래서 그런지 나를 돌보는 동안 마주치면서 둘은 엄청 친해졌다. 말도 잘 통하는 모양이니 당연히 친해질 수밖에. 뭐, 하긴 원래 페이스트릴 백작 부인이니 세르이라가 시르비아에게 그렇게 꿀리는 건 없구나.

다 마신 컵을 넘겨주니 시르비아가 웃으며 나를 잡아끈다.

"자, 귀 대 보세요."

응? 뭘 대 보라는 거야, 이 배에? 일단 시르비아가 시키는 대로 배에 귀를 대긴 했는데. 음, 으음, 이게 대체 뭐 하는 짓이지.

어?

"막 발로 차!"

신기하다! 진짜 아기가 있는 거구나. 뭔가 좀 얼떨떨한 기분이었다, 우와.

"공주님이 좋은가 봐요."

"나도 좋아!"

"어머, 정말요?"

응. 그냥 아무 이유 없이 좋았다. 아기가 아기한테 무방비해질 수도 있는 건가. 아, 이건 태아니까 경우가 다른가? 아무튼 그래도……. 뭔가 신기했다. 이상한 감각이 내 몸을 휘감는다. 조금 설레는 것 같기도 했다.

"응! 좋아."

아까까지만 해도 자리 뺏기는 기분이었는데, 그 인간 어디 갔냐? 시르비아의 배에 손을 막 얹고 있으려니 간혹 가다 무언가가 건드리는 감각을 느낄 수 있었다.

우와, 신기해! 나 어릴 때 엄마가 동생 가졌을 때도 이랬나? 여섯 살 이전의 기억은 가물가물해서 잘 모르겠다. 그래도 정말 신기했다. 여자아이였으면 좋겠다. 남자아이라도 상관없지만 그래도 페르델이 딸을 원하니까. 딸이었으면 좋겠다.

"아기야, 빨리 나와. 나랑 놀자."

내 속삭임에 별안간 두 여인이 웃음을 터뜨린다. 왜 웃는 거야? 뚱하니 시르비아와 세르이라를 쳐다보니 둘이 웃음을 참는다. 그럼에도 작게 터지는 웃음을 어쩔 줄 모르는 모양이었다.

"동생이 생기니까 좋아요?"

"동생?"

일단 동생이기는 하지, 뭐. 나는 고개를 끄덕였다.

"좋아!"

내 대답에 또 웃는다. 뭐야, 내가 웃겨? 나는 기분이 좀 상했다. 내가 재롱 부리는 원숭이냐. 뭔 말만 하면 웃게, 흥.

"우리 공주님은 하루가 다르게 예뻐지네."

어, 정말? 나 예뻐? 시르비아에게로 고개를 돌리니 시르비아가 환하게 웃으며 내 머리를 쓸어 넘겨준다. 나는 재촉했다.

"나 예뻐?"

"물론이죠. 이렇게 예쁜 공주님이 또 어디 있다고."

진짜? 거짓말 아니지? 하긴 내가 좀 한 미모 하긴 하지. 우리 애비를 닮아서. 음? 잠깐. 그건 뭔가 좀 슬픈데?

"공주님은 태어나실 때부터 어여뻤어요."

세르이라가 한 마디 덧붙인다.

저게 나 어리다고 말도 안 되는 거짓부렁을 막 내뱉네. 말도 안 된다, 저건. 아무리 내가 내 칭찬을 좋아한다지만 이건 좀 아니었다. 태어날 때부터 예뻤다니. 원래 아기는 다 예뻐! 맹수도 새끼 때는 귀여운 법이었다, 흥.

"나도 이래?"

시르비아의 배를 가리키며 묻자 순간 세르이라와 시르비아 표정이 굳었다. 응? 뭐 내가 잘못 말했어? 반응이 왜 이래?

"그게……."

세르이라가 말을 꺼내기 힘겨워 한다. 나는 고개를 갸웃했다. 왜 이러지, 둘 다? 갑자기 왜 꿀 먹은 벙어리가 됐어?

"네, 공주님 어머님께서도 공주님을 이렇게 품고 있으셨어요."

"품어?"

아, 이제야 왜 두 사람이 난감해 하는지 알았다. 엄마. 엄마의 부재를 어떻게 설명해야 하는지 망설이는 거구나. 나는 왜 엄마가 없냐는 질문이 나올까 봐.

어, 음, 물론 그래야 애기다웠지만 안타깝게도 나는 그냥 애기는 아니었다. 이미 왜 내게 엄마가 없고 아빠만 있는지 다 알고 있었다. 게다가 엄마에게 무슨 일이 생겼고, 나를 왜 낳았는지까지도. 하지만 그 일련의 과정은 확실히 어린애한테 할 말은 아니다. 그래, 그건 좀 아니다. 어떻게 애한테 네 아빠가 엄마를 죽게 내버려 뒀단다, 이렇게 말해? 그러면 아이의 순수성은 대체 누가 보장해 주나요? 엉엉, 근데 그렇게 따지면 나의 순수성은 이미 박탈당했구나, 썩을.

"공주님, 이것 봐요."

가만히 생각에 잠겨 있는데, 내 주의를 끌 속셈인지 시르비아가 가든의 한 식물을 가리킨다. 꼭 끈끈이주걱처럼 생긴 생물이었다.

으악! 뭐 이런 걸 온실에서 키워. 시르비아, 너 그렇게 안 봤는데 은근히 무섭다? 게다가 그 옆엔 파리지옥도 있었다. 오메!

"못생겼어!"

세르이라에게 달라붙으며 내가 질색하니 시르비아가 웃는다.

"못생기긴 했어요."

"무서워."

아니, 사실 저게 뭐 하는 식물인지 알 것 같아서 더 무서웠다. 뭐 저런 걸 키운다냐. 내가 이상한 눈초리로 시르비아를 쳐다보았지만 시르비아는 아무렇지도 않은 모양이었다.

"식충식물이에요. 벌레를 잡아먹어요. 이게 은근히 해충 박멸에 좋더라고요."

그래서 그걸 이제 한 살 된 18개월 애기한테 보여 주면서 말하는 저의가 뭔데, 대체 그 저의가 뭐냐고! 그래서 좋다고? 나도 한번 써 보라고? 희사원엔 저런 거 없어서 다행이었다, 정말. 물론 겨울나무의 존재 하나만으로 벌레들이 쉽게 접근할 수 없다니, 희사원은 여러모로 신기한 경우긴 하지만.

"으에!"

으. 으아악, 그걸 뽑아서 들이밀지 말라고!

"에비에비, 지지!"

청량한 웃음소리가 울려 퍼진다. 시르비아의 웃음소리였다. 세르이라마저 질겁하며 피하는데, 시르비아 저 무서운 계집. 아무리 그래도 식충식물들은 싫었다. 일단 생긴 것부터 혐오라고!

"이건 좋아하실 거예요."

안 믿어! 안 봐! 세르이라의 옆에 꼭 붙어서 고개를 설레설레 흔드는데, 시르비아가 자리에서 일어나더니 곧 어떤 꽃 하나를 들고 왔다. 어, 어? 어째 좀 정상이야? 게다가 제법 예뻐?

"몽실몽실해!"

옅은 푸른빛이 시선을 사로잡는다. 담청색의 부드러운 꽃잎 자체가 도톰해서 마치 솜처럼 몽글몽글했다. 신기해라. 이런 꽃이 다 있다니. 세상엔 별게 다 있구나.

내 반응에 시르비아가 환하게 웃는다.

"구름꽃 프리나에요."

프리나? 이름도 예쁘네. 구름꽃이라니. 그 말이 정말 딱 들어맞았다. 색깔도 옅은 게 어쩐지 시원해 보이기도 하고, 뭔가 뭉게구름을 연상시키는 꽃이었다.

"옛날 옛날에 하늘에 한 천사님이 살았는데, 그 천사님이 게을러서 맨날 구름 위에서 잠만 잤대요. 그래서 하늘님께서 그 천사를 벌주려고 천사가 누워서 자는 구름을 한 뭉텅이씩 떼서 땅으로 던졌다고 해요. 그때 던져진 구름들이 자라나 구름꽃 프리나가 되었어요."

"신기해!"

솔직히 천사니 하늘님이 나올 때부터 말도 안 되는 이야기라고 생각하긴 하는데, 그래도 눈앞의 꽃이 워낙 신비로워서 막 믿고 싶어진다. 그렇게 따지면 연꽃도 말도 안 되는 이야기를 가지고 있는 거니. 정말 하늘님이 천사가 자고 있는 구름을 떼서 땅에 던져서 이런 게 나온 거라면 진짜 대박이다. 막 던졌는데, 이렇게 예쁜 꽃이 탄생하다니. 얼어걸린 거구나, 너.

"그래서 그 천사는 어떻게 됐어?"

호기심에 찬 시선으로 시르비아를 쳐다보니 시르비아가 몸을 낮추었다. 마치 비밀 이야기를 해 주는 듯해서 나는 괜히 두근거렸다. 우리 둘을 보고 세르이라가 웃는다.

"그대로 땅으로 추락해서 북부의 스헤르토헨보스 제국의 왕이 되었다고 해요."

"에에?"

그게 뭐야? 말도 안 돼. 내가 표정을 굳히자 시르비아가 어깨를 으쓱한다. 나는 반신반의했다. 말도 안 돼. 그나저나 스헤르토……. 뭐? 거긴 또 뭔데 이름이 그렇게 겁나 복잡하고 길어. 망할, 외우기도 어렵겠다.

"공주님, 이제 가셔야 해요."

세르이라의 말에 나는 서운한 표정으로 고개를 돌렸다.

"벌써?"

"저녁은 폐하랑 같이 드셔야죠."

세르이라는 당연하다는 듯 고개를 끄덕이지만……. 잉, 좀 더 놀고 싶은데. 벌써 시간이 이렇게나 흘렀구나. 정말 시간 가는 거 빠르다. 괜히 아쉬워서 시르비아가 넘겨준 구름꽃이나 만지작거리고 있는데, 시르비아가 웃으며 내 머리를 쓰다듬어 주었다.

"다음에 또 오시면 되지요. 그럼 그땐 더 예쁜 다른 꽃 보여 드릴게요."

"다른 꽃?"

장미, 뭐 이런 거야? 두 눈을 반짝이자 시르비아가 웃음 짓는다.

그 미소가 참으로 사람을 편안하게 만드는 매력이 있었다. 이래서 페르델이 시르비아라면 죽고 못 사는 건가. 나의 천사, 나의 햇살, 나의 태양이라고 외치더만. 뭔가 알 것도 같은 기분이었다.

"자, 선물로 드릴게요."

어, 진짜?

"나 가져도 돼?"

"예, 얼마든지."

희사원에서는 한 번도 본 적 없는 꽃이라서 그런지 더 좋다. 헤헤, 진짜 구름 같다. 금방이라도 떠올라서 하늘 위에 떠다닐 것 같아. 괜히 꽃잎을 만지작거리며 코에 대 본다. 흐릿한 향기는 어쩐지 청량했다.

"예뻐."

꽃에 시선을 빼앗긴 채 있으려니 시르비아가 내 손에 프리나를 빼앗았다. 응? 자네, 지금 내 앞에서 뭐 하는 짓이지? 당황해서 두 눈을 크게 뜨니 시르비아의 손이 머리에 닿았다가 떨어진다.

"자아, 이렇게 하고 돌아가세요."

시르비아가 해 준 건 내 머리에 꽃을 달아 주는 것이었다. 물론 꽃이야 어디에 꽂혀도 예쁘긴 한데. 잠깐, 이건 내가 미친년이란 소리야? 프리나는 물론 정말 예뻤지만 머리에다 꽃을 꽂는 건 좀, 좀……. 물론 그렇다고 시르비아의 호의를 거절하진 않았지만 아무리 내가 예뻐도 이건 좀 아니잖아! 이건 아무리 좋게 봐줘도 꽃단 미친년으로밖에 안 보인다고!

"정말 예쁘시네요."

하지만 그 꺼려지는 마음은 세르이라의 한 마디에 날아가 버렸다. 그, 그래, 꽃 단 미친년으로 보일 수도 있겠지. 하지만 난 애기니까 괜찮아! 암만.

괜찮겠지? 괜찮으려나. 괘, 괜찮지?

"그건 뭐지?"

괜찮긴 개뿔.

처음 마주친 카이텔부터 반응이 좋지 않았다. 마치 못 볼 것을 봤다는 듯 굳은 얼굴로 두 눈을 가늘게 뜬다. 그렇게 안 봐도 내 얼굴 잘 보이거든? 썩을, 역시 꽃은 무리였다. 아무리 예쁜 내가 달아도 꽃 단 미친년으로밖에 보이지 않는 거였어.

엉엉, 시르비아, 미워!

"꽃!"

"나도 꽃인 건 안다."

뭐, 이 자식아! 그래서 어쩌라고! 내가 꽃 단 게 불만이냐!

허나 그걸 입으로 내뱉을 용기는 없었고, 내 마음은 이미 무너졌고, 이미 받아 버린 내 상처는 돌이킬 수 없는 상태가 되었다. 당장이라도 내 머리에서 꽃을 떼 버리고 싶다만.

"시르비아가 줬어!"

내가 한 거라곤 애써 해맑은 척 웃으며 다가가 카이텔의 손을 잡는 것뿐이었다. 미지근한 온기가 손끝에 닿았다. 단 한 번도 따뜻하다고 생각한 적 없을 만큼 낮은 체온인데, 매번 닿을 때마다 그게 싫은 느낌이 아니라는 건 좀 의외였다. 아니, 이건 단순히 내가 딸이기 때문에 그런 건가, 끄응.

"구름꽃이군."

"어, 알아? 오오, 웬일인가 싶다. 우리 애비, 꽃도 아는 그런 자상한 남자였구나. 내 오른쪽 귀에 꽂힌 꽃을 만지작거리며 새초롬하게 올려다본다.

"벌레가 많이 낀다던데."

……응? 뭐시라! 벌레? 조용히 뇌까린 목소리에 내 표정이 굳는다. 으, 으윽, 당장 꽃을 만지던 손을 아래로 떨궜다. 망할 놈의 세상이 나를 한시도 가만두지 않는구먼. 벌레라니! 일단 네발 초과로 달린 생물은 거의 전부가 혐오였다. 곤충, 벌레! 아, 상상만으로도 싫어.

내 표정이 구겨지자 카이텔이 웃는다.

내가 괴로운 게 좋으니, 애비야.

카이텔은 내 몸을 들어 내 전용 유아 의자에 날 앉혀 놓고 그 옆에 앉았다. 작은 식당이었지만 그래도 제법 컸는데, 이 넓은 식탁을 단둘이서 차지하고 먹으려니 기분이 많이 묘하다.

그러고 보니 언제부터인가 카이텔과 이렇게 얼굴을 마주하고 저녁을 먹게 됐다. 내가 막 뛰어다니게 되고, 시르비아가 다시 날 돌보게 된 때부터 자연스레 이뤄진 일이었는데, 막상 익숙해지고 나서 이게 익숙해졌다고 깨닫는 건 정말 뭐라 말할 수 없는 감흥을 불러일으켰다.

"파파!"

자, 선물. 벌레 많이 낀다고 해서 주는 건 절대 아니고. 그냥 주고 싶었다.

내게서 프리나를 받은 카이텔이 미묘하게 표정을 굳힌다. 그러더니 이내 픽 웃었다. 늘 보는 비웃음. 기분이 어째 좀 미묘하다.

내가 말을 트게 된 이후로 카이텔은 더 이상 제 맨 얼굴을 내게 보여 주지 않았다. 그게 비록 간혹 떨어져 나가 언뜻 보이던 맨 얼굴이라 할지라도.

그 사실이 제법 신경 쓰였지만 뭐, 그렇다고 물어볼 수는 없으니까. 고개를 숙여 어느새 세르이라가 가져다준 내 밥그릇을 본다. 먹음직스러운 스파게티가 내 눈에 들어왔다. 파르펠레! 나비 좋아, 나비. 아무래도 아그리젠트의 주식은 쌀이 아니라 밀이다 보니 같은 이유식이라고 해도 종류가 많이 달랐다. 주로 스파게티를 자주 먹는데, 면을 먹기는 해도 파르펠레나 마카로니도 자주 먹었다.

일단 주니까 먹긴 하는데, 뭐랄까 환생했다고 입맛까지 따라가고 그러는 건 아닌 모양이었다. 하루가 멀다 하고 빵이며, 스파게티만 먹는데 거부감 없이 잘만 먹는 거 보면 좀 신기했다. 그래, 내가 내 자신이 신기하다고. 아, 난 밥 없인 하루도 못 사는 한국인이었는데. 쌀밥 먹고 싶다는 생각이 안 드니까. 물론 전생에 먹던 쌀밥을 구하는 것도 어려웠다, 체.

"밥!"

혼자서 먹을 수 있기는 하는데 아무래도 손힘을 조절하는 게 아직 딸려서 그런지 간혹 밥을 흘리곤 한다. 그럴 때마다 옆에서 세르이라가 도와주며 밥 먹는 걸 도와줬다. 그렇다고 먹여 주진 않았지만. 내가 할 거야, 내가! 이런 거 혼자 해야지 이제 금방 능숙해진단 말이다.

"공주님, 폐하께 오늘 있던 일 말씀드려야지요."

응? 뭘 말해? 말할 게 뭐가 있다고. 하지만 세르이라의 말을 무시하긴 조금 그랬다. 게다가…….

저 시선 어쩔 건데. 카이텔아, 무섭다. 그렇게 쳐다보지 마라.

"가서 애기 봤어."

"애기?"

뭔 소리냐는 어조였지만 나는 개의치 않고 고개를 끄덕였다.

"애기!"

그리고 두 손을 들어 이렇게 이렇게 큰 배를 형상화했다. 아, 솔직히 이 정도 크기는 아니었는데. 뭐 알아서 알아듣겠지.

"막 이렇게 시르비아 배!"

그래, 이렇게 큰 배에 애기가 있었어. 그 생각을 하니 아까 느꼈던 태동이 불현듯 떠올랐다. 진짜 신기했는데. 이런 게 생명이구나 싶었다. 나도 엄마 배 속에서 그렇게 움직였으려나? 끄응, 그건 잘 모르겠다.

이상하게 엄마 배 속에 있던 기억은 없었다. 마찬가지로 태어나서 일정 기간 동안의 기억도. 그 이후에 눈을 뜨고 정신을 차린 순간부터의 기억은 아직도 생생한데 말이지.

"움직여!"

내가 손을 들고 소리치자 카이텔이 수저를 내려놓는다. 저것만 먹어도 괜찮나? 이후로 나올 디저트는 일체 안 먹는 놈이라 이제 남은 건 샐러드밖에 없었다. 신기한 게 카이텔의 식사량은 언제나 똑같았다. 딱 하루의 권장 섭취량에 맞춰 먹는다. 그 이상을 초과해서 먹거나 그것보다 미달되게 먹는 적은 별로 없었다. 그리고 그건 좀 의아했다. 맛있는 거 실컷 먹을 수 있는 위치면서 아무 군말 없이 정해진 양만 먹는다는 게. 정작 그 옆에 나는 내가 먹고 싶은 것만 먹고 있는데!

"육 개월이라던가."

응? 갑자기 뭔 소리야?

"사 개월 후면 태어나겠군."

아, 언제 태어날지 계산하고 있었던 거구나. 잠깐, 가만있어 보자, 그때쯤이라면.

"아빠 생일!"

포크를 들고 외치니 카이텔이 쳐다본다. 마주치는 시선에 나는 버릇처럼 방긋 웃어 주었다.

"그땐 지났겠지."

"우우."

근데 이 자식 생일이 정확히 언제였더라. 포크를 입에 가져다 대며 고개를 갸웃하니 카이텔이 내 머리로 손을 뻗는다. 내 머리에 닿는 손길이 제법 부드러웠다. 쓰다듬는 거 좋아. 더 쓰다듬어 줘. 머리를 가져다 대니 아예 손을 떼 버린다. 아, 저 나쁜 자식.

"이제 말은 곧잘 하는군."

"나 말 잘해!"

그래, 이제 나 인간 같지 않니? 말도 잘하고, 무엇보다 걸어 다니고, 뛸 수도 있고! 무엇보다 이렇게 인간 같은 음식을 먹고 있잖아. 나 인간 같지 않아? 응? 무언가 처절한 나의 아우성이 느껴졌으나……. 넘어가.

"이제 좀 인간 같네."

응, 정말? 순식간에 두 눈이 동그랗게 변한다. 애비야, 방금 그 말 사실이니? 정말 내가 인간 같니? 응? 진짜? 정말? 참말로? 진실로? 거짓 없이?

"인간?"
"그래."
확답까지 받아 내고 나니 가슴속에서 무언가가 울컥 치밀어 올랐다. 아, 인간이라니. 드디어 인간이 되었어. 난 인간이라고! 아, 왜 갑자기 눈에서 습기가 차는 기분이지. 그동안의 서러웠던 기억이 주마등처럼 스쳐 지나간다. 개 취급, 벌레 취급, 별별 취급을 다 당했는데! 한이 풀리는구나. 이제 나도 드디어 인간이다!
엉엉, 내가 인간이라니! 내가 인간이래!
"나 인간!"
이게 진정한 인간 승리인가.
벌레와 개를 거쳐서 인간이 되다니. 뭔가 과정이 거식했지만 괜찮다. 그래, 뭐, 이제 난 인간이 됐으니까, 훗.
그러나 한차례 감동의 물결이 지나가기도 전에 갑자기 기분이 착 가라앉았다. 뭔가 착잡하다. 하긴 내가 인간이 되면 뭐해. 그래, 내가 인간이면 뭐하냐고! 아빠가 인간이 아닌데!
"넌 안 인간!"
당당하게 외친 말에 뒤에서 세르이라가 숨을 삼켰다. 하지만 내가 지난 18개월을 그냥 살아온 게 아니지요. 나는 아무것도 모른다는 듯 해맑게 웃었다. 파파, 난 정말 아무것도 몰라요. 그래도 넌 인간이 아니야. 나만 인간이고. 이건 양보할 수 없었다.
"공주님, 이제 씻으러 가셔야죠."
밥을 다 먹자마자 세르이라가 서둘러 말한다. 아마도 내가 이러고 있다가 무슨 불호령이라도 맞을지 걱정되는 모양이었다. 세르이라의 품에 안기자 나는 세르이라의 옷깃을 잡아당겼다.

"내려 줘, 내가 걸을래, 내가!"

결국 세르이라가 한숨과 함께 날 내려놓는다. 나는 식당을 나가려다가 한 번 뒤를 돌아보았다. 카이텔이 턱을 괸 채 샐러드를 퍼먹고 있다. 음.

"파파!"

가까이 다가가니 카이텔이 이쪽을 쳐다본다. 나는 고개를 숙여 달란 의미로 손짓을 했다. 카이텔이 잠시 나를 보더니 이내 고개를 숙인다. 나는 손짓으로 더 숙이라고 재촉했다. 그 정도도 너무 높단 말이다!

카이텔의 표정이 미미하게 구겨지고, 막 그가 짜증을 내려는 찰나, 까치발을 들고 내가 그의 뺨에 뽀뽀했다. 쪽 소리가 나며 정확하게 성공! 헤헤, 성공했다. 갑자기 부끄러워서 세르이라에게 달려가니 굳은 두 사람이 나를 쳐다본다. 나는 웃으면서 카이텔에게 손을 흔들었다.

"이따 봐!"

* * *

벌써 2주나 흘렀다. 시간 정말 빨리 간다.

하기야 태어난 순간부터 지금까지의 시간이 벌써 1년 6개월이라니. 그 시간도 생각해 보면 정말 쏜살같이 지나갔다. 아, 그래도 이건 좀 너무한 거 아니냐! 뭔가 쓸모없이 인생을 허비하는 느낌이 든다. 잉여인간이에요, 잉여인간. 뭐, 두 살에 이런 나날이 오히려 평범한 거긴 한데. 그래도 아무리 생각해도 내가 잉여인간이라는 느낌은 지울 수 없었다.

뭐 특별히 하는 것도 없고, 준비하는 것도 없고, 하루 종일 먹고 놀고 자고 크고 그것밖에 하는 것이 없다. 이러니까 공부라도 하고 싶어지잖아, 엉엉. 그렇지만 공부는 다섯 살이나 여섯 살 때부터 시작한다니까. 아, 지루하다.

"공주님, 그렇게 구르면 안 돼요. 거긴 맨 잔디예요."

내비 둬. 어차피 같은 희사원인데 돗자리 안 깔았다고 뭔 일이 있겠냐. 데굴데굴 구르며 기겁하는 세르이라의 목소리를 무시했다. 난 그동안 내 삶을 너무 험악하게 살아왔어. 이런 평화로운 삶이 지겹다니—는 개소리고.

이렇게 커서 다시 스물다섯이 되어도 이 삶이 반복될 것 같아 문득 무서웠다. 목적도 감정도 재미도 흥미도 없이 부유해 버리는 잉여인생은 더 이상 살고 싶지가 않은데. 가장 즐거운 시간이 TV 보는 거였다니, 썩을 놈의 전생. 난 대체 뭘 하고 살았던가.

"공주님!"

결국 구르고 구르고 굴러서 도착한 곳은 겨울나무 바로 앞이었다. 으앙, 내 몸이 닿자 나무에서 순간 엄청난 냉기가 뿜어진다. 깜짝이야. 내 체온이 높아서 너도 놀란 거니? 나도 놀랐다, 야. 하마터면 얼어 버리는지 알았어.

"괘, 괜찮으세요?"

나무에서 뿜어진 냉기를 눈으로 확인했던 차라 세르이라가 기겁을 하며 달려온다. 나는 괜찮다며 손을 휘저었다.

"좋아!"

"손이 차요!"

"아냐. 괜찮아!"

정말 괜찮은데. 아무튼 세르이라는 나에 대한 정성이 넘치다 못해 흘러내렸다. 그녀가 손을 마사지하는 걸 내려다보다가 겨울나무에게 시선을 돌렸다. 요 몇 년 살면서 내 기준이 점점 이 세상에 맞춰진다는 게 느껴진다. 더불어 사람이 얼마나 겉모습에 크게 좌우되는 존재인지도.

그냥 전에는 생각만 하고 그만두던 걸 행동에 옮겼을 뿐인데, 다들 나한테 딱 그 나이대의 애 같다고 말한다. 딱히 애처럼 굴려고 한 건 아닌데 말이지. 그리고 밥을 주는 대로 잘 먹는다거나 옷을 갈아입을 때 얌전하다거나 이런 부분은 어른스럽다고 칭찬했다. 애새끼로 사는 것도 나름 힘들었다. 하긴 정신이 애가 아닌 걸 어쩌겠냐. 아, 재미없어. 지루해.

"공주님은 겨울나무가 좋아요?"

"응."

눈에 들어오는 나무는 줄기까지도 하얗다. 성에라도 낀 것처럼. 후우 불면 김이 서릴 것 같다.

"왜요?"

왜냐고? 글쎄.

불현듯 내가 6개월이었을 무렵 세르이라가 들려주었던 옛날이야기가 생각난다. 이 겨울나무와 관련된 이야기가.

아그리젠트의 건국왕은 정령과 인간 사이에서 태어난 혼혈이라 했다. 그래서 어릴 적부터 많이 특이했고, 때문에 엄청난 핍박을 받고 자랐다고. 그때 죽을 뻔한 그를 구해 준 것이 엘베른 산의 정령이었단다. 이후 정령의 안내로 좋은 스승을 만나 이후 아그리젠트 왕국을 세우게 되었는데, 그때 엘베른 산에 머물던 겨울 정령이 건국왕과 처음 만났다고 한다.

둘이 사랑을 하게 되었는지 어쨌는지는 모르겠지만 그 이후 건국왕은 죽었고, 건국왕이 죽은 그날 겨울 정령이 이 나무에 깃들었다고 했다. 그래서 겨울나무라는 이름이 붙었노라고.

"예뻐."

그래서 그런지 하얗고 큰 거목은 가만히 있으면 이 속에서 소리라도 들려오는 것 같았다. 무언가 풍부하고 가냘픈 선율이. 물론 내 착각이겠지만.

"예쁘긴 해요. 그래도 좀 떨어지세요. 감기 들어요."

그렇지만 여름 감기는 개도 안 걸리는데!

내가 항의해 봤자 씨알도 먹히지 않았다. 나는 도로 돗자리가 펴진 원래 자리로 돌아왔다. 우우우, 싫다! 아기라서 내 의사가 무시되는 이런 나날, 정말 더럽게 싫다! 푸우, 뭐, 큰다고 딱히 의사가 존중되거나 그러진 않을 테지만. 생각해 보면 난 아무리 좋은 결말을 맞이해도 정략결혼이 땡이었다. 아, 망했어요.

결혼이 여자의 행복의 전부인 양 지껄이는 소리들은 내 쪽에서 거절이지만 그렇다고 결혼이 인생에 있어서 중요하지 않다는 건 아니다. 중요하지 않을 리가 있나. 내 남편이란 이름으로 매일 쳐다볼 얼굴을 정하는 건데. 어차피 정략결혼일 테니, 연애결혼은 꿈도 꾸지 않는다. 단지 남편 될 놈이 인간쓰레기만 아니면 되는데, 그건 너무 거창한 바람인가. 적어도 나한테 성실한 남자였으면 좋겠는데. 아, 이 나이에 이런 것부터 걱정해야 한다니, 역시 이 세상은 썩었어, 흑흑.

"일린이 곧 푸딩을 가져올 거예요."

"푸딩!"

인생의 부조리함을 논하다가 갑자기 두 눈이 번쩍 뜨인다. 나 푸딩 좋아해! 반색을 하며 돌아서자 세르이라가 웃었다. 그녀는 놓아두었던 뜨개질을 들어 내 몸에 잠시 대보았다. 뭐니, 나 스웨터 떠 주려고?

"우리 공주님 참 많이 자라셨네요. 예전엔 요만했었는데."

그랬어? 사실 시야가 달라졌다는 건 좀 느끼는데 내가 자라는지 마는지 내가 알게 뭐람. 솔직히 말하자면 걷거나 뛸 수 있게 된 걸 제외하고 정작 나는 내가 그렇게 막 컸다는 느낌은 들지 않았다. 뭐지?

"요새 폐하를 자주 못 뵙네요. 많이 서운하시죠?"

응? 아니, 오히려 편해서 좋은데. 억지로 안 웃어도 되니까. 그렇지만 이걸 곧이곧대로 말하기는 좀 그렇다. 뭐, 이럴 땐 그러면 되는 거지. 스마일!

"세르이라!"

아무것도 몰라요! 웃으면서 대답을 회피하자 세르이라가 못 말린다는 표정으로 나를 내려다본다. 일부러 이러는 걸 알면서도 넘어가는 건지 아니면 그냥 넘어가 주는 건지 모르겠는데 그래도 그녀의 시선에 담긴 감정은 금세 읽어 낼 수 있었다. 내가 좋아 죽겠다는 따뜻한 시선.

근데 확실히 요 근래 갑자기 카이텔이 바빠지긴 했다. 나를 하루가 멀다 하고 찾아오는 페르델도 재상관저에서 몸을 빼지 못할 만큼 혹사당하는 중이라고 언뜻 들었던 기억도 있었다. 얄미운 드란스테도 요새 영 오지를 않고…….

아, 내가 심심할 만했구나.

"공주님, 이거 드세요!"

어? 일린이다. 그러나 고개를 돌리자마자 일린이 달려오는 모습을 보고 기겁을 하며 자리에서 일어섰다. 야, 너 그러다가…….

"넘어져!"

하지만 내 말이 끝나기도 전에 일린은 발을 헛디뎌서 넘어졌다. 으아아, 나도 모르게 고개를 돌렸다가 다시 슬그머니 쳐다본다. 으으, 정말 아프겠다. 보는 것만으로 내가 다 아픈 기분이었다. 이마를 짚으며 괜히 한숨을 내쉰다.

도리도리. 도대체 어떻게 하면 저렇게 잘 넘어질 수 있는 건지.

"괜찮아?"

도도도 달려가 가까이 다가가서 물끄러미 내려다보니 앓는 소리를 내며 일린이 고개를 들었다. 어이쿠, 세르이라는 이미 겨울나무에 식힌 차가운 수건을 들고 이쪽으로 오는 중이었다. 아, 머리에 혹 났다. 하필이면 머리부터 떨어졌냐? 저러다가 크게 다쳤으면 어쩌려고. 으이그.

"공주님!!"

그래, 나 여기 있어. 안 잡아먹어. 하지만 내 예상과 달리 일린이 한 행동은 내 앞에 가져오던 접시를 내미는 것이었다.

"그래도 푸딩은 무사해요! 헤헤, 자!"

지금 푸딩 얘기가 나올 때니. 아, 정말 이 멍청이.

바보처럼 웃는 꼴이 한심스럽기도 했지만, 그래도 푸딩을 받아 든다. 내가 제일 좋아하는 커스터드푸딩이었다. 푸딩의 모양은 조금 구겨졌지만 이 정도면 양호한 수준이지. 넘어지면서도 이걸 용케 엎지 않은 게 더 신기했다.

가만히 접시를 쳐다보고 있다가 접시와 함께 딸린 스푼으로 한 입 먹어 보았다.

"맛있어!"

내 입가에 절로 퍼지는 미소에 일린도 환하게 웃는다. 어느새 다가온 세르이라가 찬 수건을 그녀의 머리에 대 주었다.

"맛있으세요?"

"응! 일린도 먹어?"

"아니요. 전 괜찮아요. 우리 공주님 많이 드세요!"

으음. 세르이라도 먹을 거냐는 의미로 고개를 돌렸는데, 시선이 마주친 세르이라가 미소 지으며 고개를 돌린다. 세르이라도 안 먹어? 그럼 나 혼자 먹어야지, 뭐. 왜 다들 이 맛있는 걸 안 먹는데? 나 먹으라고 양보하는 건 알고 있지만 그래도……. 아, 맛있다.

"태의께 다녀오거라."

"괜찮습니다. 뭘 이런 걸로."

"그래도 다녀오거라."

"공주님 혼자 보시기에 힘드시잖아요. 괜찮아요."

나 말 잘 들어서 세르이라 혼자 있어도 괜찮거든. 일주일에 한 번은 그놈의 덜렁거림 때문에 태의를 찾아가는 듯하니 저도 민망해서 그러는 거라는 건 알겠는데.

"다녀와!"

그래도 바닥에 무릎이 쓸린 것 같은데 억지로 참는 건 보기 흉했다. 나까지 웃으며 세르이라를 거드니 일린이 아무 말도 못하고 입을 꾹 다문다. 넌 진짜 사고뭉치야. 얌전히 다녀오랄 때 다녀올 것이지.
"그럼 금방 다녀오겠습니다."
어, 저거 또 뛰어간다. 뛰어가다가 또 다치면 안 되는데. 푸딩을 먹다 말고 수저를 빨고 있으려니 내 머리에 세르이라의 손이 닿았다. 고개를 돌려 올려다보니 세르이라가 빙그레 웃는다.
"오늘은 폐하께서 좀 늦으시네요. 먼저 궁으로 들어갈까요?"
"아니!"
어차피 궁으로 들어가 있어도 기다려야 하는데 이왕 기다리는 거면 희사원에서 기다리는 게 한층 더 나았다. 푸딩을 들고 나무 밑으로 들어가 앉는다. 나무에서 전해져 오는 서늘한 기운이 너무 시원했다. 아, 다른 곳은 정말 더워.
"더 놀아. 나무, 나무 좋아."
내가 그렇게 나오자 세르이라도 어쩔 수 없는 모양이었다. 어깨를 한번 으쓱이다 내 옆에 와 앉는다. 앉은 상태로 그릇은 내 허벅지 위에 올려놓고 푸딩을 마저 떠먹으며, 나는 괜히 한숨을 내쉬었다.
우리 애비, 정말 바쁜가 보구나. 그렇게 붙어 있을 때는 좀 떨어졌으면 싶더니만 바쁘다고 떨어져 있으니까 뭔가 기분이 복잡했다. 아무래도 저기 남쪽에 있다는 프레치아와의 전쟁 때문인 것 같은데. 그게 정말 생각대로 풀리지 않는 모양이었다. 인생사가 원래 다 그런 거라지만. 원래대로라면 지금쯤 다 끝나 있을 상황인데, 현실은 지지부진하게 대치 중이란다.

그나마 아시시라는 기사가 가서 상황이 좋은 거라 여차하면 아빠도 가서 가담해야 할지도 모르는 상황이라고. 그나저나 프레치아라.

"끄응."

갑자기 마음이 무거워진다. 이젠 이름도 기억나지 않는 그 공주가 프레치아의 공주라고 했던 것 같은데. 페일린 공주였나.

아, 몰라. 기억 안 나. 괜스레 우울해진다. 그 공주 진짜로 죽었다는 사실이……. 딱히 죽을 만한 죄를 지은 건 아니었는데. 따지고 보면 나 때문에 죽은 거잖아, 망할. 아, 나 때문에 사람이 죽다니. 무언가 뒤통수를 얻어맞은 듯 큰 충격은 아니었지만 적어도 내게 사소한 행동들을 제어하는 파문 정도는 일으켰다. 뭐, 그 공주 잘못이라고는 하지만. 그래도 내가 그렇게 울지만 않았다면 죽지 않았을 텐데.

"모르겠다."

내 혼잣말에 세르이라가 돌아본다. 나는 아무것도 아니라는 듯 해맑게 웃었다. 북프레치아는 이미 점령을 한 상태라던데, 결론은 남프레치아가 문제라는 소리였다.

희한하게 프레치아라는 제국은 마치 옛 로마가 서로마, 동로마로 갈린 것처럼 사실상 북프레치아, 남프레치아로 구분되어 있었다. 단지 로마와 다른 점이라면 프레치아라는 나라로서 묶여는 있는데, 같이 모시는 황제만 같을 뿐이지 북과 남은 체계도 문화도 언어도 살짝 다르다는 사실. 심지어 그 황제도 거의 허수아비라니, 뭐.

단합을 하면 아그리젠트보다 더 셀 텐데. 아무래도 실질적인 지배자인 북쪽의 재상과 남쪽의 수상首相이 서로를 견제하기 바빠서 그럴 일은 없을 거라고 했다. 그리고 그 주장은 지금 전쟁으로 확인되었다.

복잡한 이야기가 많았지만 아무래도 내가 아그리젠트 제국민이 되어서 그런지 그냥 우리나라가 이겼으면 했다. 안일하다. 정말 애 같은 말이네. 전쟁엔 승자도 패자도 없는데 말이지, 하.

"저긴 뭐야?"

푸딩을 다 먹고 빈둥빈둥 놀려니 갑자기 전에 보이지 않던 길이 내 눈에 띈다. 저건 어디로 가는 걸까? 매번 솔레이 궁으로만 가서 그런지 까먹고 있었지만 희사원은 이 황궁의 중심부에 있는 거대한 정원이었다. 고로 어디든 바로 이어져 있다. 뭐 그런 말이지. 물론 가장 가까운 곳은 솔레이 궁이었지만.

"후정後庭으로 가는 길이에요."

"후정?"

후정이 뭐지? 처음 듣는 용어였다. 후정?

"아그리젠트에 오신 공주님들이나 왕녀님들이 모여 사시는 곳이에요."

아, 후궁. 그러고 보니 언젠가 그 프레치아의 공주를 만났던 장소도 저 근처 어딘가였던 듯했다. 갑자기 내가 호기심을 드러내자 불안했던지 세르이라가 덧붙인다.

"웬만하면 가지 마세요."

"왜?"

응? 아, 물을 필요가 없구나. 아무 생각 없이 되물은 것이었는데, 정말 생각 없는 질문이었다. 왜라니? 뻔하잖아. 그나저나 난감한 질문을 했네. 그런데 그렇다고 되돌리기는 뭐하다. 뭐, 어쩔 수 없지. 그냥 빤히 쳐다봐야지.

"공주님한테 좋을 게 하나도 없어서요."

"그렇구나."

그래, 뭐, 세르이라가 틀린 말을 하는 건 아니었다. 확실히 후궁의 사람들이 나에게 친절하리라는 보장도 없고, 애초에 그쪽 사람들은 나 때문에 희사원 출입도 엔간하면 자제한다니, 말 다했지. 아무래도 카이텔에게 그 후궁의 여자들은 자기 것으로 인식되지 않는 모양이었다. 하기야 애초에 그 여자들을 대놓고 후궁이라 칭하는 곳에 전부 처박은 이유부터가······.

"시원해."

그나저나 겨울나무야, 넌 겨울엔 히터도 되고 여름엔 에어컨도 되니 정말 유용하구나. 이런 나무 한 100그루만 더 있었으면 좋겠다. 말도 안 되는 생각이지만 그 정도 더 있으면 내가 가는 곳마다 심어서 꿈에도 그리던 천연 냉방을 실현시킬 수 있을 텐데.

으음, 한번 꺾꽂이 도전해 봐?

"더위를 많이 타는 모양이군."

나지막한 목소리에 깜짝 놀라 고개를 돌렸다. 역시나. 언제 온 건지 어느새 내 앞에 서 있는 남자는 이젠 내게 너무나 익숙해진 내 아빠였다. 근데 개처럼 헥헥대지도 않았건만 내가 더위를 타는 건 어떻게 안 거람? 하긴 그렇게 빨빨거리며 돌아다니던 애가 축 늘어져서 세르이라에게 기댄 채 나무만 보고 있으니, 모르는 게 더 신기한 거였네, 젠장.

"파파!"

방긋 웃으며 일어서니 카이텔의 입매가 살짝 느슨해진다. 페르델처럼 대놓고 환호하는 것도, 세르이라처럼 다정하게 웃어 주는 것도 아니었는데 이런 아주 작은 반응이 이상하게 더 기뻤다. 안 그러는 놈이 반응해 줘서 그런가?

"다녀오셨어요."

언젠가 했던 대로 일단 치맛자락을 잡고 한번 몸을 낮춘다. 이건 이 나라의 레이디가 하는 인사 예절의 일부분이었다. 그리고 내가 하나씩 배우고 있는 예절이기도 하지. 세르이라 말고 가끔 날 돌봐 주는 시녀가 가르치는데, 이게 은근히 까다로웠다. 아, 스물다섯이나 되는 내 나이에 예절부터 배워야 하다니, 말세야, 말세.

"어머."

곧잘하는 내 모습에 세르이라가 제 입을 가리며 기특해 한다. 다정하게 웃어 주는 세르이라를 한 번 쳐다보고, 나는 다시 카이텔에게 시선을 돌렸다.

어때, 애비야, 나 이제 좀 키운 보람 느껴지고 그러지 않음?

막 기특하지 않아?

내 말에 대꾸라도 하듯 카이텔의 손이 내 머리에 닿았다. 머리를 쓰다듬는 손길이 익숙하다. 쳇, 나 원래 누가 나 건드리고 그러는 거 싫어했는데. 아무래도 환생하고 나서 달라진 게 의외로 많이 있었다. 쓰다듬는 손길에 맞춰 고개를 흔들다가 그대로 카이텔의 품에 파고든다. 아직 키가 작아서 그래 봤자 고작 다리를 잡는 게 전부였지만 그것만으로도 충분했다. 부비부비.

"뭐 하고 놀았지?"

내 머리를 쓰다듬어 주다가 문득 카이텔의 시선이 세르이라에게로 향한다. 세르이라는 여전히 카이텔이 거북스런 모양이었다. 무섭거나. 쉽게 대꾸를 못하는 우리 엄마 대신 내가 입을 연다.

"푸딩 먹고, 구르고, 풀잎 세고, 나무 보고!"

한 사람의 잉여가 되었습니다. 그런데 이렇게 말하면 안 되겠지?

"막 그러고 놀았어."

내 대꾸에 카이텔이 말없이 내 머리만 쓰다듬는다.

야, 뭐라고 대답이라도 좀 해 봐. 내가 괜히 민망해지잖아. 대꾸도 없는데 무표정이고, 내 머리만 쓰다듬고 있는 이 아버지를 대체 어찌하면 좋으리오. 이 어색하고 민망한 분위기에 괜히 내가 다 열받다, 엉엉.

"아빠, 이리 와."

에라, 모르겠다. 이 서먹함에서 벗어날 수 있다면 악마에게 영혼이라도 팔 수 있을 것 같았다. 뭐? 내 영혼 안 팔린다고? 젠장, 이제 악마까지 날 거부하네.

"봐봐, 시원해."

그러니 이제 무슨 말이라도 해 보렴. 카이텔을 끌고 겨울나무 근처에 가니 냉기가 확 올라온다. 아, 근데 진짜 시원하긴 시원하다. 시원하다 못해 추울 정도였으니까.

"그래."

근데 네 대답은 그게 끝이니? 어째 말이 많이 짧다?

불만스레 올려다보는데, 카이텔이 무표정으로 날 내려다본다. 부녀는 한동안 그렇게 서로를 지그시 응시했다. 뭐야, 눈싸움 하자는 거야? 이쯤 되면 뭐 하자는 건지 가치관에 혼란이 생기는데.

아, 눈 따가워.

"공주님, 이제 들어가 보셔야 돼요."

오랫동안 눈을 깜빡이지 않았더니 따가워져서 급하게 눈을 감고 나오는 눈물을 손등으로 닦는데, 세르이라가 나를 불렀다.

우우우, 벌써? 아직 해도 다 안 졌는데. 카이텔이 오자마자 돌아가자는 그 심보는 뭔데! 꼭 들어가야 하나? 가기 싫다. 아직 밖에서 더 놀고 싶었다. 들어가 봤자 나는 더 잉여인간이 될 뿐이라고! 그저 하루하루 똥이나 만드는 기계가 되는 기분을 니들이 알아?

"산책할까?"

어, 정말?

웬일로 카이텔이 예쁜 짓을 한다, 산책을 하자니. 나는 반색하며 고개를 끄덕였다. 그리고 그의 손을 잡는다.

"산책!"

아, 근데 네 손 너무 높이 있어, 망할. 그냥 단순히 내가 키가 작은 거겠지만 인정하지 않겠다. 네 손이 너무 높은데 달려 있는 거야! 결국 배려 없는 카이텔이 손을 내려 주지 않아서 차마 손을 잡지는 못하고 망토 자락이나 붙잡고 질질 끌어당겨졌다.

"산책!"

세르이라가 한 소리 하기 전에 빨리 가자, 응? 애비야, 서둘러라. 나는 산책이 많이 고프구나.

"너무 밖에 오래 계셨는데……."

걱정스러운 목소리는 정말 떼를 쓰지 못하게 할 정도로 큰 위력을 발휘한다. 아, 이래서 딴소리 안 나올 때 후딱 사라지려 했던 건데. 아무리 내가 밖에 더 있고 싶다지만 세르이라가 저런 표정과 저런 어조로 말을 하면 그 의욕도 싸그리 깡그리 눈 녹듯 사라졌다. 흑, 이대로 들어가야지 뭐 어째. 그래, 가자, 가.

풀이 죽어서 우울한 시선을 아래로 향한 채 솔레이 궁 쪽으로 몸을 돌린다. 아, 이제 씻고 잠이나 자야 되는구나. 오늘도 한 것 없이 보냈네. 오늘 한 것 중 제일 보람찬 건 역시 푸딩을 먹은 것밖에 없나?

세르이라의 바람대로 궁에나 들어가려고 했는데, 갑자기 내 허리에 큰 손이 쑥 들어온다. 응? 순식간에 들려져서 허둥대는데, 내 머리 위로 카이텔의 목소리가 떨어졌다.

"내가 책임지지."

이 세계는 달이 없었다. 멀거니 올려다보는 하늘은 늘 보았던 하늘보다 맑고 청명하다. 구름 한 점 없는 하늘에 수놓인 수많은 별들이 빼곡히 저마다의 빛을 냈다. 예뻐라.

그 빛깔들에 나는 그저 내가 아는 우주적 상식을 대입할 수 있는 여지를 느껴서 무언가 안심하곤 했다. 다른 세계지만 완전히 다른 건 아니라는 그런 안도…….

아, 그러고 보니 정확히 말해서 달이 없는 건 아니었구나.

"아클리스는 언제 떠?"

발걸음을 멈추고 뒤따라오는 카이텔을 돌아본다. 하늘을 보다 사람을 보는 건데, 그래도 하늘을 보던 높이와 별반 다르지 않게 올려다봐야 해서 목이 아팠다. 이러다 목에 깁스를 해야 될지도.

내가 앞서 걸어가고, 그 뒤를 카이텔이 따라온다. 우리 둘의 산책은 그런 식이었다. 원래대로 내가 원하는 산책의 그림이 나오려면 카이텔과 손을 잡아야 했는데, 거기엔 아주 안타까운 사실이 하나 있었으니. 바로 그와 나의 키 차이가 정말 무식할 정도로 난다는 것이었다.

 제길, 내가 원하는 그 산책은 아마 내가 좀 더 크고 난 다음에 가능할 것 같았다. 흑흑, 얼른 자라야지.

 "재작년 오월경쯤에 졌으니 이제 내년 유월경에나 뜨겠지."

 "에……."

 멀다. 아직도 한참 남았다는 소리잖아. 우와, 그놈의 달 한 번 보는 게 무슨 올림픽을 기다리는 수준이랑 맞먹네.

 아클리스. 3년에 한 번씩 3개월 동안 뜨고, 3개월은 온 하늘을 새카맣게 물들인다는 달. 그게 바로 이 또 다른 지구에 뜨는 달이었다.

 근데 내가 생각하는 달이랑은 좀 달랐다. 아클리스는 온 하늘을 덮을 정도로 거대한 달이라니까. 적어도 내가 아는 달의 몇 천 배는 더 큰 달이었다. 아클리스가 떠 있는 하늘은 오로지 아클리스밖에 없다고 한다. 거기다가 백야현상이라도 온 것처럼 밤도 좀 환하다고 했다. 그래서 아클리스가 뜨는 3개월 동안은 축제를 벌이고, 별도 뜨지 않는 나머지 3개월은 안식의 기도를 드린다고 하니까. 뭐, 생각해 보니 올림픽 기다리는 수준이랑 같은 거 맞네. 아클리스가 뜨면 온갖 국제적인 학술회나 경기 같은 게 온 나라에서 개최된다는 소리도 있었으니까.

 "보고 싶은 건가?"

 "웅!"

 당연히 보고 싶지, 너라면 안 보고 싶겠냐? 이건 내가 전생의 기억이 없었어도 보고 싶은 사안이었다. 그렇게 큰 달이 존재한다는데. 대체 얼마나 크길래 그렇게 보인다는 걸까. 궁금해. 상상만으로는 도저히 감이 안 잡혀서, 끙.

"응?"

고민하느라 입술에 손을 대고 있었는데, 그 사이로 카이텔의 큰 손이 파고든다. 아, 차가워. 내 체온보다 현격히 낮은 온도 저도 모르게 이마를 찌푸렸다.

이게 뭐 하는 짓이냐, 너.

내 험악한 인상에도 불구하고 그 손은 내 입술을 한 번 훑더니 그대로 내 이마를 짚었다. 그리고 이내 내 머리카락을 쓰다듬는다. 어깨를 조금 넘는 길이의 머리카락이 카이텔의 손가락 끝에 걸렸다.

고개를 든다. 그러니까 어느새 나와 시선을 맞추려 몸을 낮춘 카이텔의 눈동자가 바로 앞에서 보였다. 진홍색. 크림슨의 붉은 눈. 누가 루비를 조각해 박아 놓은 것 같았다.

이 자식, 한동안 안 그러더니 또 시작이네.

이번엔 또 뭐가 문제니, 애비야.

"아리아드나."

응? 갑자기 왜 불러? 느닷없이 불린 이름에 고개를 갸웃하니 카이텔이 고요히 날 응시한다. 아마도 눈빛으로 말해요, 뭐 이런 거 같은데……. 저기 애비야, 나 독심술은 못하거든? 우리 사이좋게 대화로 풀어 보는 게 어떨까? 나 이제 인간의 말도 할 수 있게 되었는데 말이지, 응?

"이름이 너무 길군."

네가 지어 준 거잖아, 망할 놈아!

내가 이것뿐이면 말을 안 해. 그 뭐냐, 그 뭐였지? 아, 씨, 내 풀네임이 뭐였더라?

"아리아드나 레르그 일레스트리 프레 아그리젠트."

그래, 그런 이름이었지. 끄덕끄덕 고개를 흔들다 보니 무언가 위화감이 느껴진다. 어라, 어라라? 잠깐, 카이텔, 너 내 이름 다 기억하고 있는 거야? 정말?

오, 방금 내 눈앞에서 벌어진 현실이건만, 이건 좀 놀라웠다. 통 나에 대한 애정이 보이지 않아서 나도 외우기 어려운 내 이름 모르고 있는지 알았는데.

"리아!"

내가 소리친다. 다들 날 그렇게 불러. 참 흔해 보여서 마음에 안 드는 애칭이긴 했지만 일린이 지어 준 것이기도 했고, 무엇보다도 세르이라도 날 그렇게 부르고, 또 페르델도 그렇게 부르니까.

"리아?"

응, 리아!

고개를 끄덕끄덕 위아래로 흔드니 카이텔의 손이 내 머리에 얹어졌다. 뭐야, 무거워.

빈말이 아니라 정말 무거웠다. 아, 손조차 무겁다니 이래서 어린 아이들이란, 쯧쯧. 하지만 속으로만 불평할 뿐 대놓고 내색하지는 않는다. 그건 오늘 유난히 가라앉은 카이텔의 눈동자 때문도 있었다.

네가 그런 눈동자를 할 때면, 난 정말 어떻게 해 줘야 할지 모르겠어. 나도 모르게 울상을 짓고 만다. 정말 정말 아무것도 모르겠다. 뭘 바라는지, 뭘 원하는지, 또 어쩌고 싶은 건지도. 차라리 페르델과 있는 때라던가 칼을 들고 미친 것처럼 난리를 치는 게 나았다. 이렇게 세상 다 산 것 같이 허탈한 숨을 내쉬며 공허한 시선을 보내면 정말 어쩔 줄을 모른다. 내가 어떻게 해 줘야 하는 거니, 이 망할 애비야. 응?

"텔!"

이제 이런 얼굴, 다시는 안 보여 주는지 알았는데. 그건 단지 단둘이 있는 시간이 줄어들어 생긴 현상이었던 것뿐인 걸까. 무언가 안타까웠다. 내가 자신을 가리키며 웃자 카이텔이 내 손가락으로 시선을 내렸다. 나는 손가락을 돌려 이제 나를 가리켰다.

"리아!"

그리고 활짝 미소.

바로 눈앞에서 벌어지는 가면 쓰기를 모르는 척하는 건 쉽지 않지만 그래도 애써 모르는 척 웃었다. 정말 아무것도 모르는 아기인 양. 이래야 그가 마음 놓고 이럴 수 있을 테니. 카이텔이 웃는다. 겨우 입술을 일그러뜨리는 정도일 뿐이었는데, 그래도 그게 나에게는 미소로 보였다.

"내가 텔이라는 건가."

응응, 용케 잘 알아듣네.

아무래도 애비 이름이 카이텔이니까 애칭으로 부르려면 카이 아니면 텔인데, 카이는 뭔가 날카로운 어감이니 더 짧고 간단한 텔이 더 좋게 느껴진다. 카이텔 르슈 바이비즐 루안 아그리젠트. 이 긴 이름은 내 이름도 아닌데 왜 이렇게 잘 외워진 거람.

"그렇군."

머리에 얹어진 손이 내 머리를 쓰다듬는다. 그 손길에 머리를 가져다 대며 나는 환하게 웃었다. 내 미소에 늘 그렇듯 카이텔이 조용히 미소 짓는다.

"전엔 개 같았는데, 지금은 고양이 같군."

"고양이?"

개 같다고 했을 땐 욕이라고 생각했는데, 왜 고양이 같다고 그러니까 욕이라는 생각이 안 드는 걸까. 오히려 칭찬처럼 느껴져서 나는 조금 당황했다. 대체 뭐야, 개와 고양이의 차이가. 그냥 종족이 다르다는 것밖에 난 모르겠는데.

"그거 나 예쁘다는 거야?"

"누가 그래?"

근데, 이 자식이!

그럼 대체 무슨 의미로 고양이 같다 그런 거야, 너! 당장 이실직고해!

"아니야?"

"……."

새침하게 되물으니 카이텔이 입을 다문다. 정말 꾹 다물었다.

어쭈, 이것 봐라?

"그럼 뭐야?"

인상을 찌푸리며 내가 물었지만 카이텔은 그저 입을 다물었다. 야, 너 왜 대답 안 해! 내가 만만하냐! 고양이 같다며, 고양이 같다고 말한 건 너였잖아! 그게 대체 무슨 의미인데! 왜 대답을 안 해! 설마 또 욕이냐, 이 자식. 갑자기 서러움이 몰려온다. 이런 놈을 애비라고 좋아하고 있으니, 내 처량한 인생.

그렇다고 내가 보내는 고까운 시선을 대놓고 무시하기는 그랬는지 카이텔이 일어섰다. 어이, 야, 내 말 무시하는 거냐! 내가 카이텔의 옷자락을 잡아채니 그제야 돌아본다. 그러더니 한단 소리가.

"돌아가자."

……야.

내 나이 두 살, 드디어 인생의 진리를 깨달았다.

카이텔은 나보고 개 같다고 했지만, 아니, 난 개만도 못한 것이었다. 개도 안 걸리는 여름 감기라니. 이게 대체 무슨 소리야! 개도 안 걸린다고. 그러니까 나도 안 걸릴 거라 그렇게 호언장담을 했는데. 아, 머리 어지러워.

"세르이라—."

분명 스스로 욕실에서 나왔는데 제 발로 서 있을 수가 없다. 방에 들어와서 샤워를 마치고 나자 갑자기 순식간에 온몸에 열이 올랐다. 제 몸의 열기에 저조차 찌는 기분이었다. 일단 세르이라를 붙잡고 숨부터 몰아쉰다.

아, 갑갑해. 무언가가 숨구멍을 틀어쥐고 있는 기분이었다. 얼마나 숨 쉬는 게 갑갑했으면 입 구멍까지 크게 열어 숨을 들이마시고 있겠는가. 문제는 그런데도 숨이 부족했다.

"공주님!"

내 상태가 척 보기에도 심상치 않았던 건지 세르이라가 사색이 된 얼굴로 내 몸을 안는다. 내 몸에 닿는 세르이라의 살결이 시원해서 왜인지 기분이 좋았다. 아, 근데 정말 진심으로 죽을 것 같다. 열이 너무 잔뜩 올라서 머리가 띵했다. 목도 따끔따끔. 이건 그냥 감기가 아닌 것 같은데, 감기가 원래 이렇게 독했던가?

"불덩이 같네, 이걸 어째."

씨근덕거리는 숨소리는 내가 듣기에도 거칠었다. 아, 몰라. 일단 눕고 싶다. 끙, 아, 머리 아파. 두통은 갑자기 왜 오는 거야!

"무슨 일이지?"

샤워를 마친 카이텔이 방 안에 들어서자 세르이라가 화들짝 놀란 상태로 고개를 숙였다. 너무 놀라길래 우리 애비가 깨라도 홀딱 벗고 있는 줄 알았는데, 힘겹게 실눈을 떠서 보니 그건 아니었다. 심지어 잠옷도 다 차려 입었는데 뭐가 문제인 거야. 아, 잠옷이 문제인 건가.

"그, 그것이."

하얗게 질린 표정으로 세르이라가 품에 안은 나를 보인다. 그 순간 굳어지는 카이텔의 표정을 나는 확실히 볼 수 있었다.

아빠, 나 아파!

정말 놀랐는지 수건도 떨어뜨리고 내게 다가온 카이텔이 다짜고짜 내 이마를 짚는다. 큰 손의 서늘함이 내게 시원하게만 느껴졌다. 아, 시원해. 이러고 있으니까 정신이 좀 드는 것 같기도 하고. 그런데 몸이 무겁다, 정말. 몸이 천 근이라도 되는 것처럼 엄청 무거웠다.

"갑자기 왜 이러는 거지?!"

잡아먹을 듯 세르이라를 다그치는 목소리가 사납다. 세르이라 괴롭히지 말라고 입을 열고 싶은데, 열려진 입술은 그저 가는 숨만 내뱉다가 다시 닫혔다. 나는 지금 숨 쉬는 것조차 괴로운 상황이었다. 머리는 지끈지끈하지, 몸은 갑자기 무겁지, 세상은 뜨겁지. 아, 나 이대로 죽는 건가?

"태의를 불러와라!"

"예, 폐하."

항상 대기하던 시종이 나가고 시녀들이 다급히 흩어진다. 원래대로라면 세르이라도 나가야 했지만 내가 이래서인지 나가지 못하고 멈춰 서서 카이텔의 품에 안긴 나를 바라보기만 했다.

"갑자기 왜 이러는 거지? 아까까지만 해도 아무렇지 않았잖아!"

화난 것 같아. 당황한 목소리인데, 이 상황이 혼란스러운 모양이었다. 그래, 그건 나도 마찬가지거든.

"아, 아무래도 밖에 너무 오래 계셨던 것이······."

아, 멍청이. 내 몸이 아직도 스물다섯인지 착각하고 있었다. 한 번도 이 몸으로 아파 본 적이 없어서 더 그랬던 모양이었다. 내가 밤새도록 술 퍼마시고 싸돌아다녀도 끄떡없는 몸으로 살았기 때문에 자연스럽게 이 몸도 그런 줄 알았다.

그런데 난 아직 두 살밖에 안 됐고, 이 새로운 내 몸은 모래성처럼 부서지기 쉬운 연약한 몸이라는 것도 잊고 있었다. 이럴 줄 알았으면 세르이라 말을 들을걸. 그동안 내가 아프지 않았던 건 내가 잘나서가 아니라 다 세르이라가 알아서 잘 챙겨 줘서 그런 거였는데. 아, 지끈거려.

"왜 이렇게 몸이 불덩이지? 젠장, 이게 갑자기 무슨."

왜 그렇게까지 당황한 건지 모를 정도로 카이텔은 당황하고 있었다. 내가 아픈 게 처음이라 그런가. 그렇다고 쳐도 저건 너무 과민반응인데. 아, 몰라. 너 좀 그만 떠들어 봐.

"감기인 듯하옵니다, 폐하. 이, 일단 진정하심이······."

"어떻게 해야 하지? 뭐부터 어째야 하냐고!"

세르이라의 멱살이라도 잡을 기세라 힘들어 죽겠는데 손을 올려 카이텔의 옷자락을 잡았다. 나를 부여안고 어쩔 줄을 몰라 하던 카이텔의 시선이 바로 내게로 꽂힌다.

"파…… 파."

그만 성내라. 머리 울린다. 이게 성낸다고 해결될 일도 아니고.

"……"

다행히 내가 붙잡자 난동을 부리는 건 어떻게 어찌어찌 중단이 된 모양이었다. 하긴 딸이 아픈 와중에도 그만두라고 잡았는데 당연히 그만둬야지! 그만 안 두면 넌 그냥 망할 놈. 하기사 이미 개새끼에 나쁜 놈에 미친놈까지 해 먹었는데, 거기에 망할 놈이 추가된다고 뭐 달라지는 게 있겠냐만은. 아.

갑자기 날 안은 손아귀에 힘이 들어간다. 내 작은 손을 부여잡은 카이텔이 방 밖을 돌아보며 소리 질렀다. 이 새끼가 기껏 닥치게 만들었더니 또 떠들어. 머리 울린다고!

"태의는 왜 이렇게 안 와?!"

"곧 오실 겁니다. 걱정하지 마십시오."

"누가 걱정을 한다 그래? 왜 이렇게 느려!"

저 인간, 저거. 진짜 성질 개 같아. 누가 미친개 아니랄까 봐 왈왈 짖고 있다. 아, 어쩌지. 너무 열이 확 올랐나 봐. 미칠 것 같다. 너무 아프니까 이제 눈물까지 흘렸다. 점점 정신이 아득해진다. 이거 정신줄 놓으면 안 될 것 같은데…….

"폐, 폐하, 일단 공주님을 눕히시는 것이."

"태의는?!"

하지만 카이텔이 성질내는 걸 마지막으로 내 눈은 결국 감기고 말았다.
 오, 신이시여.
 신 타령을 한 보람이 있는 건지 아니면 그냥 내가 멍청한 건지 눈을 감은 이후는 그냥 아득한 어둠이었다. 사실 무언가 시원한 게 내 머리를 짚었던 것도 같고, 자꾸 죽을 것 같아서 몸을 뒤틀 때마다 누가 내 가슴을 토닥거려 주는 것도 같았지만 그건 곧 내가 있는 어둠에 의해 다 먹혀 버렸다.

 죽겠다, 정말.
 억지로 누가 입을 벌려 무언가를 먹이기도 했다. 일단 받아먹긴 했는데, 그건 코가 매울 정도로 쓴맛이었다. 으엑, 맨정신이라면 그냥 먹기도 힘들다.
 아, 입맛 버렸네. 갑자기 푸딩 먹고 싶다, 푸딩.
 말캉하고 몰랑몰랑한 느낌이 정말 좋은데. 젤리도 좋았다. 근데 지금은 내가 젤리가 된 것 같네. 내 몸이 풀어져서 뜨거운 물에 담긴 느낌이었다. 아니, 온몸이 난로가 된 느낌. 어느 순간 몸이 갑갑했다. 아, 더워. 누가 이것 좀 치워 봐.
 "안됩니다, 폐하."
 이건 세르이라의 목소리였다. 근데 폐하라면……. 아, 카이텔이랑 둘이 같이 있는 거야? 옆 어딘가에서 물소리도 들렸다. 근데 눈꺼풀이 무거워서 좀처럼 떠지지를 않는다. 눈 뜨고 싶은데.
 "조금만 걷는 건 괜찮지 않나?"
 "몸을 따뜻하게 유지해야 합니다."
 둘이 싸우지 마라. 어차피 싸워 봤자 세르이라가 지겠지만 세르이라가 잘못해서 카이텔에게 맞거나 하는 불상사는 일어나지 않기를 바랐다. 물론 카이텔이 힘없는 여자를 패거나 때리거나 강간하는 천하의 개쌍놈은 아닐 거라 믿고 있기는 하지만.

"내놔라."

목이 탄다. 물 마시고 싶어, 엉엉. 갈증 난다. 진짜 몸이 왜 이렇게 뜨거운 건지. 진짜 온몸의 모든 근육이 통증을 호소하는 것만 같았다. 엉엉, 콧물 때문에 코도 막히고 진짜. 다음부터는 세르이라 말 잘 들어야지. 떼쓰지 말아야지. 말 한 번 안 들었다고 정말 호되게 혼나는구나.

낑낑대며 몸을 뒤척이는데, 갑자기 이마가 시원해졌다. 이마에 닿는 감촉으로 미루어 보아 찬 물수건이었다. 누가 나를 닦아 주고 있는 거구나. 그나마 물수건이 얼굴을 닦아 주니 뜨거웠던 게 한결 나았다. 어째 숨 쉬는 것도 좀 편해지는 것 같고. 다음은 목, 그다음엔 팔, 그리고 다시 이마.

"진짜 보기 흉하군."

보기 흉해서 미안합니다. 그런데 어째 그 말을 내뱉는 목소리 톤이 이상하다. 느물느물하게 잠겨 있는 목소리였다. 나는 힘겹게 눈을 떠 보려 했다. 어떻게 해서든. 아, 안 돼. 눈이 안 떠진다.

눈꺼풀 너 진짜 무거운 아이구나.

"아플 데가 어디 있다고 이 조그마한 게 아픈 거지?"

찡그린 얼굴이 언뜻 눈앞에서 스쳐 지나간다. 겨우 잠시 뜬 시야에 들어온 카이텔의 얼굴이었다. 아픈 건 난데, 왜 지가 더 아픈 표정을 하고 있담. 아무튼 알다가도 모를 놈이야.

그래도 이마에 닿는 수건은 정말 시원했다.

"조그마해도 생명체는 생명체입니다. 아프기도 하고 울기도 하는."
"훈계하지 마라."
대꾸하는 목소리가 제법 날카로웠다. 너 이 자식, 네가 아무리 내 아빠라도 세르이라를 건드리면 말이 다르지! 우리 세르이라한테 뭐라고 하지 마! 생각 같아선 벌떡 일어서서 다리라도 차 주고 싶은데, 아, 망할 놈의 몸뚱어리. 아무튼 네가 원수다, 원수야. 감기 싫어, 엉엉.
"넌 정말 네 남편하고 똑같아."
응? 세르이라의 남편이라면 죽었다던 그 백작 말하는 건가? 카이텔이 그 백작을 아주 잘 알고 있다는 말투여서 좀 의외였다. 그러고 보니 원래 내 유모 자리를 권유한 게 카이텔이었구나. 잘 아는 게 당연한 거네.
"칭찬 감사드립니다."
"그 점도 똑같다."
똑같다면서 왜 이렇게 불쾌하다는 듯이 말하는 건지. 아무튼 솔직하지 못하다니까. 어쩐지 감사하다고 말하는 세르이라가 웃고 있는 듯해서 기분이 묘했다. 안 보여서 진짜 웃는 건지는 모르겠다. 아, 몰라. 잠이나 잘래. 다시 정신이 아득히 저 밑으로 꺼져 간다.
"나가 봐라. 여긴 내가 지킬 테니."
너 혼자 남아서 뭐 할 건데? 카이텔을 타박하고 싶었지만 세르이라는 의외로 쉽게 물러났다.
"예, 폐하."
그리고 방 안에 흐르는 것은 깊은 정적. 순간 목에서 터져 나오는 기침에 몸을 흔들었다. 아, 목 아파. 가래가 나오는 것 같은데,

그냥 목에 무언가가 스치는 것만으로도 너무 아파서 정신을 차릴 수가 없었다.

허둥지둥 옆에서 무언가가 움직이는 기척은 느껴진다. 그러나 나오려던 가래인지 알 수 없는 침 덩어리는 다시 목구멍 너머로 삼켜지고, 터져 나오는 건 결국 기침뿐이었다. 그러나 그 기침만으로도 목이 찢어질 것 같았다. 엉엉.

"도저히 어떻게 해 줄 수가……."

안타까운 목소리가 귓가에 흐른다.

"없군."

그건 언뜻 자책하는 것 같기도 했다.

"책임지겠다고 해 놓고."

중얼거리듯 속삭이는 작은 목소리. 안타까움이 밀려온다. 내가 지금 아픈 게 내 탓이지 카이텔 탓은 아닌데. 내가 그때 떼를 쓰지 않았다면 이렇게 아플 일도 없었고. 하긴 하루 종일 나무 좋다고 그 냉기가 뿜어져 나오는 겨울나무에 죽치고 있었으니 감기가 들지 않을 턱이 없었다. 내가 생각해도 멍청했어.

"망할."

그 작은 욕지거리를 마지막으로……. 나는 다시 잠에 빨려 들어갔다.

평소에도 잠을 깊게 자는 편이기는 했는데 몸이 아픈 탓인지 이번에는 정말 시체처럼 죽은 듯이 잘 수 있었다. 중간에 여러 번 깰 뻔한 위기가 있긴 했지만 그때마다 무언가가 편히 자는 걸 도와주어 다행히 계속 잠을 잘 수 있었다.

몸이 지나치게 뜨거워질 때면 어떻게든 금세 무언가 차가운 게 열을 앗아 가서 다시 금방 시원해지기도 했다. 그 덕에 나는 정말 편안하게 잠을 청했다.

꿀맛 같은 잠이어서 그런지 의외로 다시 일어났을 때 눈을 뜨는 건 너무 쉽고 간단한 일이 되어 있었다. 몸도…… 어쩐지 개운해. 누운 자세 그대로 눈꺼풀만 움직여 눈을 뜬다. 으, 응? 어? 열 내렸다. 이제 열이 안 나네. 눈을 찌르는 옅은 햇살에 어느새 아침이 되었다는 사실을 깨닫는다.

벌써 아침이구나. 한 몇 시간밖에 지나지 않은 것 같은데, 그건 아닌 모양이다. 아무튼 열 내려서 다행이다. 죽는 줄 알았네.

그런데도 여전히 목이 말랐다. 물 없나, 물?

물을 찾기 위해 고개를 돌려 주변을 살피다가 순간 내 팔에 걸리는 덩어리 때문에 깜짝 놀라 몸을 움츠렸다. 아, 깜짝이야. 뭐 이상한 거라도 있는지 알고 놀랐는데, 그건 이상한 게 아니라…….

왜 이러고 자고 있는 거지?

바로 카이텔이었다.

왜 여기서 자고 있는 거야. 의자에 앉은 채로 침대에 엎드린 모습이 뭔가 익숙하다. 내가 회사에서 야근할 때 좀 잠이 몰려오면 저러고 자주 잤는데. 물론 카이텔이 야근하다 여기서 이렇게 잘 일은 없고. 대체 뭐지?

상체를 일으키고 싶었는데, 아직 그 정도까지 힘을 줄 정도로 몸이 제 상태로 돌아온 건 아니었다. 게다가 묘하게 지치는 것이 아무래도 더 자야 할 듯싶었다. 아니, 자더라도 일단 얘가 왜 이렇게 자는지는 알고 자야 할 것 같은데.

잉차잉차. 몸을 어떻게든 뒤틀어 움직이니 보니 순간 카이텔의 손에 무언가가 쥐어진 것을 발견할 수 있었다.

다름 아닌 흰 수건. 눈이 동그랗게 떠진다.

밤새 지켜 준 손길이 카이텔이었단 말인가. 적어도 세르이라나 일린일 줄 알았는데. 남을 돌본다는 게 쉬운 건 아닌데, 간병하는 건 더 쉽지 않았다. 물론 잠결에 카이텔이 세르이라 보고 나가 있으란 말을 언뜻 듣기는 했는데. 뭐야, 그거 다 꿈 아니었나?

기분이 미묘하다. 정말 미묘했다. 무언가가 갑자기 울컥하며 솟구친다. 목구멍까지 흘러나온 이 감정이 무슨 이름을 가진 것인지는 모르겠다. 그저 갑자기 코끝이 찡해졌다. 정말 느닷없이.

네가 내 애비이긴 한 모양이구나.

제대로 자지도 못하고 이렇게 엎어진 모습을 보니 안쓰럽다. 나도 모르게 손을 뻗는다. 손끝에 닿는 카이텔의 뺨이 참 따스했다. 부드럽기도 하고. 뭔 놈의 남자 피부가 이렇게 좋아? 가까이 보니 모공도 없는 것 같다. 이런 건 타고나는 게 아니라 관리의 힘이라고 굳건히 믿고 있었건만 얘를 보니 타고난 것도 있어야 하는 것 같기도 하고. 아, 왜 갑자기 눈물이 나지.

"파파."

거부하려고 해도, 부정하려고 해도 이젠 정말 어쩔 수 없는 모양이었다. 아빠와 딸이라는 이름으로 묶여 버린 이 관계. 가족이란 이름하에 성립된 우리의 관계를. 정말 더 이상은 어쩔 수 없는 모양이었다. 게다가 점점 우리 사이를 갈라놓던 이 거리도 좁혀지고 있으니, 나는 대체 어쩌면 좋단 말인가. 막막했다.

정말 까마득하게 막막했다.

예전이라면 내가 아프든 말든 상관 말고 신경도 안 썼을 놈인데, 하.

하루하루의 거리가 쌓여 어느새 이만큼 와 버린 현재를 확인하니 덜컥 겁부터 들었다. 지금이 이 정도인데, 대체 이 관계의 끝엔 뭐가 있을까. 두렵다. 두려우면서도…… 자꾸 기대하게 된다. 언젠가 내가 이 남자에게 사랑한다는 말을 하게 될 날이 올까? 진짜 내 아빠라고 여기게 될 날이 올까? 이 남자가 날 정말로 딸이라고 생각할 날이 올까?

모르겠다.

정말 모르겠다.

그냥 머릿속이 복잡했다. 차라리 이럴 거면 전생의 기억을 깡그리 잊고 태어나는 게 더 나았을 텐데.

"하……"

낮은 숨을 몰아쉬고 나도 모르게 눈을 감는다. 그러면서도 쓰다듬는 손을 거두지 못하는 건 정말 나도 이해되지 않는 행동이었다. 많이 피곤했을 텐데. 안 그래도 요새 일이 많아져서 많이 치이던데. 그런데도 날 밤새 간호해 줬다니. 천하의 카이텔이. 무언가 고마움과 안쓰러움이 동시에 느껴져서 다시 한 번 녀석의 뺨을 쓰다듬는데, 은적의 속눈썹이 파르르 떨렸다. 어?

움찔하는 작은 몸짓과 함께 곧 눈꺼풀이 올라간다. 그리고 드러나는 건 내 눈동자와 같은 색채의 눈동자. 막 잠에서 깨어나 초점조차 흐릿한 시선이 나를 바라본다. 시선이 마주치자마자 나는 오늘도 웃었다. 그 어떤 햇살보다 환하게.

"좋은 아침!"

아파서 잠긴 목소리가 갈라진다. 그래도 뭐가 그렇게 좋다고 웃었다. 웃고 또 웃고 또 웃는다. 내가 이 세상의 모든 즐거움을 다 가진 사람인 양.

그런 나를 응시하는 카이텔의 시선이 별안간 흔들렸다. 어쩐지 그의 표정이 흐려진 것 같기도 했다. 더불어 그의 얼굴에서 절대 떨어지지 않는 그 가면이 조금— 떨어진 것 같기도. 다시 웃는 내게 나지막한 목소리가 말을 건넨다.

그건 카이텔의 대답이었다.

"……좋은 아침."

오늘도 좋은 아침이에요, 아빠.

* * *

누군가의 품에 안겨 있는 감촉은 무언가 기묘하다.

외롭거나 울고 싶거나 누군가에게 기대고 싶을 땐 한없이 좋고 아늑하고 편하지만 지금처럼 심심하고 나가고 싶고 재미없으면 한없이 걸리적거렸다. 또 그저 함께하는 온기와 존재 자체가 위로 될 때가 있는 반면 마냥 귀찮고 거슬리는 때도 있는 법이다.

아, 그래서 내가 하고 싶은 말이 뭐냐 하면…….

혼자 앉고 싶어!!

"부, 부러워."

눈앞의 페르델이 두 손을 부르르 떨며 날 바라본다. 앤 또 왜이래? 세상 다 산 것 같은 얼굴로 카이텔의 품에서 꼼지락거리고 있으려니 페르델이 눈앞에서 눈물을 훔쳤다. 아, 근데 애비야, 제발 나 혼자 앉아 있으면 안 될까? 네 품이 지금은 매우 귀찮거든? 내가 한두 살 먹은 어린애도 아니고, 이렇게 감싸고돌아야 어디 쓰겠니?

아, 나 이제 두 살이었구나, 썩을.

"아, 리아."

윽, 또 시작됐다. 내 예감대로 페르델은 그대로 눈물을 훔치며 두 손을 부여잡았다, 윽.

"넌 왜 이렇게 귀엽니! 엉엉, 정말 사랑스럽다! 엉엉, 진짜 천사야, 이건!"

왜 불안한 예감은 틀리지를 않을까? 이번만큼은 카이텔 품에 안겨 있는 게 매우 다행이라 생각하며 애써 페르델을 외면했다. 한숨부터 절로 나온다.

야, 너 그거 범죄 수준이라고. 물론 내가 거부할 수 없을 정도로 귀엽고 예쁘다는 건 나도 아는 사실이다만 그렇게 날 너무 사랑하면 안 돼. 정신 차려! 난 이미 아빠가 있는 몸…….

널 내 아빠로 삼을 수는 없어!

아, 갑자기 시르비아 보고 싶다, 쩝. 분명 페르델이 더 먼저 만났는데, 어째 애정도는 시르비아가 더 높았다. 하, 이것이 바로 종족에 따른 호감도 차이라는 건가. 시르비아랑 세르이라는 종족이 엄마니까. 역시 엄마는 못 이겨.

그러고 보니 이상하다. 따지고 보면 시르비아가 스물둘이니까 원래 나보다 나이가 더 어린데, 정말 이상하게 시르비아는 엄마

같았다. 그것도 엄청 착한 엄마. 단순히 분위기 때문인가? 물론 키에 따른 시야의 차이도 이런 심리에 영향을 미치긴 했겠지만. 뭐, 하긴 나 이제 세르이라도 정말 엄마처럼 여기고 있으니. 아, 근데 진짜 좀이 쑤신다. 혼자 앉고 싶어!!

"파파."

나는 카이텔에게 매달렸다. 나 이제 놔줘라. 응? 놔 달라고, 이 자식아. 주먹으로 가슴을 때리기도 했는데, 카이텔은 그냥 무심하게 날 한 번 내려다봤을 뿐 바로 다시 서류로 시선을 옮겼다.

야, 무시하지 말라고! 덕분에 그 품에 안겨 있는 나는 그대로 무시……

대체 내가 어쩌다 이 꼬라지가 된 걸까.

카이텔이 이거나 가지고 놀라고 준 시토를 보며 나는 한숨을 내쉬었다. 이거 가지고 어떻게 놀아, 내가 진짜 애새끼도 아니고! 하, 아까 그렇게 미친년 널뛰듯 뛰어다니는 게 아니었어, 흑흑.

"푸우!"

오랜만에 온 카이텔의 휴게실이 너무 반가워서 아까 좀 나돌아다니다가 그만 발에 서류 더미가 걸리고 말았다. 물론 난 넘어졌고 그 때문에 무릎이 까져 버렸다. 피까지 날 정도로 까진 살들을 보며, 요새 액운이라도 낀 건지 많이 다치고 아프구나 하는 생각은 했는데. 원래 애들은 다 한 번씩 구르면서 크는 거 아닌가요? 별 대수롭지 않게 생각하는 건 나뿐이었다.

아프긴 했지만 내가 막 울거나 그러지는 않아서 괜찮을 줄 알았는데, 그건 나만의 착각. 그 이후로 카이텔은 나를 안고 내가 제 품에서 나가는 걸 철저하게 막았다.

망할, 적어도 혼자 앉게 해 달란 말이야! 투정을 부려 보았지만 카이텔한테 통할 리가 없다. 결국 다 포기하고 만사에 초탈한 노인의 얼굴을 한 채로 파파의 가슴에 등을 기대며 한숨을 내쉬었다. 아, 심심해.

"카이텔."

"왜?"

페르델은 그 이후에 보고할 사안이 있다며 들어왔다. 그의 등장에 왜인지 카이텔은 매우 고까워했지만 페르델은 개의치 않았고 그리고 지금 이 상황이다. 아, 지루해. 애비 품에 마냥 할 짓 없이 안겨 있는 건 정말 곤욕이었다. 예전엔 살해당할까 봐 설설 기는 스릴이라도 있었다지만 지금은 아니라고! 아니란 말이야!

지금은 적어도 내가 대놓고 배신하거나 그러지 않는 이상 다 넘어가 줄 것만 같은 수준이었으니까. 아, 몰라. 그냥 희사원에 가 있을 걸 그랬어. 왜 집무실에 놀러 온 걸까, 흑흑.

그 순간 페르델이 사뭇 심각한 얼굴로 진지하게 입을 연다.

"나도 공주님 한 번 내 무릎에 앉혀 보면 안 될까?"

……고작 그거 물어보려고 그렇게 폼을 잡은 거냐, 에라이!

"안 돼."

생각할 가치도 없는지 카이텔은 즉시 거절했다. 너 이 자식, 너도 나랑 같은 처지구나. 엉엉, 너 이 새끼 힘내라! 파이팅! 그리고 나도 덩달아 파이팅. 일말의 기대라도 품고 물어봤던 페르델이 그 자세 그대로 굳었다.

"파파—."

내가 생각해도 간드러진 목소리다. 전생엔 주로 무언가를 얻어

낼 때 썼던 목소리. 허나 카이텔은 날 한번 내려다보더니 매몰차게 거절했다.

"너도 안 돼."

아씨, 내가 무슨 말을 할 줄 알고 나도 안 된대!

"파파!"

"안 돼."

야, 이 미친놈아, 나 아직 아무 말도 안 했거든! 뭐가 안 되는 건데! 내 말 막지 말라고 너!

"혼자서 않……."

"안 돼."

이것이 살기인가. 왜 사람이 사람을 죽이는지 알 것 같아.

이 새끼가, 근데.

나는 그냥 그의 품에서 팔짱이나 끼고 한숨을 내쉬었다. 야, 나 이제 제법 커서 무거울 텐데, 많이 무거울 텐데! 정말 무거운데! 아까부터 이러고 있는 거 진짜 안 무거운 거니? 아아, 진짜 어쩌다가 이 꼴이 됐을꼬. 저절로 한탄이 흘러나온다.

안 그래도 내가 전에 한 번 감기 때문에 거나하게 아픈 뒤로 여러 가지가 바뀌었다. 일단 카이텔은 그날 이후로 카이텔은 내가 아무리 하고 싶다고 해도 세르이라가 안 된다고 하면 절대 내편을 들어 주지 않았다. 너무해! 그리고 두 번째로는 내가 밖에 오래 있는 걸 절대 허락하지 않았고, 마지막으로는 조금이라도 다치거나 넘어지면 이렇듯 지금처럼 과잉보호를 시작했다.

아, 과잉보호라니! 내가 이 나이에 과잉보호를 받다니! 스물다섯에 과잉보호! 이게 대체 무슨 일이오!

결국 할 건 없고, 할 수 있는 건 카이텔 얼굴 구경이랑 꼼지락거리는 것뿐이라 나는 그의 머리카락을 잡았다. 머리 안 아프니, 애비야. 그러나 돌아오는 건 무관심. 에라이, 그래, 혼자 놀기의 진수를 보여 주마. 손안에서 은적발의 머리카락이 예쁘게 빛난다.

머리나 따야지. 이거 별 모양으로 따 볼게요!

"일이나 해. 보고하러 온 거 아니었나?"

"읽어 보면 알잖아. 뭘 더 보고해."

"그럼 꺼지든가."

매정한 카이텔. 친구라곤 달랑 저놈 하나뿐인데, 이렇게 매정해서야 어디 쓰겠니! 나는 머리카락을 잡아당기며 좀 더 고운 말을 쓸 것을 종용했다. 하지만 카이텔에겐 씨알도 먹히지 않는다. 그냥 내가 머리카락을 가지고 장난치는 것처럼 넘기……. 아, 어쩐지 무시당하는 인생 겁나 슬퍼.

"카이텔."

페르델은 다시 심각한 목소리로 우리 애비를 불렀다. 왜? 또 날 안아 봐도 되냐는 소리 하려고?

"대체 왜 안 가는 거야?"

그러나 이번엔 나의 예언이 실행되지 않았다. 뭐냐, 불길한 예감이 아니라 그런 거니. 왜인지 내 예감한테 버림받은 기분이지만 뭐 난 괜찮아. 정말이야. 아무렇지도 않아. 아마도.

페르델은 목소리처럼 표정도 진지했다. 정말 새삼스럽게.

"너도 스트레스가 쌓여 있고, 전장도 네가 필요한데, 왜……."

아, 남쪽의 전쟁 때문에 이러는 거구나. 벌써 날짜가 이번 달의 월말을 향해 가는데, 아직도 페르델은 카이텔을 꼬시는 중이었다.

이상하게 카이텔은 이번만큼은 전쟁에서 많이 소극적이었다. 원래 제일 먼저 칼 들고 나서는 게 카이텔이라던데.

왜 그러지? 아, 모르겠다.

괜히 아빠의 머리카락이나 물어뜯는다. 오물오물. 처음에는 그냥 전쟁을 하는구나 싶었는데, 자꾸 전쟁 이야기가 나오니까 나도 되레 심각해졌다. 그러고 보면 우리 애비가 요새 확실히 전보다는 험악해진 것 같긴 한데 말이지. 이게 페르델이 말하는 스트레스가 쌓인 상태인가?

꽤 한참이나 대꾸가 없어서 이번에도 페르델을 무시하는 줄 알았는데 한참 후 의외로 순순히 대꾸가 흘러나왔다.

"기껏 다녀왔는데, 날 기억 못하면 기분 더러울 것 같아서."

"어?"

응? 그게 무슨 소리야? 어라? 근데 넌 왜 날 봐?

페르델이 시선은 나에게 향한 채 어쩐지 당황한 기색으로 되물었다.

"마, 많이 더러울 것 같아? 그럼 안 되는데."

"일단은."

페르델의 말을 끊고 카이텔이 다 읽은 서류철을 넘겼다.

"진행 상황이나 보고해."

그 명령에 페르델이 얼굴을 구긴다. 받아 든 서류를 한 번 뒤적이더니, 이내 큰 한숨을 내쉬었다.

"여전히 대치 중이야. 오히려 이렇게 가다간 우리 쪽이 힘들어질 수 있어. 프레치아의 율토스 왕조를 무너뜨리는 건 일 년을 넘기면 곤란해."

1년. 많이 짧은데. 내가 살던 현대의 전쟁을 고려해 봐도 심하게 짧았다. 그런데 그걸 저렇게 길다고 말하는 거라면…….

그만큼 승산이 큰 전쟁을 하고 있다는 건가. 갑자기 문득 언젠가 전쟁이 일어나는 건 서로의 전력이 비슷하고 팽배할 때가 아니라 오히려 한쪽이 매우 딸릴 때 더 잘 일어난다는 말이 떠올랐다. 뭔가 찝찝하네. 참, 거시기하다.

"결국 네가 가 봐야 할 것 같아."

"이 나이 때쯤엔 사람을 얼마 동안 기억할 수 있지?"

기분이 미묘해서 입맛을 다시고 있는데, 카이텔의 목소리에 페르델이 또 날 쳐다보았다. 그러니까 날 왜 쳐다보냐고! 나한테 돈이라도 꿔 갔니. 날 뜯어보는 시선이 사뭇 진지해서 뭐라 말하진 않았다만 하는 것 없는데 자꾸 주목되는 것도 피곤한 일이었다.

"그야 나는 모르지."

카이텔이 미간을 찌푸린다.

"아는 게 뭐냐."

"내 매력?"

아오, 저게.

내가 발끈하는 순간과 동시에 카이텔이 볼펜 하나를 던졌다. 정면으로 맞은 페르델이 제 이마를 붙잡고 고통스러워한다.

흥, 쌤통이다.

"야, 너 방금 거 진짜 아팠다!"

"펜 쪼가리가 아파 봤자."

"엄살 아니야! 네 손에서 날아온 건 뭔가 특별하다고! 패기, 패기가 실려 있나?"

그래, 널 죽이고 싶은 살기가 실려 있다. 괜한 엄살 부리는 페르델은 무시하고 카이텔은 고개를 돌려 대기 중이던 시녀에게로 시선을 주었다.

"유모 어디 있지?"

"모셔 오겠습니다."

조용하게 빠져나간 시녀는 정말 바로 세르이라를 데려왔다. 아마 옆방에서 대기 중인 건 알고 있었다만 그래도 꽤 빠른 소환이었다. 나한테 무슨 문제가 생긴 줄 알고 심각한 얼굴로 들어오는 거 보니 기분이 묘하다. 엄마, 나 무사해.

"부르셨습니까?"

얌전히 들어와 가지런히 손을 모으고 선 세르이라를 보며 카이텔은 바로 제가 궁금한 걸 물었다.

"사람을 얼마 동안 오래 기억할 수 있지?"

"예? 아, 아무리 뛰어나도 한 달 이상은……."

많이 부정적인 대답. 말끝을 흐리는 걸 보니 아마 그 전에도 까먹을 가능성이 있다는 건데, 세르이라의 반응에 카이텔의 얼굴이 눈에 띄게 굳어진다.

전쟁 못 가시겠네, 허허. 그 순간 페르델이 소리 없는 아우성을 친다. 세르이라에게 막 눈치를 주었다. 어떻게 좀 해 달라는 무언의 부탁. 그런데 그 절박한 표정이 꽤나 심각해서 상냥한 세르이라에겐 쉽게 먹혀들었다.

"최, 최대 세 달은 어떻게 기억할 것 같습니다. ……아마도."

뒤에 아마도는 왜 붙인 거니? 그게 너의 마지막 양심이니? 흑, 페르델이 소리 없는 환호를 하며 신난 표정으로 물어본다.

"안 갈 거야?"

"다물어."

낮은 목소리로 카이텔은 바로 윽박질렀다. 아, 저 슬픈 놈. 저건 진짜 말이 많아 슬픈 짐승이야. 그대로 굳은 페르델은 뭔가 심각하게 불만이 많은 듯 붕어처럼 입을 뻐끔뻐끔 벌렸지만 그마저도 곧 구박당했다.

"생각 중이야. 방해돼."

"……."

페르델이 조용히 무너진다.

쯧쯧, 내 저럴 줄 알았지. 나라도 가서 어깨라도 토닥거려 주고 싶긴 한데, 네가 보고 있는 대로 내가 이런 처지라. 이 애비는 그 와중에도 날 놓지 않았다. 내가 네 인형이냐?

"저기."

싸늘하게 가라앉은 분위기 가운데 아주 조용한 목소리가 카이텔을 부른다. 애비는 방해된다는 말을 듣고도 꿋꿋이 말하는 페르델을 짜증난다는 시선으로 바라보았지만 페르델은 정말 억울하다는 얼굴로 대꾸했다.

"나 아직 보고 남아 있는데."

그리고 깔린 것은 침묵. 세르이라는 이 상황에 괜히 눈치를 보며 서 있었다. 하긴 나가란 말도 없는데 나가는 것도 무례니까. 왜 우리는 죄진 것도 없는데 여기 껴서 이러고 있어야 하는가!

"해."

허락이 떨어지자마자 페르델이 시선으로 세르이라를 내보낸다. 한 번 고개를 숙이고 인사를 마친 세르이라가 조용히 방을 나갔고, 그 즉시 페르델이 말을 시작했다.
"랑그르에서 이상한 징조가 발견됐어. 너도 알다시피 랑그르는 사막에서 생존하느라 부족들이 연합해서 세운 부족국가잖아? 다른 여타 연합국보다도 부족들의 연계는 끈끈하고 오히려 혈족으로 이루어져 있어서 더 복잡한, 뭐 그런 나라잖아. 그런데 최근 한 부족이 다른 부족을 학살하거나 핍박하는 행패가 진행되고 있다고 해."
다했다!
별 모양으로 따는 건 역시 무리라서 그냥 평범하게 땋는데. 아, 예쁘다. 누가 땋는지 정말 예쁘네. 그게 카이텔의 머리라서 더 예쁜 것 같았다.
내가 머리를 다 따고 혼자 손뼉을 치며 좋아하자 카이텔이 내게 시선을 준다. 그리고 한 짓은 내가 땋은 머리를 다시 풀어 버리는 것이었다. ······아오.
"그래서?"
도도하게 묻는 자태가 참으로 아름다웠지만 내 눈엔 한없이 얄밉다. 야, 이놈아, 내가 그래도 이 고사리같이 작은 손으로 나름 몇 분이나 들여서 만들어 낸 걸작인데 그걸 그렇게 한 번에!
젠장, 틀렸어. 꿈도 희망도 없어.
"그런데 아무도 반발을 안 한대."
페르델은 심각하게 말했지만 카이텔의 반응은 남달랐다.
"어쩌라고."
어, 음······.
저기, 애비야, 우리나라 동쪽에서 대량의 익명학살이 일어나고 있다는데, 할 말은 그것뿐이니? '어머, 어떡해, 그거 미친 거 아니야' 정도까지는 아니더라도 '그렇구나, 심했네' 뭐 이런 반응을 기대하면 내가 이상한 거니?

"이거 좀 수상해서."

아, 이상한 거구나. 미안.

잠시 잊고 있었지만 우리 애비는 그 만만치 않은 대량학살의 전적이 있는 인간이었다. 끄응, 이런 데서 이런 거 깨달으니 기분 요상하네. 원래 알고 있던 거긴 했는데, 하.

여기에 어째 정상적인 인간은 나밖에 없는 것 같아.

그 전에 한 가지 전제된 문제라면 나의 정상에 대한 기준과 이곳의 정상에 대한 기준이 다르다는 것이었지만.

손가락을 하나씩 움직이며, 책상을 손끝으로 톡톡 두들기다가 페르델이 싱긋 웃는다. 그건 진심으로 이제껏 봐 왔던 그 어떤 미소보다 사악한 것이었다.

"도와줄까?"

도와주는 거면 도와주는 거지 왜 그렇게 웃는 건데?

아, 이 자식 진짜 흑막인가 봐. 어떡해. 무서워. 다시 애비의 머리카락을 따며 생각한 거지만 역시 페르델은 쉽게 믿으면 안 되는 인간이었다. 어쩜 인간이 저리도 사악한 기운이 흘러나오는 건지. 하지만 카이텔이 개의치 않았다.

"마음대로 해."

오히려 관심 없다는 듯 보고된 다른 서류를 펴 보는 카이텔에게 페르델은 은밀하게 말을 잇는다. 마치 비밀이라도 속삭이는 것마냥.

"한동안 재정에 구멍이 날지도 몰라."

'그것도 크게'라고 조용히, 사악하게 덧붙인다. 어째 부정하고 사악한 기운이 이곳에 늘어나고 있는 것 같은 건 나만의 착각인가? 카이텔이 서류에서 시선을 떼고 가늘게 뜬 눈으로 대꾸한다.

"네 특기나 써먹어."

응? 특기? 특기가 뭔데?

카이텔이 한숨 쉬듯 숨을 내쉬며 손안에서 서류를 내려놓는다. 그리고 등 뒤를 기대며 품에 안은 나를 한번 고쳐 안았다.

"폭군이라며 날 앞세우고, 뒤에서 내 짓이라며 온갖 나쁜 짓을 저지르겠다던 그 재상은 어디 갔지?"

"아직 여기 있지."

페르델은 자랑스레 웃으며 고개를 한번 끄덕였다. 뻐기는 듯한 몸짓에 괜히 내가 고개를 살래살래 내젓게 된다. 어휴, 그게 자랑이냐?

"근데 너 폭군 맞잖아."

순간 살기 어린 시선이 페르델에게 화살처럼 꽂힌다.

"죄송합니다."

저렇게 바로 굽히면서도 꾸준하게 건드리는 이유는 정말 뭘까. 그 점이 정말 존경스럽긴 하지만 가끔은 진짜 머릿속이 궁금한 놈이었다.

"원하는 게 뭐야?"

"아."

뭔가 깨달은 듯 뺨을 긁다가 페르델이 빙그레 웃는다. 아까 못지않은 사악한 미소였다.

"귀족들한테 세금 좀 걷어 달라고."

"너도 귀족이다."

카이텔은 한심한 목소리로 뇌까렸지만 페르델에게서 돌아오는 반응은 그저 어깨를 으쓱하는 것뿐이었다.

"괜찮아."

그리고 도도하게 고개를 치켜든다.

"내가 후작은 아니니까."

나는 따고 있던 카이텔의 머리카락을 그대로 손에서 놓쳤다.

저놈 보소.

손에서 멋대로 공이 튀어나간다.

아오, 진짜. 아까부터 계속 저게!

난 공 하나 제대로 튕기지 못하는 바보인가. 멀거니 멀어지는 공을 바라보다 한숨을 내쉬었다. 널 기필코 잡아 주마! 전생에선 체육이랑 별 관련이 없는 몸치였는데, 어째 그건 환생해서도 별반 달라지지 않았다. 나도 드리블해 보고 싶다, 드리블!

허나 그건 나의 꿈일 뿐. 현실은 또 어기적어기적 걸어서 도망가는 공을 겨우겨우 붙잡는 것이었다. 정말 어찌나 재빠르게 도망가는지, 이거 붙잡는 것만으로도 충분한 운동이 된다. 공은 다 좋은데, 너무 제멋대로 굴러다녀. 일단 여차여차 붙잡긴 했는데, 너무 집중하던 터라 순간 배경이 바뀐 줄도 몰랐다.

여긴 어디지?

"응?"

공을 붙잡은 것까진 좋았는데, 고개를 들어 주변을 돌아보니 난생처음 와 보는 곳이다. 여긴 대체 어디다냐? 물론 아그리젠트의 황궁은 무지막지하게 크다. 내가 못 가 본 곳도 많았다. 그래도 분명 희사원의 겨울나무 근처에서 놀고 있었는데. 대체 어디로 빠졌길래, 이런 곳으로 빠진 거람?

"어머."

어? 사람 목소리다.

고개를 돌리니 거리가 좀 되는 곳에서 어떤 여자 하나가 날 보며 놀랐다. 응? 왜 놀라, 내가 괴물이라도 돼?

아, 근데 저 언니 옷차림이 어째 좀 다르다? 나는 고개를 갸웃했다. 솔레이 궁 시녀들은 항상 정복만을 입었는데, 여기는 좀 다른 모양이었다. 아니, 가만있어 보자. 어라, 애초에 복식이 좀 다른데? 갑자기 외국의 궁으로 내가 날아간 건 아닐 테고, 이게 대체 무슨 일이지?

"뭐야, 무슨 일이야?"

"어머!"

"어라, 아기네?"

순식간에 어디서 튀어나온지 모를 여인들이 하나둘 고개를 내민다. 수군거리는 목소리에 나는 좀 의아했다. 그 이유가 간간이 못 알아듣는 언어도 있어서였는데. 아니, 그건 언어라기보단 일종의 이름 같은 느낌이었다. 별안간 날 둘러싸고 어디서 나타난지 모를 여자들이 가득가득 생겨난다.

응? 으응?

"아가, 후궁엔 웬일이니?"

한 여자가 다가와 말을 걸자 비로소 나는 내가 어디 있는지 깨달았다. 후궁, 후궁이라니. 얼굴이 굳는 건 당연지사다. 왓더헬. 이게 무슨 일이요. 정신없이 놀다 보니 어느새 여기까지 들어왔던 모양이었다. 아, 나.

"귀엽다!"

"그런데 은적발이네?"

"응?"

누군가가 던진 말 한마디에 귀엽다며 달아오른 분위기가 한순간에 차갑게 식었다. 이놈의 머리카락. 아오, 정말 순간이었지만 뜯어 버리고 싶은 충동을 느꼈다. 그래, 이 모습 때문에 나를 못 알아보는 건 적어도 이 궁 내엔 없었다.

"어쩌다가 여기까지 왔니?"

그 틈을 타 다른 여인이 다가와 말을 걸어 보지만 나는 눈짓으로 주변의 분위기를 살피며 품 안에 안은 공을 더 꽉 끌어안았다. 호랑이 굴에 들어왔어. 그것도 내 발로! 이, 이걸 어쩌지.

"귀여운 아기씨네."

"재미있는 걸 들고 있네."

"어디 언니한테 한번 줘 볼래?"

다들 친절한 목소리로 상냥하게 말을 걸고 있지만 어쩐지 껄끄러운 건 사실이었다. 이게 대체 뭐람. 저 부드러운 미소가 도리어 부담스러웠다. 물론 내가 귀엽긴 한데, 그건 내 눈에만 그런 거고. 아, 불편해. 대체 어디로 가야 되지? 일린이랑 둘이 놀고 있었는데, 일린은 내가 없어진 것도 모르는 건가? 안 따라온 거야?

"이름이 뭐야? 이제 몇 살?"

다 알면서 그러지 마라, 너네.

아무리 생각해도 다들 순수한 호의로 내게 접근하는 것 같지는 않았다. 그게 호의인지 적의인지는 사실 잘 모르겠고. 에라, 모르겠다.

"어, 아기야!"

최대한 사람이 없는 방향을 선택해 달렸다. 어차피 그래 봤자 애라서 따라오면 어떻게 잡힐지도 몰라서 불안해서 더 열심히 달렸는데, 그 때문에 정말 머리가 하얗게 빌 정도로 정신이 없었다.

아, 힘들어. 잘 도망친 건가? 인적이 드문 곳에 도착하자 바로 공을 내려놓고 그대로 바닥으로 무너진다. 죽겠다.

내가 대체 이 꼴이 뭐란 말인가. 새삼 오랜만에 내 처지에 대해 회의감이 몰려왔다.

망할, 왜 이런 몸으로 태어나서!

"어라?"

응?

아무 생각 없이 고개를 들었는데 순간 마주친 푸른 눈동자에 흠칫 놀란다. 사람이 또 있어! 놀라서 바로 일어나 공을 잡고 뒤로 물러서니 그쪽에서도 놀란 듯 입을 가린다. 아, 또 도망쳐야 하나. 이미 체력은 바닥난 상태인데, 이걸 어쩌지.

"……"

구긴 표정으로 입술을 꾹 다물고 있으니, 그 공간에 미묘한 침묵이 흐른다.

이런 거 싫은데. 대체 어디로 가야 희사원으로 다시 나간단 말인가. 괜히 목이 다 말라 왔다. 입술이 바싹 마르는 기분이었다. 그 순간 그 여인이 별안간 어딘가를 가리켰다. 응? 그 작은 행동에도 흠칫하며 반사적으로 뒤로 한 걸음 물러난다. 뭐, 뭐지?

"저쪽으로 가렴."

아?

옅은 푸른 머리의 여자는 그렇게 말하고 그냥 바로 가 버렸다.

응? 순식간에 그 자리에 혼자 남겨져 버린 꼴이라, 나는 조금 얼떨떨한 기분을 곱씹으며 품 안의 공을 껴안았다.

뭐지? 분명 팽팽한 무언가가 있었던 것 같은데, 단지 나만의 착각이었나. 아무튼 감사히 알려 준 대로 그쪽으로 나가긴 했다. 처음 보는 사람이라 엉뚱한 길을 알려 줬으면 어쩌지?

뭐, 그렇다고 이 황궁에 잘못 들어가면 죽거나 그런 곳은 없어서 다행인데…….

내가 방금 한 모든 걱정은 정말 쓸모없는 걱정이었다. 바로 나왔네, 희사원. 바로 눈앞에 보이는 나무를 올려다보며 괜히 내 인성에 대한 회의감에 빠져든다. 아, 처음 보는 사람을 무작정 의심부터 하고 보다니. 나도 썩었어.

"공주님!"

찾아다닌 건지 일린은 바로 날 발견하더니 달려왔다.

"어디 가셨어요!"

잔뜩 걱정스러운 얼굴에 물끄러미 방금 나온 길을 가리킨다.

"후궁."

"어디 안 다치셨어요? 무슨 일 없었나요?"

"없었어."

기겁하는 일린은 안심시키며, 나는 내 공을 일린에게 넘겼다. 내가 들고 있다간 놓칠 거 같아. 내가 넘긴 공을 받아 들고 나자 정신을 차린 일린이 나를 재촉한다.

"자, 가요. 세르이라 님이 찾으세요."

"응!"

돌아가기 싫지만 세르이라가 찾는다니 가야지.

솔레이 궁으로 들어가 내 방으로 곧장 향하니 나를 내 방에서 희사원으로 쫓아낸 원흉의 목소리가 우렁차게 들렸다.

"싫어! 저리 가!"

쟨 아직도 저러고 있네.

"그레시토!"

어떻게 해서든 그레시토를 달래 보려 세르이라가 애쓰지만 어째 그레시토는 세르이라가 달래면 달랠수록 더 심하게 반항했다. 대체 뭐가 그렇게 싫은 건지.

그래도 말 안 듣는 아이를 다루는 세르이라를 보니 새삼 세르이라도 엄마구나 싶다. 괜히 우리 엄마가 나 어렸을 때 혼낼 때가 다 생각나네. 근데 나한테 유독 꿀 바른 듯 상냥한 건 내가 공주라서 그런가? 아니지, 내가 말을 잘 들으니까 그렇겠지? 그치?

"세르이라—."

소리 내어 그녀를 부르니 그레시토를 달래고 있던 세르이라가 고개를 돌린다. 환하게 걸리는 미소를 보며 나도 같이 웃어 주었다.

"아, 공주님, 오셨어요. 앉으세요. 간식 드실 시간이에요."

"응!"

일린의 도움으로 의자에 무사히 앉고, 나는 오늘도 맛있는 간식을 쳐다보았다. 아, 역시 디저트는 진리야. 몸이 달라서 입맛도 다른 건진 모르겠는데, 나는 이상하게 주는 모든 음식이 맛있었다. 쿠키를 냠냠 맛있게 먹어 치우고 있자니 앞에서 벌어지는 소란이 어째 잠잠하다. 내가 등장해서 세르이라랑 신경전하는 걸 그만둔 건가? 날 노려보는 시선이 날카롭다. 그래, 뭐, 어느 쪽이든 그리

달갑진 않았지만.

"너도 먹어, 시토."

그래도 이런 애를 붙잡고 진심으로 상대할 만큼 내가 어린 것도 아니었으니, 뭐. 내 권유에 잠시 말이 없던 꼬맹이는 별안간 흥 소리를 내며 고개를 돌렸다. 쟤는 내가 뭘 하기만 하면 싫은가 봐. 그래도 지지부진한 실랑이가 멈추었다는 것에 만족했다. 얌전히 내 앞자리에 앉는 그레시토를 보며 세르이라가 안도의 한숨을 내쉰다.

"브레이브 남작 부인께선 괜찮으세요?"

"응. 의원은 괜찮다더라."

"걱정이 이만저만이 아니시겠어요."

"괜찮단다."

으음, 그래. 쿠키 하나를 들어 입에 물면서 나는 괜히 그레시토를 쳐다보았다. 시선이 마주치자 그레시토가 고개를 돌린다. 그러면서도 어째 안절부절못하는 게……. 할머니가 아파서 엄마한테 맡겨진 상황이 갑작스럽고 불편한 거겠지.

하지만 불편한 건 세르이라도 마찬가지다. 일 때문에 달려가 보고 싶은 마음을 꾹 누르고 있는 건데, 거기에 그레시토까지 속을 썩이니 오죽하겠나. 나라도 말 잘 들어야지. 원래 그럴 생각이었지만 더더욱 그 생각을 굳히며, 나는 눈앞의 애플파이 한 조각을 다 먹어 치웠다.

"자, 먹어야지."

내가 먹어 치우는 모습을 넋 놓고 그레시토가 응시한다.

응? 왜 보니? 내가 너무 예뻐? 하긴 내가 좀 예쁘긴 하지. 그래도 먹을 걸 눈앞에 두고도 이성을 잃을 만큼 예쁘지는 않는데.

어, 음. ……이건 내가 생각해도 좀 무리수네, 젠장.

"안 먹어!"

"그레시토!"

세르이라의 손을 쳐 낸 바람에 순간 애플파이가 날아갈 뻔했다. 근데 저 자식이!

나는 체벌을 절대 하지 않겠다는 세르이라의 교육 방침을 매우 사랑했지만 가끔씩 이럴 때만은 체벌이 필요하다는 생각이 들었다. 아오! 또다시 시작된 실랑이에 괜히 내가 다 눈살을 찌푸린다. 또 한바탕 전쟁을 치르겠지? 생각만 해도 머리가 아팠다. 뭐, 어쩔 수 없지. 이 몸이 나서야지.

"먹지 마라. 내가 먹어야지."

"고, 공주님."

그레시토가 먹지 않겠다고 한 애플파이 한 조각의 그릇을 집어 바로 내 쪽으로 끌고 온다. 접시를 끄는 소리가 방 안에 크게 울렸다. 그러나 내 앞에 놓고 포크를 든 순간, 다시 그 그릇을 그레시토에게 빼앗겨야만 했다.

"내놔!"

그리고 바로 포크를 들어 애플파이를 먹어 치우기 시작한다. 나는 한숨과 함께 포크를 내려놓았다.

결국 먹을 거면서 튕기기는.

잠잘 시간.

다 씻고 카이텔의 침실에서 기다리고 있던 나는 불현듯 들어온 카이텔의 표정을 보고 잠깐 굳었다. 응? 으응? 웬일로 카이텔이 무서운 얼굴로 날 내려다본다. 평소와 다름없이 달려가 그 품에 안기려다가 나는 잠깐 멈칫했다.

처음 보는, 아니, 처음은 아니구나. 아무튼 적응되지 않는 그 표정에 살짝 긴장했다. 나 뭐 잘못했던가? 대체 뭘 잘못한 거지?! 머리를 굴려 봤다. 이리 굴리고, 저리 굴리고, 결과는 그런 적 없음. 으, 응? 그럼 뭐가 대체 문제지? 오늘 저녁 같이 못 먹은 거? 그건 그냥 카이텔이 바빠서 못 먹은 거뿐이잖아. 대체 갑자기 이게 무슨 날벼락이람.

어색한 침묵이 흐른다. 어쩔 수 없지. 나는 그냥 평범하게 굴기로 했다. 평범하게……

"파파—."

애교 가득한 음성으로 해맑게 웃으며 안기기!

평소보다도 더 환한 얼굴로 열심히 미소 지었다. 뭔진 모르겠지만 내가 뭐 잘못한 거 있으면 화를 풀렴, 애비야. 내가 설마 나쁜 의도로 그랬겠니? 다 몰라서 그랬단다. 그러니까 네가 날 이해해 봐. 너그럽게. 아빠답게!

어린 애가 뭐 한두 번 실수 정도 하고 그러는 거지. 안 그래?

없는 애교까지 동원해서 애교를 부린 보람 있게 카이텔의 굳은 표정이 서서히 풀린다. 그의 품 안에 폭 안겨 온갖 예쁜 짓이란 예쁜 짓은 다한 지라 나는 좀 지쳤다. 이놈의 애비가 이제 두 살짜리 애한테 별걸 다 시켜요. 그래도 고개를 숙이고 나를 안는 그 자연스러움이 싫다는 건 아니고.

"후궁에"

"응?"

"갔었다 들었다."

그거 아까 낮에 있었던 일인데. 몸이 저절로 굳는다. 벌써 이야기가 거기까지 흘러간 거? 아, 나, 일린 고 계집애가 진짜. 대충 후궁이 어떤 곳인지 알기 때문에 갑자기 이러는 카이텔이 더 공포스러웠다. 윽, 설마 거기 한 번 들어갔다고 내 목을 자르거나 그러진 않겠…….

아, 싫다. 충분히 가능성 있다고 생각하는 내 자신이, 흑흑.

애비야, 그래서 나를 죽이기라도 할 거니? 그럼 안 된다. 나는 아직 죽고 싶지 않다! 뭐 어쩔 수 없지. 필살기를 써야겠어.

"으응? 후궁이 뭐예요?"

난 아무것도 몰라!

관전 포인트는 천연덕스럽게 되묻는 나의 자태였다.

카이텔의 얼굴이 굳는다. 최대한 귀엽고 깜찍하게! 내가 어떻게 두 살까지 컸는데. 안 돼, 여기서 죽을 수는 없어. 내가 이렇게 귀엽고 사랑스러운데 네 녀석이 날 죽일 수 있을 것 같으냐!

"오늘 네가 갔던 곳이 후궁이다."

"내가 어딜 갔는데?"

"……."

왜인지 카이텔의 이마에 혈관이 튀어나온 것 같다면 다 예민한 내 기분 탓이겠지. 미묘하게 구겨지는 그 표정이 마음에 들지 않아 나는 검지로 녀석의 미간을 꾹 눌렀다.

인상 펴라, 좀.

"시에나 궁의 후편에 있는 건물들."

"응?"

"희사원의 서쪽 입구에서 가장 가까운 건물."

"으응?"

카이텔이 입을 다문다. 골이 난 표정으로 매섭게 입을 다무는 게 매우 무서웠으나, 동시에 나도 모르는 내 안의 무언가를 깨운 모양이었다.

어떡하지? 요거 참 재미있네.

속으로 웃음을 참으며 나는 겉으로는 애써 태연을 가장했다. 아, 늘 그렇게 처맞으면서도 매번 카이텔을 골리지 못해 안달 난 페르델을 약 1할 정도는 이해할 수 있을 것 같아.

이런 재미였구나, 이게.

"아무튼 거긴 가면 안 돼. 알았나?"

그곳이 어디인지 설명하는 걸 포기했는지 카이텔이 나지막이 당부한다. 꽤나 진지한 모습.

아, 이러면 안 되는데, 진짜 이러면 안 되는데.

"왜요?"

결국 되묻고 말았다. 내 더없이 해맑은 목소리에 카이텔이 입을 다문다.

"왜요? 왜 가면 안 돼?"

대답하기 짜증나는지 입을 다문 카이텔의 표정이 예술이었다. 아, 어떡해. 날 쥐어 패고 싶은 모양인데, 내가 아직 애기라 그런지 아니면 다른 이유가 있는 건지 페르델처럼 쥐 잡듯 패진 않았다. 어떡하지? 이거 꽤 중독성이 있어.

"가면 안 좋으니까, 가지 말라고."

"왜 안 좋은데?"

"안 좋아."
"뭐가 안 좋은데?"
카이텔이 크게 숨을 들이켠다. 척 보기에도 제 성질을 참고 있는 모양새여서 나는 속으로 죽을라 했다. 어떡해, 어떡하냐고!
아, 이거 진짜 재밌다! 이 미친 중독성 어쩔 거야. 마치 심심풀이로 게임을 시작했다가 내 시간을 전부 뺏기는 상황에 처한 기분이었다. 고놈, 참 재밌네.
"안 갈게."
터지기 바로 직전에 툭 내뱉은 대꾸에 카이텔이 제 얼굴을 구긴다. 안 간 데도 불만이냐. 그래도 의외의 수확이 있었으니 모르는 척 넘어가기로 한다. 나는 침대를 가리켰다.
"잠! 꿈나라!"
내가 보채자 녀석이 나를 내려 준다. 그리고 내가 침대로 달려가 이불에 고개를 처박은 바로 그때였다.
"폐하!"
방 밖에서 들려온 목소리에 자동적으로 고개가 돌아간다.
응? 무슨 일이지? 그것도 이런 시각에. 의아한 내 표정과 대조되게 카이텔의 표정은 눈에 띄게 사납다.
문이 열리고 들어온 시종이 곧바로 머리를 조아린다. 부들부들 떨고 있는 폼이 제법 안쓰러웠다. 그런데 대체 무슨 일이지?
"원정군에게서 온 급보입니다!"
급보라며 올리는 종이를 낚아채 가볍게 훑던 카이텔의 표정이 이내 험상궂게 구겨진다. 침대 위로 올라가려고 발버둥을 치다 겨우 올라온 내가 그대로 앉아 어느새 살기를 흩뿌리는 카이텔을 쳐다 보았다.

"누가 보냈지?!"

"마, 마스터 튀이올레께서 보내셨습니다."

항상 생각하는 거지만 솔레이 궁에서 근무하는 시녀와 시종들은 하나같이 불쌍했다. 퍽하면 카이텔이 굴리니까. 뭐 그래서 그런지 그만큼 위험수당이라고 돈이 더 많이 지급되기는 했지만.

음, 그런데 저 종이에 뭐가 쓰여 있기에 카이텔이 저렇게 파르르 떠는 걸까?

"당장 페르델을 불러와라."

"예, 폐하."

그 명령을 끝으로 카이텔은 바로 침실을 박차고 나갔다.

도대체 뭔 일인데 나까지 버리고 저렇게 허겁지겁 가는 거지? 졸지에 침대 위에 혼자 남겨진 나는 고개를 갸우뚱했고, 뭐 곧 돌아오겠지라고 생각했으나 그건 나의 착각에 불과했다.

카이텔은 그다음 날 아침의 해가 밝을 때까지 방으로 돌아오지 않았다. 그리고 나는 어느새 잠에 들어 살짝 감기 기운이 든 채로 다음 날 깨어났다.

그날의 기분은 굉장히 찝찝했다.

* * *

"글쎄, 프레치아에서 습격을 해 올지 누가 알았을까?"

"그렇게 공세를 받는데 당연히 반격을 하겠지."

"그래도 우리나라잖아! 아그리젠트!"

"다들 시끄러워. 아침부터 이게 무슨 소란이야."

아침부터 시녀들이 떠드는 소리가 귀를 시끄럽게 한다. 아침부터 황궁은 묘하게 들뜬 분위기였다. 그게 기쁜 일 때문에 들뜨거나 그런 게 아니라 약간 부산스러운 느낌이라 안 그래도 찝찝한데 아침부터 기분이 처진다. 비교적 세르이라는 조용했으나, 역시 일린은 달랐다. 양치질을 마치고 칫솔을 대야에 내려놓는데, 갑자기 들이닥친 일린이 상기된 얼굴로 떠들기 시작한다.

"세르이라 님, 그 소식 들으셨어요?!"

아, 또 시작됐구나. 저놈의 망할 수다.

그래도 일린이 있어서 내가 정보에 뒤처지지는 않는 거라 생각하며, 세르이라가 주는 컵을 받아 입안을 헹궜다.

"무슨 소란인데 이렇게 호들갑이더냐?"

"큰일이에요! 진짜 큰일!"

너한텐 모든 게 다 큰일이잖아. 세르이라도 내 감상이랑 비슷한 느낌인 듯했다.

"그러니까 대체 무슨 일인데?"

"글쎄, 기사 자바이칼께서 크게 다치셨대요!"

세르이라의 말을 끊고 외친 일린은 엄청 심각한 목소리였다.

응? 근데 자바이칼, 그건 또 누구야? 나는 마냥 의아했다. 못 알아들어 어벙벙한 나와 달리 세르이라는 놀라서 입을 벌린다. 마치 혼이 빠져나간 모습에 나는 충격이었다. 뭐야, 세르이라도 아는데 나만 몰라? 입안의 물을 퉤 뱉고 나니 세르이라가 수건으로 내 입

주변을 닦아 준다. 그 수건을 들어 눈 쪽까지 닦고, 나는 바로 일린에게로 시선을 돌렸다.

"폐하의 검은 기사! 제국의 제 1기사가 다쳤다고요!"

잠깐. 검은 기사는 어째 많이 들어 본 소리인데. 나는 미간을 좁혔다. 저게 누구 거였더라? 분명히 나도 알고 있는…….

"기사 아시시는 괜찮다고 하시더냐?"

"그것까진 모르겠어요. 그런데 지금 난리가 아닌 모양이더라고요. 어제 새벽 폐하께서 긴급회의를 소집하셨대요. 재상님도 그 일 때문에 불려 오시고. 다들 꼴이 말이 아니시더라고요."

"많이 다치신 건 아니셨으면 좋겠는데."

어쩐지 그렇게 말하는 세르이라의 목소리가 제법 염려스러워 나는 새삼스레 세르이라를 돌아보았지만 그녀의 표정을 살핀다고 내가 알 수 있는 것은 아무것도 없었다.

대체 상황이 어떻게 돌아가는 건지.

그나저나 다친 기사가 아시시였구나. 아시시.

하, 어째 한 번 제대로 본 적도 없는데 친근한 그 이름에 나는 남몰래 한숨을 내쉬었다. 그거라면 확실히 어제 카이텔의 반응이 이해 간다. 페르델은 어찌 되든 상관없다는 느낌이었지만 아시시라는 기사는 다르니까. 무언가 카이텔과 좀 더 끈끈한 그런 관계 같았다. 그냥 일방적인 내 생각이지만.

근데 그런 것치고라도 대단한 반응이다. 그 전장에서 진 것도 아니고, 그렇다고 이 전쟁 자체를 패한 것도 아닌데, 사람들은 단지 그 기사가 다쳤다는 것만으로 충격에 휩싸인 듯했다.

그만큼 강한 기사인가? 제대로 모르니 분위기 파악하는 것도 더럽게 힘드네."

"우리 검은 기사님, 단 한 번도 다치신 적 없었잖아요. 아무리 기습이었다고 해도……. 그것 때문에 우리 군의 사기가 많이 깎였대요."

"그래, 그 이야기를 네가 하는 걸 보니 정말로 깎였다는 걸 알 수 있겠구나."

"그건 대체 무슨 의미예요, 세르이라 님?!"

젖은 내 머리를 말리며 세르이라가 입을 다문다.

두 사람의 이야기를 들으며 나는 괜히 우울한 한숨을 내쉬었다. 이 세상도 마찬가지구나. 사람 사는 곳은 늘 비슷하다고 말하지만, 이런 건 좀 달라도 되는데.

인간의 역사는 전쟁의 역사이기도 하다. 그만큼 인류 역사에 전쟁에 떼려야 뗄 수 없는 것이었고, 실제 근세로 들어서 100년간 지구상에 전쟁이 일어나지 않은 날은 불과 14일이었다니까. 그 소리를 처음 들었을 때의 충격이 아직도 잊히지 않는다. 그도 그럴게 무려 휴전 중인 한반도에서 평온하게 살아온 나에게도 전쟁은 낯선 녀석이었으니까. 하지만 동시에 익숙하다.

무슨 집에서 TV 틀어 놓고 있는데, 뉴스에서 전쟁 소식을 들려주는 그런 기분이었다. 난 썩었어.

"공주님, 왜 그러세요?"

괜히 세르이라의 옷자락을 붙잡으며 달라붙으니 세르이라가 의아해 한다. 대꾸하고 싶은 생각도 들지 않아 그냥 그 품에 안겼다. 젖은 머리가 내 어깨를 축축하게 만들지만 그것보다 더 중요한 건 난 지금 위로 받고 싶은 기분이라는 것이었다.

누구라도 좋으니 난 안전할 거라고 말해 줬으면 좋겠다. 이 평온이 절대 깨질 일은 없을 거라고.
"갑자기 공주님이 왜 이러시지?"
"공주님, 공주님, 왜 그러세요. 네?"
"푸딩 가져올까요?"
"아침부터 무슨 푸딩이냐."
"그래도 단걸 먹으면 기분이 좀 나아지시지 않을까요?"
나를 두고 웅성대는 두 사람의 목소리가 들린다. 걱정하는 목소리를 들어도 기분은 나아지지 않았다.
그냥 다시 잠이나 퍼 잘까. 그러나 그 계획은 작은 노크 소리와 함께 깨지고 말았다. 노크와 함께 들어온 시녀가 내게 인사를 하며 웃는 얼굴로 고한다.
"폐하께서 공주님을 부르십니다."

시녀가 나를 안내한 곳은 집무실도, 희사원도 아니었다. 바로 회의실이었다. 처음 와 봐. 신기하네.
웅성대는 목소리들이 두껍고 거대한 문 너머에서 시끄럽게 수군거린다. 그 문 앞에 서서 나는 조금 움츠러들었다. 뭔 건물이 이렇게 커? 기가 질릴 정도다. 저 섬세한 장식하며, 이 쓸데없는 크기하며. 바로 여기구나. 이 제국의 모든 권력이 집중되어 있는 곳, 재상관저를 포함해 모든 정치적인 기관이 다 몰려 있다는 궁이. 말만 들었지 이 포더르 궁으로 오는 건 이번이 처음이었다.
"폐하, 아무래도 출정식도 있는데……."
"폐하께서 직접 출정하시는 건 물론 기쁜 소식이오나……."

"이렇듯 바로 가신다고 하시는 건 조금……."

시녀가 열어 준 문으로 슬그머니 고개를 내민다. 어째 문이 열림과 동시에 쩔쩔매는 목소리들이 귀를 시끄럽게 했다.

이게 다 뭐냐?

고개를 돌려 언뜻 훑어보니, 제일 먼저 페르델이 눈에 띈다. 페르델은 어쩐지 곤란한 표정으로 머리를 짚고 있었다. 왜 저래? 그러나 다음 순간 카이텔을 본 나는 페르델의 행동을 이해할 수 있었다.

……나 돌아가면 안 되나?

"그러니까 일단 겨울달기사단장이 위급 상황인 만큼 그 빈자리를 채울 인재가 원정대에는 없……."

페르델이 미소를 잃지 않으며 말을 한다. 어떻게든 이 상황을 중재해 보려고 했으나,

"일단 추가 병력 자체야 이미 있던 일이긴 한데……."

"아무리 삼 주 전부터 준비된 일이라고 해도……."

씨알도 먹히지 않았다.

이것이 바로 그 유명한 탁상공론이라는 건가. 제법 심각해 보이는 분위기에 일단 기부터 질렸으나 그것보다 더 무서운 건 이미 뭔가 상황 자체가 한계점을 지난 느낌이라는 점이었다.

나는 불안한 눈동자를 굴려 다시 카이텔을 쳐다보았다.

살벌하다. 살벌해. 저건 걸리면 그게 누구든 바로 작살 낼 눈빛이었다. 윽, 저렇게 살벌한 눈빛이라니. 물론 남들이 볼 땐 평소와 다름없는 무표정이었다만, 내 눈에 카이텔은 조금만 건드려도 터질 핵폭탄이었다.

"폐하께서 그 병력들을 이끄는 건 물론 기쁘오나……."
"친히 폐하께옵서 가시면 아예 의미가 달라지니까……."
고만해, 이 미친놈들아. 저놈 빡친 거 안 보이냐!
카이텔이 부글부글 끓는 소리가 여기까지 들린다. 어쩔 거야, 저 거 진짜 화났어. 문득 이대로 문을 닫고 도망치고 싶은 충동에 사로잡혔다.
그냥 이대로 튀어? 대체 이건 또 무슨 위급 상황이람? 대차게 머리를 굴리고 있는데, 그 순간 카이텔의 주먹이 꽉 쥐어진다.
"준비를 더 하면 언제 가서 합류를 하란 소리지? 분명 보고엔 오늘 내일이 시급하다고 적혀 있는데 말이지."
나지막이 흐르는 목소리는 의외로 평이했다. 그러나 나는 그 평온이 더 무서웠다. 흡사 폭풍 전야 같은 고요함. 으아!
"누구 설명해 볼 사람?"
카이텔의 고개가 살짝 들려진다. 그러면서 드러난 눈동자는 이미 살벌하게 빛나고 있었다.
저건 인간의 눈동자가 아니야.
그 순간 카이텔이 웃었다. 잠깐, 웃어? 이런……. 별말 없이 입술이 다물려진다. 그도 그럴 게 애비야, 너 정말 많이 화났구나. 혹시 화 참으려고 웃는 거니? 근데 그게 더 무서워.
나지막하게 내뱉은 말이지만 그 한 마디에 순식간에 모든 자가 입을 다물었다. 당연히 회의장은 조용해졌으나 이 나라의 귀족들은 죄다 용자인 모양이었다.
"그래도 준비를 더 하는 게……."
"출정식도 다시 해야 하고……."

"무엇보다 폐하와 이 나라의 체통부터 생각하는 것이……."
 나는 그것만 듣고 바로 귀를 막았다. 폭발한다!
 쾅, 책상을 내리치는 소리가 귀를 막고 있는데도 살벌하게 울린다. 나는 인상을 찌푸렸다. 단번에 작살 났구나, 저 책상. 새삼 아빠한테 개기면 안 되겠다는 다짐을 했다. 응. 절대 개기면 안 되겠다. 난 내 목숨이 매우 소중해.
 순식간에 조용해진 와중에 카이텔의 오른손에서 뚝뚝 떨어지는 피가 바닥을 적신다. 고막을 작살 낼 뻔한 굉음도, 책상이 부서지며 일어난 소란도, 그 무엇도 상관없이 그 순간 카이텔이 뿜어내는 살기에 기가 질려 모두가 숨을 죽였다.
 "그럼 그대들 전부가 가서 싸우면 되겠군. 내 검은 기사 대신."
 숨소리조차 들리지 않는 그 고요한 정적 속에서 카이텔의 눈동자가 번뜩인다. 그가 입술 끝을 비틀었다. 웃음이라기보다 비웃음에 가까운 그 미소. 나는 조용히 침을 삼켰다. 그리고 천천히 뒤로 물러난다.
 이건 안 돼. 저길 들어가는 건 자살행위야.
 "제 욕정을 푸는 데 외엔 쓸 데도 없는 그 몸뚱어리들을 묶어다……."
 심지어 웅성거리는 소리들도 없다. 그 와중에 홀로 페르델만이 고개를 설레설레 흔든다. 이미 포기한 모양이었다. 야, 누구 맘대로 포기야! 당장 안 말리냐!
 "모조리 화살받이로 던져 놔야 그 입들을 닥치려나?"
 저놈의 성질머리, 아오.
 어느새 소환된 칼이 카이텔의 손안에서 제 예리한 날을 뽐냈다.

괜히 내 목덜미가 다 서늘해. 고개를 꺾는 카이텔의 눈동자가 서늘하게 빛난다.

"혓바닥을 모조리 썰어 버리기 전에 닥쳐."

엄마, 나 돌아갈래—.

멀리서 봐도 이 정도인데, 눈앞에서 저걸 지켜본 저 사람들은 오죽할까. 그런데 분명 회의실은 무기 반입 금지일 텐데. 아, 하긴 부르면 바로 소환되는 검이니까 애초에 금지할 수가 없구나.

현실도피는 이쯤에서 그만 작작하고, 나는 정말 도망칠 것인가에 대해 진지하게 고민하기로 했다. 생각해 볼 것도 없이 저길 내가 지금 들어가는 건 자살행위다. 이거 어쩌지? 도망칠까? 도망? 이대로 내빼? 나중에 들어갈까? 좀 조용해지면?

그러나 내게 선택지라는 건 애초에 있을 리가 없었다.

"공주님!"

저 천인공노할 놈! 살벌한 와중에 저 혼자 이럴 줄 알았다는 듯 유유자적 놀던 페르델이 나를 보며 손을 흔든다. 저놈이!

야, 이럴 땐 아는 척 안 하는 게 예의고, 매너야, 몰라?!

나의 소리 없는 아우성에도 불구하고 순식간에 시선들이 내게로 향한다. 윽, 보지 마! 주목하지 말라고! 좌절스러운 내 기분과는 전혀 상관없이 상황은 이미 모두 나를 주목하고 있었다. 물론 그건 지나치게 살벌한 기운을 내뿜는 카이텔도 예외는 아니었다.

녀석의 진홍색 눈동자가 나를 내려다본다. 문틈에 낀 채로 나는 어쩌지를 못했다. 어째 요새 많이 누그러졌다 했다. 저 눈동자를 보니, 간만에 떠오른다. 첫 만남의 살인 미수가.

무슨 날카로운 첫 키스의 추억도 아니고, 날카로운 첫 살인 미수의 추억이라니. 망했어요. 답이 안 보인다.
 설마 나도 치는 건 아니겠지. 그렇겠지?!
 "파파!"
 이럴 땐 한 가지 방법밖에 없지! 방긋 웃으며 카이텔을 부르니 그의 얼굴이 굳어진다. 응? 내가 뭐 잘못했어? 어쩐지 살기 가득한 눈빛이 누그러졌다고 생각했는데, 그냥 내 착각인가.
 녀석은 날 보다 바로 시선을 돌렸다. 그게 좀 외면당한 기분이라……. 뭔가 느낌이 이상했다.
 "예정대로 내일 정오에 출발한다."
 검을 놓으며 카이텔이 제 의자에서 일어선다. 피가 흐르는 제 주먹과 앞에 바스러진 책상은 신경도 쓰지 않는 건지 태연한 표정이었다.
 "이의 있으면 따라와."
 이의가 있을 리가 있니. 네가 그렇게 칼을 들고 설쳐 대는데.
 물론 칼은 다시 사라졌다지만. 바로 몸을 돌린 카이텔이 나 온 건 바로 내 코앞이었다. 당연히 올 거라고 생각은 했지만 그래도 막상 이쪽으로 오니 나는 살짝 당황했다.
 나도 모르게 몸이 긴장된다. 뒤로 물러서 카이텔을 올려다보고 있긴 하지만 왜인지 쉽사리 웃을 수가 없었다. 공기가 달라진 기분. 그래, 굳이 표현하다면 그런 느낌이었다. 내가 지금 호흡하는 공기 자체가 달라진 기분이었다. 평소와는 느낌이 다르다. 서늘하게 내려다보는 카이텔의 시선은 어째 평소보다 날이 서 있었다.
 기분 탓인가? 아니, 뭐 상황을 보아하니 그런 것 같지는 않은데……. 낯설었다, 더없이.

기분이 요상하다. 처음 보는 사람 같아. 따지고 보면 그렇게 미친 듯이 친하거나 그런 것도 아니었지만 그래도 이상했다. 정말 많이 이상했다. 우리 그래도 좀 친했잖아? 그동안 둘 사이에 놓인 거리가 어느 정도는 좁혀졌다고 생각했다. 그런데…….
그런데 그게 아닌 것 같아.
"어디 가?"
침묵을 견디지 못하고 묻는다. 빤히 날 내려다보는 그 시선을 조심스레 올려다보며 마른침을 삼켰다. 살짝 그의 옷자락을 잡았다. 평소라면 내가 이럴 때 이미 안아 들었을 텐데. 지금 카이텔의 시선은 지나치게 싸늘했다. 마치 길가의 돌덩이라도 쳐다보는 양.
평소의 시선이 그렇게 다정했다거나 정겨웠다는 건 절대 아니다. 그래도, 적어도— 이렇게 남 보듯 하진 않았는데. 갑자기 뭔가가 속 안에서 울컥한다.
"누가 데려온 거지?"
그냥 도망칠 걸 그랬다. 망설이지 말고 바로 튀었어야 했다.
낮게 가라앉은 그 목소리를 듣고 나는 곧바로 후회했다. 여긴 내가 있을 자리가 아니었다, 진짜로. 조심스레 입술을 깨문다. 갑자기 집을 잃은 부랑자가 된 신세처럼 허망해서 조금씩 굳어지는 얼굴을 어찌지 못했다. 내가 정말 무언가를 잘못한 건가? 잘못한 거 없다고 생각했는데, 내 생각이 틀린 모양이었다.
"폐, 폐하께서 부르셨다고……."
작게 기어 들어가는 시녀의 목소리가 겨우 대꾸한다. 카이텔은 대답 없이 시선을 돌렸다. 그렇게 죽일 듯 쳐다보는 것도 아니었는데, 나를 안내한 시녀는 카이텔의 시선을 받자마자 온몸을 부들

부들 떨었다. 하긴 그게 좀 무섭긴 하지. 저러다가 죽겠다.
어쩌지? 그냥 내가 오고 싶어서 왔다고 그럴까? 괜한 오지랖 같다는 생각이 들기는 하는데, 그래도 어떻게 하면 되지 않을까? 최대한 애교를 부리면…….
"아, 그거!"
이러다 엄한 시녀 하나 죽어 나갈 것 같아 내가 막 입을 열려는 순간, 언제 온 건지 페르델이 이쪽으로 다가와 있었다. 회의실은 벌써 정리한 건가? 놀라서 입을 다무는데, 페르델이 나를 보며 찡긋 윙크한다. 뭐야, 저거.
"내가 불렀어."
상큼하게 지껄이는 모습을 보고 나는 순간 할 말을 잃었다.
뭐? 녀석이 방긋방긋 웃는다. 뭐, 이 자식아.
저놈 보게. 페르델은 전혀 문제될 것 없다는 태도였으나 나한텐 방금 눈앞에서 시녀 하나가 까딱하면 죽을 뻔한 상황이었던지라 영 곱게 보이지 않았다. 그럼 애초에 네가 불렀다고 하던가! 왜 저놈이 불렀다고 한 거야!
"누구 맘대로."
낮게 억눌린 목소리가 카이텔의 잇새로 흘러나온다. 그래, 누구 맘대로! 흘러나오는 기세가 흉흉해서 이쯤 되면 기가 죽을 만한데 도리어 페르델은 나를 잡으며 웃었다. 왜, 나는 왜 잡아! 같이 죽자고?! 냉큼 주저앉더니 페르델이 나와 시선을 맞춘다. 녀석이 방긋방긋 웃었다. 그래도 웃는 건 귀엽네.
"자, 우리 리아 공주님, 아빠 많이 보고 싶었죠? 그쵸?"
아니.

당연한 걸 왜 자꾸 묻니? 당연히 이 말은 입 밖으로 내뱉을 수 없었으므로 페르델이 허락도 없이 잡은 내 팔이나 뺐다. 어딜 은근슬쩍 잡으려고. 내가 제 손을 쳐 내자 페르델이 우울하게 고개를 숙인다.

"우리 공주님이 날 무시하다니!"

내가 널 무시한 게 한두 번이니. 매번 무시당하면서도 달라붙는 게 도리어 신기하거든. 거둔 손을 당기며 그냥 고개 한 번 돌렸는데, 운도 나쁘지. 바로 진홍색의 눈동자와 시선이 마주친다. 그러나 그것은 잠깐. 눈동자의 색채가 진해진다 싶을 때, 카이텔이 먼저 고개를 돌렸다.

……어쩐지 무시당한 기분. 나는 저절로 인상을 찌푸렸다.

"궁으로 데려가."

낮게 가라앉은 목소리. 카이텔은 그 명령을 마지막으로 그대로 나를 무시하고 지나갔다. 뒤따라 붙는 수행원들이 나를 스쳐 지나간다. 저절로 눈살이 찌푸려졌다.

아, 망할. 찌푸려진 인상이 펴질 줄을 모른다.

끄응, 아, 씨, 대체 뭐지, 이 더러운 기분은. 뭔지 모르는데 정말 기분이 더러웠다. 더러워. 정말 더러운 기분이었다.

"아."

페르델의 표정도 살짝 굳어진다. 언제고 싱글벙글하던 얼굴이라 구겨지면 내 기분이 좀 나아질까 했는데, 의외로 그 곤란한 듯 찌푸리는 얼굴을 보고도 내 기분은 전혀 나아지지 않았다. 뭐야, 이렇게 더러운 기분은. 갑자기 막 짜증난다.

"좋아할 줄 알았는데……."

대체 누가 뭘 좋아한다는 거야? 신경질적으로 페르델을 노려보자 페르델이 애써 웃는다.
"죄송합니다, 공주님. 아무래도 폐하께서 우리 공주님을 보실 기분이 아니신가 보네요."
"기분?"
뭔 기분? 내 이 엿 같은 기분은 대체 누가 보상해 주는 건데? 내 기분은 상관없이 페르델은 카이텔만으로 만사가 복잡한 모양이었다. 머리를 짚더니 녀석이 한숨을 내뱉는다.
"하긴 밤새 저 지랄을 했으니."
지긋지긋하다는 목소리였으나 그걸 신경 쓸 만큼 내 기분이 그리 좋지 못했다. 너나 작작 해라. 짜증을 내며 냉큼 뒤로 돌아서니, 내 반응에 페르델이 당황한다.
"공주님, 삐지셨어요? 화나신 거예요?"
"……."
"맞다, 공주님! 우리 시르비아나 보러 갈까요?"
됐거든. 내 기분 풀어 주려 저러는 건지는 알고 있으나 내 몸이 내 머리의 말을 듣지 않았다. 대체 뭐란 말인가, 이 가라앉는 기분은. 갑자기 내 방에 있을 세르이라가 너무너무 보고 싶었다.
세르이라, 우리 유모, 내 엄마.
엄마, 당장 그 품에 안기고 싶어!
한 번 터진 욕망은 이내 걷잡을 수 없을 만큼 번져 갔다. 어느새 뛰기 시작하는 나를 두고 당황한 시녀가 소리친다. 나를 부르는 목소리가 언뜻 들렸다. 더불어 같이 온 일린이 내 개무시에 망연자실한 페르델을 응원하는 목소리도.

"힘내세요, 재상님!"

"어머, 공주님?"
방으로 돌아오자 세르이라는 내가 나간 그대로 그 방에 있었다. 세르이라다.

시야에 그녀가 들어오자마자 무언가가 내 안에서 사르르 녹는다. 나는 찡그렸던 인상을 펴고 그대로 울상인 채 세르이라의 품에 안겨 들었다. 뜨개질 중이던 세르이라가 당황하면서도 나를 받아 준다. 활짝 벌린 두 팔로 꽉 안은 그녀의 몸은 무척이나 따뜻했다. 내 이 더러운 기분을 녹여 줄 만큼.

따뜻해. 그 온기를 좀 더 잘 느끼기 위해 질끈 눈을 감았다. 뛰어오느라 거칠어진 호흡이 그 품 안에서 서서히 진정된다. 나는 그로부터 한참의 시간이 흐른 후에야 다시 눈을 떴다.

갑자기 달려든 거라 당황할 법한데도 세르이라는 웃으며 나를 안아 준다. 뺨에 와 닿는 그 보드라운 입술에 순간 눈물이 날 것 같았다. 내 전생의 엄마처럼 포근한 품을 가지고 있는 것도 아니었고, 아줌마스럽지도 않고, 심지어 내 전생보다 나이가 어린데, 그런데도 그녀는 내 엄마였다. 그래, 내 정신 연령보다 어려도 그래도 내 엄마였다.

"우리 공주님께서 오늘따라 왜 이러실까?"
이마를 맞대고 묻는 목소리는 어쩐지 웃음기마저 어려 있었다. 그게 마치 나를 놀리는 것 같아 저절로 인상이 찌푸려진다. 세르이라가 작게 웃었다.

"오늘은 아무것도 하지 말고 그냥 이러고 있을까요?"

나를 다시 제 품에 안으며 건네는 물음에 고개를 끄덕인다.
"응."
이러고 있으니 그나마 기분이 풀렸다. 이젠 대체 무엇에 그렇게 골이 난 건지도 모르겠다. 이 품에 안겨 태어난 이후부터 쭉 맡고 있던 그 체취에 코를 박고 숨을 들이마시니 정말 거짓말처럼 모든 게 싹 잊혀졌다.

이게 바로 엄마의 위엄인가. 아까까지만 해도 기분이 진짜 너무 더러워서 뭐라도 깨부수고 싶은 심정이었는데.

"우리 공주님이 심성이 곱고 배려할 줄도 알고, 고집도 잘 안 부리시고 또 질투도 안 하셔서 어른스럽다고 생각했는데—."

그런데 뭐? 불만스레 고개를 드니 세르이라가 시선을 마주한다. 그녀의 녹색 눈동자가 마치 울창한 숲 속의 녹음 같아 기분이 미묘했다.

"그래도 애는 애네요. 귀여우셔라."

내가 기분 나쁜 게 귀여워? 너 죽을래?

뚱하니 인상을 쓰고 있으려니 세르이라가 웃는다. 세르이라의 손이 내 머리를 쓰다듬었다. 그리고 나는 그 손이 시키는 대로 얌전히 그녀의 품에 또 코를 박았다.

"그래서 좋아요. 저는 공주님이 떼를 써도 좋고, 고집 부려도 좋고, 질투해도 좋고, 배려 못해도 좋아요. 그래도 우리 공주님은 배려도 할 거고, 고집도 안 부릴 거고, 질투도 안 할 거라는 거 알아요. 그렇죠?"

그래서 뭐 어쩌라는 거야? 흥.

정말 뻔한 말이고, 뻔한 칭찬이었는데…….

그게 싫지 않다. 으아, 입을 꾹 다물고 그냥 나를 받아 주는 온기에 다시 내 몸을 파묻었다. 그냥 아무 이유 없이 그 자체만으로도 위로가 된다. 이상해, 진짜.

어느새 문이 열리는 소리가 들리고, 일린으로 추정되는 누군가가 들어왔다는 건 알았지만 난 세르이라의 품에서 고개를 들지도 않았다. 이대로 잠이나 잘까? 착잡한 기분이었다. 갓 태어난 신생아로 돌아간 애새끼마냥 이게 뭐 하는 짓인지. 나도 내가 하는 행동이 애 같다는 건 알고 있었고, 정말 유치하다는 것도 알고, 내가 정말 바보스럽다는 것도 아는데……. 그래도 어쩔 수 없었다. 이러고 싶으니까. 어른이라고 해서 다 참으란 법은 없잖아.

왜인지 알 수 없게 상처받은 마음은 정말 어쩔 수 없는 거니까. 어른이어도 상처에 아픈 건 마찬가지다. 큰 상처가 아니라고 해도 상처는 상처잖아.

"공주님—."

일린의 목소리가 들렸지만 세르이라의 품에서 박혀 미동조차 하지 않았다. 그 뒤로 두어 번 더 부르다가 일린이 포기한다. 한숨을 내쉬는 그녀에게 세르이라가 작은 목소리로 물었다.

"공주님이 갑자기 왜 이러시는 건지 아는 거니?"

"모르겠어요."

답답하다는 목소리가 한탄을 한다. 나는 그냥 눈을 감아 버렸다.

"그게 사실."

사실 뭐 조용히 다 잊고 그냥 이러고 있고 싶은데 일린의 목소리에 다시 불이 붙는다. 내가 잔뜩 찡그린 얼굴로 고개를 들자 일린이 입을 다물었다.

"지, 짐작 가는 건 있는데."

"일단 따뜻한 차 한 잔 가져오렴. 달콤한 케이크도 챙겨서. 이왕이면 초콜릿 시럽 잔뜩 뿌린 초콜릿 케이크가 좋을 것 같구나. 브라우니나."

적당히 끊는 세르이라가 아니었으면 괜히 일린에게 화풀이를 할 뻔했다.

"금방 올게요!"

천천히 와도 돼. 사라지는 일린을 보다가 다시 세르이라의 품에 안긴다. 내 등을 다독이는 손길이 평소보다 더 부드러웠다.

그래, 뭐, 사실 거리가 가까워졌다거나 그런 거 다 내 착각일 수도 있지, 뭐. 그 자식은 날 그냥 장난감으로 가지고 논 걸 수도 있어. 그동안의 그 배려는 모조리 날 가지고 놀려는 녀석의 미끼일 수도 있다고. 친해졌다고 생각했던 건 전부 나 혼자만의 착각이라거나 그럴 수 있다. 그래, 그럴 수 있어. 알아, 안다고.

그래도 그걸 다 알고 있어도 막상 내 가슴에서 치미는 이 기분은 어떻게 할 수 없었다.

아, 짜증나.

"단걸 먹으면 기분이 좋아질 거예요."

전혀 그럴 것 같지 않은데. 자꾸 잊으려고 해도 불쑥 생각난다. 날 왜 그런 눈으로 쳐다본 거지? 왜? 그건 완전히 다른 사람이었다. 내가 알던 카이텔이 아니라. 아, 뭐 이건 다 개소리지. 알던 사람이 아니면 누군데. 하, 몰라. 머릿속이 완전히 꼬여 버렸다.

"따뜻한 걸 먹으면 안정이 될 거고요. 괜찮아요. 나쁜 건 아무것도 없어요."

세르이라가 머리를 쓰다듬는다. 자상한 손길.

다시 치밀어 오르던 짜증이 어느 순간 사라진다. 세르이라는 혹시 마법사가 아닐까? 문득 그런 생각이 들었다. 그렇지 않으면 어떻게 날 이렇게 쉽게 다루냔 말이야.

그냥 나쁜 꿈을 꿨던 것 같다. 세르이라가 웃는다. 그 미소에 내 안의 모든 불안이 순식간에 씻겨나갔다.

"공주님, 맛있는 케이크가 대령했습니다!"

설마 하는 마음이 있었다. 설마 그래도 설마 내 착각이거나 그럴 수도 있겠지. 그냥 한순간의 엇갈림일 수도 있어. 카이텔이 나한테 그렇게 대한 어떤 이유가 분명 있을 거야.

그런 걸 일말의 희망이라 표현하던가.

그러나 그것은 그날 밤이 되어 어느새 잠들어 깨어난 아침을 맞이하면서 산산이 부서졌다.

자러 안 왔네. 그래도 자러 올 때 볼 수 있을 줄 알았는데.

항상 옆자리를 채우던 거나한 존재감이 사라진 그 빈자리를 확인하자 괜스레 입맛이 썼다. 싫고 거북하면서도 그래도 잘 땐 마주칠 수 있으니까 뭔가가 일어날 줄 알았다.

그런데 그런 거 없구나. 기분이 다시 곤두박질친다. 짧은 신음이 흘러나왔다. 이건 어제의 그 더러운 기분과 조금 다른 기분이다. 정말 처량하다, 나.

"공주님, 벌써 일어나 계셨네요?"

문을 열고 세르이라가 등장했어도 나는 전혀 반갑지 않았다. 어제 하루는 어떻게 세르이라 품에서 괜한 투정을 부리며 보냈다지만 오늘마저 그럴 수는 없지 않는가. 아니, 애초에 이 상황은 그녀가 풀어 줄 수 없는 것이었다. 괜히 한숨이 나온다.

"자, 일어나세요. 씻으셔야지요. 오늘은 특별히 더 예쁘게 꾸미셔야 해요!"

응? 왜?

고개를 갸웃하니 세르이라가 내 뺨을 제 두 손으로 쥔다.

"폐하께서 출정을 하신대요. 당연히 배웅해 드려야 되지 않겠어요?"

배웅? 싫은데. 꼭 가야 하나?

싫다고 말하려 입술을 웅얼거렸으나 두 뺨이 잡힌 채라 제대로 소리가 나오지 않았다. 뭐야, 이건!

세르이라가 빙그레 웃는다. 일부러 그러는 것 같았다.

대체 왜!

"자, 싫으셔도 가야 해요. 이리 오세요!"

진짜 싫은데!

그러나 내 의사는 항상 무시당하지! 여태까지 그래 왔고, 앞으로도 계속! 썩을, 말을 제대로 할 수 있게 되었어도 별반 달라지는 건 없었다. 대체 나 말 배워서 좋은 게 뭐야! 아, 하나 있구나. 인간이 된 거. 그래, 뭐, 그건 좋아. 근데 다른 건 여전하다고!

"자자, 공주님, 이 닦으셔야지요. 세수도 하고!"

"안 해!"

이거 하면 카이텔 보러 가야 되잖아. 그놈 꼴도 보기 싫다고!

"그럼 제가 해 드릴게요."

괜한 반항을 해 보지만 세르이라가 웃으며 제 손으로 내 얼굴에

물을 끼얹으며 직접 세수를 시켜 주기 시작하니 어쩔 수 없었다. 거기다가 직접 이를 닦아 주기까지 하니까. 아, 이러면 반항하기 어려워지는데.

내가 난감해서 인상을 찌푸리는 와중에 어느새 세수와 양치질이 끝나 있었다. 대체 어느 틈에. 그럼 정녕 이대로 카이텔 놈을 배웅하러 나가야 한단 말인가?! 으아아아, 싫다. 정말 싫다.

그럼 이대로 도망칠까? 도망쳐서 어딘가에 숨어 있으면······.

"자, 공주님, 다 닦았다. 깨끗해지셨네요."

그러나 그 순간 나를 보며 환하게 웃는 세르이라 때문에 그럴 마음은 싹 가시고 말았다. 틀렸다. 망했어. 솔직히 말해 다른 사람이라면 어찌 되든 상관없는데, 세르이라는 달랐다. 내가 도망치면 분명 난감하고 곤란하고, 어쩌면 큰일을 당할 수도 있겠지.

그렇겠지. 세르이라는 내 유모이자 나에 관한 모든 걸 총괄하는 사람이니.

아, 으아, 그래도 진짜 싫은데!

"자, 맛있는 맘마 먹을 시간이에요. 공주님도 좋으시죠?"

아까부터 못생기게 자꾸 인상을 쓰고 있는데, 세르이라는 그래도 내 뺨을 건들이며 빙그레 웃었다.

대체 뭐가 그렇게 좋으니, 엄마야.

당연한 말이었지만 밥은 내 방으로 배달되어 왔다. 아침밥을 카이텔과 같이 먹을 리가 없다는 걸 알고 있지만 그래도 간혹 카이텔이랑 같이 아침을 먹는 날도 있었으니까.

······불공평해. 정말 너무 불공평하다.

이럴 거면 처음부터 잘해 주지 말던가! 갑자기 무시하니까 기분

더럽잖아. 대체 난 언제 이렇게 길들여진 거야, 썩을!

"안 먹어!"

"공주님이 좋아하는 맘마에요. 안 드실 거예요?"

"안 먹……, 윽!"

안 먹는다는데 내가 입을 벌린 순간 일린이 멋대로 내 입에 밥숟가락을 처넣는다. 나는 그 수저를 잡아 일린을 노려보았다. 너 지금 공주한테 뭐 하는 짓이야!

"밥투정은 안 돼요. 공주님께서 굶으시면 얼마나 많은 사람들이 헛수고를 하시는지 아세요?"

그런 거 내가 알게 뭐야! 그래도 뛰쳐나가려던 발을 묶는 데는 성공이었다.

일린이 싱긋 웃으며 또 한 숟가락 떠서 내 입에 가져다 댄다. 안 먹고 싶은데. 아, 진짜. 난 어쩌자고 공주로 태어나서 이 모양 이 꼬라지람. 다른 사람이 들었으면 배부른 소리였지만. 뭐, 그래. 배부른 소리인 거 나도 알아. 그러니까 결국 얌전히 앉아서 떠 주는 밥을 먹고 있으니까.

"잘 먹으셨네. 예쁘셔라."

"이제 옷 고르러 가요. 예쁜 옷!"

옷은 무슨! 이대로 다시 침대 속으로 들어가 정신없이 잠이나 자고 싶었다. 그러나 아까 전부터 그랬듯 내 의사와는 상관없이 어느새 일린의 품에 안겨 드레스 룸으로 가고 있었다. 내가 니들 장난감이냐!

"푸른 원피스가 좋을 것 같다. 평화를 상징하니까."

"장식이 너무 화려해요. 이 하얀 원피스는 어떨까요?"

"너무 밋밋하지 않을까?"

"그럼 이건?"

"그건 너무 색이 죽지 않니? 이건 어때?"

대충 아무거나 골라. 옷 하나 고르는데 무슨 저렇게 시간과 정성을 들이는 건지. 물론 나를 누구보다도 예쁘게 보이게 만들려고 저러는 건 알고 있었지만 지금 내겐 모든 게 삐딱하게만 느껴졌다. 아, 진짜 애새끼도 아니고.

스스로가 한심하다. 쿨하지 못해 미안합니다.

"예쁘셔라—."

예쁘긴 뭐가 예뻐.

어느새 입혀진 옷은 깔끔한 디자인에 소매 끝에 달린 약간의 프릴이 제법 귀여운 그런 옷이었다. 그래, 뭐, 예쁘긴 예쁘네. 그래도 막상 이렇게 옷을 차려 입고 나니 덜컥 겁부터 몰려온다.

정말 봐야 하나? 그 얼굴을?

자신이 없다. 또다시 무시당하고도 아무렇지 않을 자신이. 그냥 아픈 척 꾀병 부려 볼까? 아니면 자해라도……. 어떻게 눈치를 보려고 고개를 드는데, 서로 눈짓하던 두 사람이 흠칫하며 몸을 떤다. 응? 왜 저래?

"공주님!"

"어?"

갑작스런 부름에 놀라 한 걸음 물러선다. 이건 뭔가 좋지 않아. 불길한 예감이 스물스물 발끝을 타고 올라왔다. 일린이 해맑게 웃는다.

"자, 공주님, 이거 폐하께 가져다 드리세요."

흘긋. 일린이 내민 건 하얀 손수건이었다. 끝에 A라는 글자가 새겨진.

"이게 뭔데?"

"공주님의 손수건이에요."

내 손수건? 나한테 그런 것도 있었어? 금시초문이라는 내 표정에도 아랑곳하지 않고 두 사람이 웃는다. 뭐야, 이 사악한 음모의 기운은.

"이건 왜?"

얼떨떨한 표정으로 되물으니 세르이라가 환하게 웃으며 일린의 손에서 손수건을 가져다가 턱하니 내 손에 쥐어 주었다.

"폐하께 드리셔야죠."

"왜?!"

너무 놀란 나머지 목소리가 컸다. 아니, 그래도 갑자기 이게 무슨 소리야? 내가 왜 손수건을 그놈한테 줘야 하는데? 난데없는 소식에 놀란 건 사실이었지만, 내 목소리에 내가 놀라 입을 꾹 다물었다. 갑자기 머리가 복잡하다. 그런 내 머리카락을 만져 주며 세르이라가 가만히 대꾸했다. 참 나긋나긋한 상냥한 목소리. 그래서인지 급작스럽게 요동치던 심장도 점점 제 고동을 찾았다.

"무사안녕을 기원하기 위해서예요."

"무사안녕?"

"네, 폐하께 '무사히 돌아오세요.' 하고 인사하는 거랍니다."

아니, 그건 아는데. 그걸 내가 왜 해야 하냐고!

"레이디가 제 기사에게 선물하는 일종의 관습이에요."

세르이라가 웃으며 말했지만 나는 반사적으로 그 손수건을 놓아 버렸다.

"싫어."

그놈이 무사히 돌아오든 말든 나랑 무슨 상관이야.

아니, 그런 것보단 그냥 그 얼굴을 마주해야 한다는 것 자체가 공포다. 그냥 이대로 피해 다니고 싶은데. 나가는 것도 거북스러운데 직접 이걸 건네주라고? 내가 건넨다고 그놈이 받을 것 같아? 어쩌면 난 이제 이 공주 자리 반납하고 황제의 서녀庶女로, 사생아로 살아가야 할지도 모른다. 그동안은 그놈한테 받았던 총애로 어찌어찌 이 자리에 있었던 거니까. 아니, 됐고.

것보다도 그 많은 사람 앞에서 손수건을 거절당하면 어떡하지? 이건 아까와는 전혀 다른 종류의 공포였다.

"다녀오세요. 공주님밖에 못하는 일이에요."

"싫어!"

"공주님—."

내 마음도 몰라주고! 이건 정말 심각한 문제란 말이야. 내가 거기서 망신당하면 너도 끝이야, 끝! 그런데도 일린과 세르이라는 막무가내였다.

"원래대로라면 황후 폐하께서 하셨어야 했지만 공석이니까 우리 공주님이 해야죠. 안 그래요?"

"공주님, 그럼 무사안녕의 증표도 없이 폐하를 보내실 거예요? 그 살벌한 전쟁터로 나가시는데?"

"이대로 가시면 최소 육 개월은 못 보실 텐데!"

두 사람이 양 옆에서 조여 오니 이건 나라도 어쩔 도리가 없다. 가기 싫다고 몸부림을 쳐 봐도 몇 시간의 실랑이 끝에 지쳐 나가 떨어지는 건 내 쪽이었다. 왜 내 의견은 항상 묵살당하는 거야! 존중 받고 싶다, 엉엉.

반강제 울며 겨자 먹기 식으로 나간 곳은 바로 이름도 낯선 에스텔라 궁이었다.

시끄러운 함성 소리가 고막을 울린다. 처음 보는 귀족들부터 자주 마주치는 귀족들까지 웬만한 궁정의 귀족들은 전부 참여한 자리였다. 이 자리에서 나보고 선물을 주라니, 니들 미쳤지?

뒤를 돌아보니 세르이라가 웃으며 나를 안아 든다.

이거 놔! 놓으라니까!

실랑이를 벌이느라 내가 도착했을 때는 이미 출정식이 끝나 가는 때였다. 그런데 대체 날 들고 어딜 가는 거니, 엄마야. 이건 정말 미친 짓이라고! 결혼만큼 미친 짓이야!

"폐하."

아, 미치겠다. 단상 아래의 도열한 몇 만의 군대가 눈을 찌를 듯 시퍼런 기세로 펼쳐졌다. 게다가 모인 귀족들. 카이텔은 웬일로 제복을 입은 상태였다. 언뜻 처음 보았을 때 입었던 옷 같아 보이기도 했다. 한여름의 햇살이 강렬하게 빛난다. 나는 침을 꿀꺽 삼켰다.

"자, 어서."

세르이라의 재촉은 이미 들리지도 않는다.

어쩌지, 도망갈까? 그나마 다행인 건 카이텔이 태양을 등지고 서 있다는 점이었다. 그의 표정을 볼 수가 없다. 그건 도리어 다행이었다.

그냥 미친 척 건네주고 도망칠까? 거절할 틈도 없이?

그래, 그게 제일 나은 것 같다. 왜인지 손에서 땀이 났으나 닦을 정신도 가지지 못하고 뒤뚱뒤뚱 카이텔의 앞에 가서 섰다. 미치겠네, 진짜.

"선물…… 이에요."

도망치려고 했는데, 어째 난 손수건을 들고 건넨 상태로 굳어 버리고 말았다. 다들 고개 좀 돌리면 안 되겠니? 이 자리에 있는 다른 사람들의 시선이 마치 송곳처럼 내 몸을 콕콕 찌르는 기분이었다. 발가벗고 서 있는 거 같아. 어떡해.

이 와중에 망할 애비는 반응이 없다. 하, 또 어제처럼…….

갑자기 울컥 무언가가 치밀었으나, 애써 입술을 앙다물며 참아냈다. 그냥 던지고 튀어?

이 몸이 친히 주는 선물이건만, 받기는커녕 멀뚱히 서 있는 애비가 원망스러웠다. 너 이 나쁜 놈, 두고 봐. 내가 나중에 성공해서 너한테 이거 꼭 복수할 거야, 엉엉.

그 순간 갑자기 앞에 있던 그림자가 작아졌다. 응? 아니, 정신을 차리고 보니 그림자가 작아진 게 아니었다. 그건 어느새 카이텔이 몸을 낮춘 것이었다.

"달아 줘야지, 직접."

어……? 어?

아빠다. 두 눈이 커진다. 진짜 아빠였다.

"안 달아 주는 건가?"

너 어디 갔다 이제 온 거야! 혼내 주고 싶다. 대체 어딜 갔던 거냐고. 얼굴이나 몸은 분명 어제랑 다름없는 똑같은 놈이었는데, 눈빛이 다르다. 지금 내 앞에 있는 남자는 어제의 그놈이 아니었다. 너 이 자식, 너!

순간 다른 의미로 울컥했으나 억지로 눈물을 참아 내고 작은 손을 움직인다. 꼬물꼬물. 녀석의 팔에 세르이라가 준 손수건을 묶어 주었다. 작은 손이라 서툴고 느린 움직임이었는데도 카이텔은 용케 성질부리지 않고 잘 기다렸다.

다 묶고 시선을 들자, 진홍의 눈동자가 다시 시선을 마주한다. 어제의 그 차갑고 서늘한 시선이 아니라 어쩐지 텅 빈 듯한 흐린 시선이었는데, 그래도 좋았다. 이건 내가 아는 눈동자니까.

자연스럽게 두 팔을 벌리자 카이텔이 무표정한 얼굴로 내 몸을 집어 든다. 물 흐르듯 자연스러운 반응이었다. 괜히 울 것 같네.

씨, 그래, 자식, 넌 인마 이미 나한테 길들여졌어. 나만 그런 거 아니라고! 넌 이미 내 노예야! 이런 행동 하나하나가 자연스러운 경지이니 일일이 설명해 봐야 내 입만 아프지. 안 그래? 뭔가 뿌듯하기도 하고, 슬프기도 하고. 솔직히 말해 이건 알 수 없는 감정과 기분이었다.

"세 달이라고 했나?"

응? 무슨 세 달?

두 눈을 동그랗게 뜨니 카이텔이 웃는다.

"그래, 끝내 주지."

나를 내려놓은 카이텔이 내 머리에 손을 얹었다. 그 큰 손이 주는 체온이 더없이 반갑다.

"세 달만 기다려라. 알았나?"

뭘 기다리라는 거…….

그 순간 불현듯 무언가가 뇌리를 스치고 지나간다. 아, 이맘때쯤 아이의 기억력이 저질이라 오래 기억하지 못한다는 그 소리. 그런데 3달이라니? 세르이라는 적어도 6개월은 못 본다고 했다.

"파파!"

말을 타기 위해 내려가는 카이텔을 부르자 내 목소리에 카이텔이 뒤돌아본다.

저 썩을 놈, 결국 이럴 거면서. 어제는 대체 왜 그랬는지 모를 일이었다. 저 얄미운 자식, 어제 받은 냉대가 전부 잊혀진다. 아, 이 놈. 이젠 미워하는 것도 맘대로 못하는구나. 정말 정들어 버린 모양이었다, 그새.

"사고 치지 마."

사고를 내가 치냐, 네가 치지. 시큰둥한 것도 잠시 나는 말을 타는 카이텔을 보고 있는 힘껏 소리 질렀다.

"잘 다녀와!"

동시에 뿔피리 소리가 그 자리를 메운다. 기사들을 보내는 레이디들이 한쪽에서 울고 있는 걸 목격하며, 나는 다시 카이텔을 돌아보았다. 갑자기 절실해진다. 이제 저 얼굴을 최소 6개월은 못 보는 거구나. 제 자식을 보내는 사람들의 목소리와 함께 나는 들리지도 않을 목소리로 열심히 외쳤다.

"꼭이야!!"

들리지 않을 줄 알았는데, 출발하기 전 뒤돌아본 카이텔과 시선이 마주친다. 나는 웃고 싶었으나, 웃어 주지 못했다. 웃으며 배웅하고 싶은데. 내가 인상을 찌푸리자 그 순간 나를 보던 카이텔의 입가에 웃음이 번진다.

그 순간의 그 미소가 내 눈에는 너무나 눈부시게 보였다.

― End. Perdel

"페르델!"

이 넓고 넓은 황궁에서 그를 그렇게 부르는 사람은 딱 네 사람이었다. 첫째는 그의 친우이자 상관인 카이텔, 둘째는 마찬가지로 그의 친우인 아시시, 셋째는 가끔 보는 카이텔의 스승인 드란스테. 그리고 마지막은 이 황궁에 태어난 새로운 복덩이.

바로 아리아드나 공주.

처음엔 그렇게 낯설었지만 이제는 익숙해진 어린아이의 음성에 페르델이 뒤를 돌아보며 활짝 웃는다. 예상대로 그에게 달려온 것은 이 아그리젠트의 하나뿐인 공주, 아리아드나였다.

"공주님!"

멀리서 뒤뚱뒤뚱 뛰어오는 모습이 엄청 귀엽다.

페르델은 숨을 삼켰다. 제법 자란 아이는 누가 봐도 함박 미소를 지을 정도로 귀엽다. 귀엽다고 말하기 지겨울 정도로 귀여웠다.

그리고 페르델은 그 귀여움에 흠뻑 빠진 사람들 중 한 명이었다.

"우리 공주님, 이제 잘 뛰어다니네요?"

"응. 내가 좀 잘 뛰어다녀."

거드름 피우는 모습조차 귀엽다. 페르델은 정말 깨물어 주고 싶은 기분을 느끼며 저도 모르게 흐뭇한 표정을 지었다. 아이가 고개를 드는 걸 힘겨워 하니 몸을 낮춘다. 둘의 시선이 똑같아졌다.

"뭐 하고 있었어?"

"이제 돌아가려던 참이었어요."

페르델의 미소에 아이가 고개를 끄덕끄덕 흔든다. 페르델은 그 머리를 한번 쓰다듬어 보고 싶은 충동에 시달렸다. 쓰다듬어 보고 싶다. 괜히 멀거니 아이의 작은 머리를 쳐다본다.

쓰다듬어 보고 싶다고!

"우리 아빠는 어디 있어?"

"아, 폐하요?"

쓰다듬고 싶은 충동을 참느라 손이 부들부들 떨리는 걸 진정시키며, 페르델은 잠시 생각에 빠졌다. 같이 점심 먹고 결재 서류를 한꺼번에 보내 주긴 했는데, 집무실에 있는지는 잘 모르겠다. 카이텔의 행경 반경이야 뻔하니까 아마도 연무장이나 집무실 둘 중 하나에 있겠지만 공주가 여기 있는 걸 보니 집무실은 아니었다.

"아마 연무장에 계시지 않을까요?"

생소한 단어에 헷갈리는지 리아가 뒤를 돌아본다. 뒤에 그림처럼 서 있던 세르이라가 웃으며 공주의 머리를 쓰다듬어 주었다.

저거 내가 해 보고 싶었던 건데!

두 눈이 부러움에 번쩍 뜨인다. 내가 해 보고 싶은 데도 참고 있는데! 세르이라가 미운 건 아니지만 이렇게 바로 앞에서 제가 못 하는 걸 하니 얄미웠다. 누군 해 보고 싶어도 못하는데…….
 아니, 사실 하려면 할 수도 있었다. 그냥 눈 꼭 감고 쓰다듬어 버리면 그만이다. 쓰다듬고 여차하면 도망치지, 뭐!
 그러나 정말 문제는 그다음에 발생했다.

"아빠, 페르델이 내 머리 쓰다듬었어!"

 순진한 아이의 한 마디에 고요히 돌아오던 그 시선이 어찌나 무서웠던가. 그 후에 불어닥친 일을 생각한다면 이건 쉽사리 저지를 수 없는 미친 짓이었다.
 저번엔 한 번 쓰다듬은 일로 일주일간을 시달렸다. 끊임없이 올라오던 서류 결재의 추억이란. 페르델은 자택으로 돌아가지도 못하고 며칠간을 붉어진 눈으로 결재서만 읽어야 했다. 일부러 나 엿 먹이려고 그런 거지, 나쁜 놈.
 아무튼 인생에 도움이 안 된다.
 그놈은 어렸을 때부터 그랬다. 카이텔은 처음 만났을 때부터 재수 없는 인간이었다. 페르델은 그때부터 카이텔이 싫었다. 싫어하는 이유를 대보라면 당당하게 댈 수도 있다.

1. 아시시 때문에
2. 아시시 때문에
3. 아시시 때문에

그래, 이런 다채롭고 다양한 이유 덕에 페르델은 카이텔이 싫었다. 정말 싫었다. 징글징글하게 싫었다. 이젠 친구라고 인정은 하고 있지만 그래도 싫었다. 싫다고!

자신의 원수이자 다시없을 인생의 방해물. 뻑하면 비웃고, 뻑하면 구박하고, 뻑하면 무시한다. 그렇다고 저걸 죽일 수도 없고. 게다가 카이텔이 누구던가. 무려 이 나라의 황제가 아닌가. 더불어 그 자리에 올려 준 것은 자신이다. 결국 모든 것은 내 업보.

"그냥 6황자의 손을 들어 줄 걸 그랬어."

허탈한 표정으로 중얼거리니 앞의 리아가 고개를 갸웃한다. 그 모습조차 귀여워서 페르델은 속으로 흐느꼈다. 나도 딸! 딸!!

"공주님."

"으, 응?"

"뽀뽀 한 번만 해 주시면 안 돼요?"

초롱초롱한 눈동자로 열심히 갈망하지만 돌아오는 대꾸는 무참하다. 리아는 바로 얼굴을 찡그렸다.

"싫어."

거기다 뭐 이런 미친놈을 다 봤나는 표정이라 페르델은 살짝 마음의 상처를 얻었다. 내 처지가 왜 이렇게 불쌍한 거지.

스무 살에 한 나라의 재상이 되어 그동안 마음에 안 들었던 체계를 싹 다 갈아엎고, 새롭고 효율성 높은 정책들을 이렇게 저렇게 실행시켜 이 나라를 이렇게 부강하게 만들고 내실을 다진 것도 난데! 나름 한 나라의 재상에 둘째가라면 서러운 정치 천재인데! 그런 내가 딸이 없어서 이 모양이라니! 이게 대체 무슨 소리요! 딸 없는 사람은 어디 서러워서 살겠나.

"고, 공주님."

"아빠는 그럼 연무장에 있는 거야?"

손에 들고 있는 걸 팔랑팔랑 흔들며 리아가 말한다. 페르델은 그제야 공주의 손에 무언가가 들려 있다는 걸 깨달았다.

"그건 뭐예요?"

"아빠 줄 선물!"

선물이라니. 그런 놈한테 선물할 게 뭐가 있다고.

점점 짙어지는 부러움이 이성을 마비시킬 것만 같다. 아, 진짜 내 인생에 남을 부러워하는 일이 생기다니. 미처 예상하지 못한 일이었다. 항상 남이 나를 부러워할 줄만 알았는데!

"선물이라니, 뭔데요?"

"희사원에서 찾은 건데. 볼래?"

작은 붉은 주머니에서 리아가 꺼낸 것은 예쁘게 생긴 조약돌이었다. 아마도 관상용으로 희사원에 겁나 뿌려 댄 돌이겠지. 이게 얼마더라? 앗, 이게 아니지.

잠깐 이런 걸 보고 순수하게 감탄하지 못할망정 얼마인지 따지고 있는 제 자신에게 좌절했으나 페르델은 곧 활짝 웃었다.

"정말 예뻐요!"

리아가 활짝 웃는다.

"그렇지? 그래서 선물하려고 주워 왔어."

근데 카이텔은 그런 거 안 좋아하는데……. 애초에 아름다움에 대한 감정이 마비라도 된 건지 카이텔은 예쁜 여자, 예쁜 보석 등등 예쁜 것에 대한 평가는 지극히 차가웠다.

쯧쯧, 아무튼 인간미라고는 느껴지지 않는 인간 같으니라고.

페르델은 원래 카이텔을 싫어하지만 그런 모습이 제일 싫었다. 애까지 남김없이 죽이라느니, 노인들도 살려 두지 말고 죽이라느니, 여자, 남자 가릴 것 없이 원하는 정보를 얻기 위해서라면 고문이라도 불사하는 그 자세며.

애초에 페르델이 자꾸 카이텔의 성질을 긁는 이유가 거기에 있었다. 그런 놈이 자기 때문에 인상을 찌푸린다는 게 얼마나 재미있던가. 물론 그런 재미는 죽음의 위협과 함께 다가왔지만 신기하게 페르델은 늘 살아남았다. 다들 그래도 친구는 살려 두는구나 카이텔에게 감탄했지만 페르델의 생각에 그런 건 아니었다.

그냥 내가 사라지면 뒷감당이 안 돼서 그러는 거겠지!

사실 페르델도 자신이 이제껏 살아 있는 게 신기했다. 하지만 내가 여기서 공주님의 머리를 쓰다듬으면 나에게 내일이란 없겠지? 엉엉, 그 미친놈.

"둘이 거기서 뭐 하는 거지?"

낯익은 목소리가 들린다. 리아는 바로 뒤를 돌아보았다.

페르델도 목소리가 들리는 곳으로 시선을 들었다. 아까의 예상대로 연무장에서 돌아온 건지 간편한 차림과 검 하나를 든 채로 카이텔이 서 있다. 페르델은 자리에서 일어났다.

"아빠!"

카이텔을 발견하자마자 리아가 환하게 웃으며 달려간다. 당연하다는 듯 딸을 받아 드는 그 자연스러운 모습에 페르델은 신음을 삼켰다. 나도 저러고 싶다. 품에 안고 싶다!

빨리 시르비아를 닮은 딸을 낳아야 망정이지 안 그러면 없는 딸 때문에 괜히 애간장이 닳아 죽을 것 같았다.

"뭐 하고 있었지?"

카이텔의 질문에 리아가 제 손에 든 조약돌을 넘긴다.

"이거!"

카이텔은 모난 곳 없이 매끄러운 조약돌을 들고 제 딸을 돌아보았다. 이게 뭐냐는 듯한 시선에 리아가 활짝 웃는다.

"선물!"

그 모습조차 부러워서 괜히 보고 있던 페르델은 허탈한 미소를 지었다. 다 필요 없어. 딸이 최고야, 엉엉.

그 모습이 얼마나 귀엽던지 카이텔마저 입가에 미소를 짓는다.

"뇌물인가."

"응."

진지한 두 부녀의 대화에 페르델은 순간 어이가 없었다. 순수한 아이의 호의에 대고 뇌물이라니! 저 천인공노할! 페르델이 분노하건 말건 두 부녀는 이쪽에 관심이 없다. 페르델은 혼자 떨어져 짜게 식었다. 이게 다 딸이 없어서 생기는 일이야!

"예쁘군."

감정 없는 목소리에 리아가 두 눈을 동그랗게 뜬다.

"진짜?"

"그래."

그것 가지고도 좋은지 빙그레 웃는 그 얼굴을 보고 페르델은 할 말을 잃었다. 우리 공주님은 천사야.

그래도 그 모습을 보니 감회가 새롭다. 조금 더 어릴 땐 볼 때마다 이번에야말로 죽이는 게 아닐까 고민했을 정도로 무언가 아슬아슬 위태로웠는데, 지금 두 사람의 모습은 그전과 다르게 완연한 부녀의 자태였다. 안고 있는 사람도 안겨 있는 사람도 서로에게 더없이 익숙해 보인다. 정말 카이텔이 아빠가 되었구나.

페르델은 무심코 깨달았다. 이젠 제 입으로 아버지가 아니라고 우겨도 비웃을 수 있을 정도다. 다만 이건 비웃을 일이 아니라 부러운 일이라는 게 문제였지만. 나도 딸! 나도 저렇게 귀엽고 예쁜 딸! 나도 저렇게 귀엽고 예쁘고 사랑스러운 딸!

아니, 인생에 부러운 게 생긴 건 좋은 일이다. 그걸 가지기 위해 자기 계발을 하고 노력을 하는 건 정말 바람직한 일이니까. 사실 페르델도 자신에게 너무 모든 것이 완벽한 것이 아닌가 고뇌했다. 좋은 집안, 화목한 가정, 출중한 능력, 뛰어난 두뇌, 아름다운 부인. 뭐 하나 부족한 게 있어야 말이지. 물론 이것은 하늘이 날 너무 사랑한다는 증거겠지만, 오히려 너무 퍼 줘서 지겨울 정도였다. 하나쯤은 빼 줘도 될 텐데 말이지.

하지만 그 하나가 딸이라면 이야기가 달라진다.

아주 많이 달라진다. 딸은 노력한다고 해도 운이 따르지 않으면 말짱 꽝이었다. 애초에 노력을 어떻게 해야 하는 건데!

그리고 문제는 바로 당장 애 아빠가 되고 싶은 페르델에게 있었다. 나도 딸. 나도 딸 가지고 싶어. 아, 입양이라도 할까.

그 순간 카이텔이 제 입꼬리를 비튼다. 매혹적인 미소가 그의 입가에 걸렸다.

"가지고 온 사람하곤 다르게 예쁘네."

제법 장난스러운 목소리에 리아가 바로 얼굴을 구긴다.

"나 안 못생겼어!"

"아직 아무 말도 안 했는데."

카이텔의 오리발에 리아가 인상을 썼다.
"방금 못생겼다며!"
바로 항의가 들어오자 카이텔이 무표정으로 응수한다.
"그런 말 안 했는데."
네가 애냐? 한심함에 얼굴이 찌푸려진다. 아무리 제 딸을 놀리는 것에 재미를 들렸어도 망정이지, 쯧쯧.
하지만 그마저도 부러워서 페르델은 조용히 눈물을 삼켰다, 흑.
"아니야. 방금 아빠 나 못생겼다고 했어!"
리아가 열심히 우겨 보지만 카이텔의 무심한 반응은 여전했다. 카이텔이 조용히 대꾸한다.
"가지고 온 사람하고 다르다는 소리는 했어도 못생겼다는 말은 안 했어."
말문이 막힌 건지 리아가 입을 다물었다. 페르델은 도와주고 싶었지만 곤란해서 입술을 깨무는 모습조차 너무 귀엽고 예뻐서 살 수가 없는 상태라 도와주는 게 불가능했다.
아, 이런 맛에 딸을 키우는 건가. 젠장, 부러워!
"아닌데, 분명히 못생겼다고 그랬는데."
오물오물 중얼거리는 걸 보며 카이텔이 웃는다.
"응. 너 못생겼어."
그 한마디에 공주님의 표정이 무참히 구겨졌다. 지켜보던 페르델은 이 염장질에 괜히 짜증이 났다.
저게 감히 누구더러 못생겼대.
"네가 애냐? 공주님한테 뭐하는 짓이냐, 너."
페르델의 난입에 카이텔이 시선을 돌린다.

— End. Perdel

"돌아간다더니 왜 여기 있지?"

"공주님이 날 발견해서 수다 떠는 중이었다."

그러면서 슬쩍 리아를 보니 리아가 웃는다. 그 모습에 카이텔의 눈빛이 매서워졌다. 저게 감히 누굴 의심해?

"걱정 마. 안 건드렸어."

내가 얼마나 만지고 싶고, 쓰다듬고 싶고, 뽀뽀해 주고 싶었는데! 그 모든 충동을 견뎌 낸 자신에게 칭찬은 못할망정 저런 대접이라니. 살짝 서러웠다. 근데 그것 가지고 모자랐는지 카이텔이 제 품 안의 공주를 본다.

"페르델이 정말 안 건드렸나?"

"응!"

근데, 저 자식이!

"그걸 또 확인해 보냐, 이 쪼잔한 놈아!"

페르델의 외침에 카이텔의 가소롭다는 시선이 돌아온다. 리아가 그 품에서 고개를 갸웃했으나 그 순간 페르델에겐 카이텔의 비웃음만 눈에 들어왔다.

"부러우면 하나 낳던가."

안 그래도 아픈 곳을 찌르니 더 서럽다. 페르델은 기필코 낳을 거라고 하루에도 수만 번 다짐하는 결심을 새롭게 다졌다.

"안 그래도 낳을 거야! 낳을 거라고! 반드시 아들딸 다 낳아서 나도 물고 핥고 우쭈쭈 예뻐할 거야! 예뻐할 거라고!"

처절한 대꾸에 카이텔이 비웃는다. 그건 진짜 명백한 비웃음이었다.

"해라. 누가 뭐래?"

저 개자식!

2. I'll hold on

2. I'll hold on

카이텔이 떠난 지도 어느덧 2개월이 지났다.

시간 참 빠르구나.

괜히 손꼽아 보다 뭔가 기분이 좀 거식하다. 벌써 시간이 이렇게 지났나? 정말 눈 깜빡할 사이네. 이러다가 나, 나도 모르는 새에 다 자라서 시집가고 막 그러는 거 아닐까? 어느새 할머니가 되고……. 악, 끔찍해.

"공주님, 뭐하세요?"

"응?"

괜한 끔찍한 상상에 온몸을 부르르 떨고 있으려니, 다정한 목소리가 말을 걸었다. 고개를 들어 보니 당연하게도 그 목소리의 주인공은 시르비아. 찌푸리던 얼굴을 펴고 나는 자연스레 웃었다.

내 미소에 시르비아가 환하게 웃는다. 머리를 쓰다듬는 손길이 좋았다. 좀 더, 더 쓰다듬어 줘.

아, 언니, 어쩜 결혼해서 아줌마가 되어도 예쁜가요? 이게 천사야, 인간이야? 날개 없는 천사로구나!

"이제 애교도 부릴 줄 알고. 우리 공주님, 다 컸네―."

다 크긴 개뿔. 충분히 가당찮은 소리였지만 시르비아의 너스레는 좋았다. 그래, 뭐, 이 몸이 그런 것쯤이야 너그럽게 맞춰 주지.

"응. 다 컸어. 곧 시집갈 거야!"

헉, 내가 뻐기는 목소리에 옆에서 일린이 숨을 들이켠다. 그러나 시르비아와 세르이라는 크게 웃는 걸로 대답을 대신했다. 시르비아는 그렇다 치고 멀리서 다른 일을 하던 세르이라가 웃은 건 좀 의외였다. 아니, 엄마, 내 말이 그렇게 웃겼어요?! 왜! 이 나라는 조혼을 인정하지 않아?! 이래 봬도 나 정신 연령으로는 시집가도 되는 나이라고!

"매번 볼세나에 오시는 거 귀찮지 않으세요? 물론 저야 공주님을 뵐 수 있어 기쁘지만……."

볼세나는 아그리젠트의 수도 지르젠토에 있는 비테르보 후작가의 저택 이름이었다. 뭐 저택에 이름까지 붙이고 그러나 싶었는데, 그게 고유 주소 같은 거라고 세르이라는 말했다. 따지고 보면 아그리젠톰 황궁의 여러 궁도 다 이름이 있으니까. 사실 황궁에 이름이 있다는 걸 안 건 최근에 와서였다. 나의 무식함을 보아라, 아오.

"그치만 황궁은 심심한걸."

"여기 와도 딱히 무언가를 하지는 않으시잖아요?"

"시르랑 놀잖아!"

두 손을 들어 내 머리를 쓰다듬는 시르의 손을 붙잡았다. 마주치는 시선 끝에서 시르가 웃는다.

그래, 지난 2개월 동안만큼은 난 내 집이라고 할 수 있는 황궁보다 이 볼세나 저택에서 거의 살다시피 했다. 원래는 시르가 왔지만 이제 만삭이라 그냥 내가 오게 된 것인데, 아침에 일어나서 밥 먹은 뒤 여기 오고, 여기서 놀다 저녁 먹고 돌아가니까 아예 여기에 산다고 말해도 될 듯했다.

원래대로라면 전의 암살 기도도 있고, 여러 가지 이유 때문에 내가 궁 밖을 나온다는 것 자체가 절대 안 될 말이었지만 시르비아가 내 대모라는 점과 페르델이 재상이라는 덕에 이렇게 자유롭게 지낼 수 있었다. 뭐, 왔다 갔다 하면서 수도 구경하는 것도 재미가 쏠쏠하고. 그리고 황궁에만 있으면 심심하고 재미없고 보람도 없고 꿈도 희망도 없는 나날을 보내야 하잖아. 뭐야, 그거, 그런 건 아동 학대라고!

음, 근데 고작 카이텔 하나 없다고 황궁이 그렇게 썰렁하다니. 생각보다 애비의 존재감이 너무 커서 그건 조금 거식했다, 우우.

"그래도 이제 공주님께서 계셔서 폐하께서 출정하셔도 궁이 더 이상 쓸쓸해지지 않아 좋네요. 항상 폐하께서 궁을 비우실 때마다 무슨 일이 터지는 건 아닐까 염려했는데 말이에요."

"응? 무슨 일?"

내가 있어 궁이 쓸쓸하지 않다는 말은 알겠다만 갑자기 무슨 일은 왜 터지는 걸까? 응? 무슨 일이 왜 터져?

내가 고개를 갸웃했으나 시르비아는 별말 없이 그저 내 뺨만 쓰다듬었다. 나는 기분이 상했다. 뭐야, 왜 말을 하다 마라? 괜히 궁금하게.

"그거 말씀하시는 거죠? 반란군."

때마침 끼어든 세르이라가 아니었다면 영영 모르고 넘어갈 뻔했다. 그런데 반란군? 처음 듣는 단어에 눈을 동그랗게 뜨고 뒤를 돌아본다. 세르이라는 제법 심각한 얼굴을 하고 있었다.

"폐하께서 그렇게 잡아 죽이셨는데도 아직도 암암리에 활동 중이라면서요."

"6황자가 죽지 않는 한 영원히 계속될 일이죠."

시르비아가 난처한 미소로 고개를 가로젓는다. 그런데 6황자가 누구지? 아, 대체 이 세상엔 왜 이렇게 모르는 일이 많아 나를 괴롭게 만드는지! 망할! 좀 알려 주고 말해, 너네! 몰라, 다 필요 없어, 엉엉. 니들은 떠들어라. 난 훔쳐 듣겠다. 그래, 역시 인생은 눈치야. 눈치빨이라고!

"이젠 황실의 핏줄이 궁에 남아 있어 그나마 안심이 되지만 그 전엔 정말 폐하께서 정벌로 몇 개월씩 궁을 비우셨을 땐 불안해서 잠도 못 잘 정도였어요."

"그렇네요. 확실히 폐하께서 일부러 그러시는 게 아닐까 싶을 정도로 심했으니까요."

"뭐, 페르델은 늘 걱정 말라는 소리만 하는데, 어찌 불안하지 않을 수 있을까요? 잘못하면 나라가 뒤집힐 텐데."

젠장, 뭐라고 하는지 모르겠다. 그냥 가만히 있어야지.

두 사람이 외국어를 하는 것 같다. 뭐라는 거지? 카이텔이 뭐 어쩐다고? 지들만 아는 암호를 주고받는 기분. 저기요, 여기 소외된 이웃이 있어요. 따뜻한 온정의 관심과 사랑을 베풀어 주세요.

나의 속마음이 들리기라도 한 건지 갑자기 시르비아가 내 쪽으로 고개를 돌렸다. 응? 시선이 마주치자 자연스럽게 멀뚱히 쳐다보게 된다.

그때였다. 시르비아가 웃으며 내 손을 잡아끈 건.

"공주님, 아빠가 보고 싶지 않아요?"

"아빠?"

아빠 같은 소리하고 있네.

보고 싶을 턱이 있나. 그놈 없어서 숨통 트인 게 겨우 두 달인데. 그래도 뭐 조금 보고 싶긴 했다…… 가 아니지! 응? 그 녀석이 왜 보고 싶어! 그 자식이 없어도 이렇게 잘만 사는데. 나는 괜히 새침하게 입술을 삐죽였다.

"아빠가 누구야?"

순식간에 두 사람의 표정이 굳어진다. 시르비아는 살짝 일그러진 불안한 얼굴로 당황한 기색을 지우지도 못하고 급히 되물었다.

"폐…… 하가 기억이 나지 않으세요?"

"응?"

천연덕스러운 내 대꾸에 두 사람의 표정이 뒤바뀐다. 큰 무언가가 뚝 떨어졌다. 깊게 내려앉은 침묵. 그 안에서 난 공연히 손가락으로 머리카락이나 돌돌 꼬았다. 흥, 그런 놈 알 게 뭐야.

갑자기 당황한 세르이라가 내 어깨를 붙잡았다. 그리고 둘 다 다급하게 외친다.

"그 왜 맨날 보던 얼굴 있잖아요, 남자."

"남자?"

"네, 공주님한테 벌레라고도 하고!"

야, 이씨, 넌 좋은 추억 다 놔두고 하필 벌레 얘기야. 죽을래!

조금만 모르는 척 튕기다가 적당히 골리면 안다고 넘어가려고 했는데, 저 한 마디에 그럴 마음이 싹 사라졌다. 벌레라니! 그건 내 잊고 싶은 추억이라고!

그래, 나 벌레 취급 받은 적 있다. 됐냐?!

"매일 밥 먹고, 이야기하던 잘생긴 남자, 기억 안 나세요? 항상 같이 주무셨잖아요, 네?"

"기억 안 나."

"아빠 말이에요. 공주님 아빠."

"그게 누군데?"

두 사람이 열심히 설명해 보려 애썼으나 이미 마음을 닫아 버린 내가 들어줄 턱이 없다. 몰라. 모른다면 모르는 거야, 흥. 내가 안다고 대답할거 같아?

전전긍긍하는 두 사람은 내버려 두고 나는 일린에게 내 컵이나 빼앗았다. 레몬에이드는 역시 겨울에 마셔야 더 맛있어.

"어, 어떡하죠? 이제 두 달인데, 벌써부터 이러시면 안 되는데. 이러시다가 폐하께서 돌아오시기만 한다면……."

"치, 침착해요, 세르이라. 우리가 여기서 이렇게 당황하고 그러면 안 돼요."

"하, 하지만."

울 것 같은 얼굴로 안절부절못하던 세르이라가 두 손에 얼굴을 묻는다. 괴로워하는 게 너무 심각해서 내가 정말 공연한 심술을 부렸나 후회된다. 아, 아냐, 아니라고! 쟤가 아까 나한테 내가 벌레 취급 받던 시절을 기억해 내라 그랬잖아. 그건 정말 평생 잊고 싶은 추억인데, 아씨.

"우리가 당황하면 어떡해요. 공주님을 생각해야죠."
나 생각 안 해 줘도 되거든, 흥.
의외로 일린이 이 상황에 제일 담담하다는 게 놀라웠으나 나는 곧 일린의 모습을 보고 그 이유를 알 수 있었다. 아항, 요새 시르비아랑 놀았더니 자기랑 같이 놀아 주지 않아 서운한 모양이다.
어이구, 그랬어요? 도대체 얘는 내가 왜 좋은 거람.
내가 손을 뻗어 일린의 손가락을 잡고 흔드니까 일린이 환하게 웃는다. 윽, 페르델 못지않은 내 숨은 광신도가 여기 하나 더 있었네.
"아, 그래, 맞아."
무언가 좋은 생각이 난 건지 시르비아가 일어선다. 나는 깜짝 놀랐다. 응? 왜 일어서?
"블레인!"
"예, 레이디."
"황궁으로 연결된 전화석 좀 가져와."
"예."
시녀가 고개를 한번 숙이고 나가자 시르비아가 한숨을 돌리며 다시 자리에 앉았다. 그냥 일어섰다 앉는 간단한 동작이었는데도 시르비아는 엄청 힘겨워했다. 하긴 이제 만삭이라 그런지 시르비아의 배가 엄청 부풀어 있었으니까. 대체 어떤 애가 들어앉았기에 이렇게 크담? 괜히 시르비아의 배에 붙어 쓰다듬는다. 배는 이렇게 많이 나왔는데, 팔이나 얼굴엔 살이 없어서 좀 무서웠다.
"배가 동산 같아!"
"그렇게 커 보여요?"
"어!"

이러고 어떻게 사냐? 내 친구 중에도 어린 나이에 시집가 엄마가 된 애들이 있긴 했지만 그래도 볼 때마다 신기하다. 만삭이 되면 변비도 걸리고, 잠도 제대로 못 자고, 여러 가지 불편한 점이 한두 가지가 아닌데. 역시 엄마란 종족은 대단해. 나도 여자이긴 한데 엄마는 아니었던지라 그런지 마냥 대단해 보였다.

"공주님, 대모님께서 힘겨워하세요. 자, 이리로."

그렇게 딱 달라붙어 있진 않았는데. 꼭 내가 시르비아를 괴롭힌 것 같아서 불만 어린 표정으로 입술을 삐죽였다. 시르비아는 연신 미소로 날 대하고 있긴 했지만……. 그래, 미안해. 애초에 배려가 부족한 내 탓이니까.

세르이라의 안내대로 의자에 앉아서 괜히 일린이 주는 레몬에이드나 마저 들이켰다. 때마침 아까 나갔던 시녀가 곧 돌아왔다.

시녀가 건네준 것은 내 손바닥만 한 작은 무언가였다. 그건 분홍빛으로 빛나는 돌이었다. 세모꼴인 게 꼭 피라미드같이 생겼는데, 시르비아는 처음 보는 그 뭔가를 익숙하게 만지작거렸다.

―응? 무슨 일이야?

어? 이 목소리는?

갑자기 들린 목소리에 놀라 컵을 놓쳐 버렸다. 세르이라가 놀라서 급히 컵을 받아 주었기에 망정이었지 잘못했으면 입고 있던 원피스가 다 젖을 뻔했다. 아니, 근데 그보다 저거!

"페르델!"

―응?

"그거 어디 있어요?"

페르델 목소리다.

내 귀가 고장 난 게 아니라면 틀림없는 페르델 목소리야!
나는 입을 딱 벌리고 말았다. 뭐야, 이거. 전화 통화도 가능해? 물론 수화기는 없고 번호도 없는 거 같은데 종이컵 전화 같은 기초적인 통신이라고 해도 마냥 신기했다. 이 음질 어쩔 거야. 고음질이잖아!

―갑자기 전화해서 무슨 그거? 그게 뭔데? 아, 설마 나야? 오, 그렇게 내가 보고 싶어? 걱정 마. 이것만 끝내고 곧 들어갈게.

"그게 아니에요. 그거 말고 그거요, 그거."

―그게 뭔데? 제대로 말해 줘야 알지. 시르, 나 지금 일 처리 중이라 통화 오래 못해.

시르비아는 답답하다는 듯 소리쳤지만 페르델은 되레 자기한테 관심 없다는 말에 삐진 모양이었다. 일 처리 중이라 통화 오래 못하기는. 토라진 목소리로 그렇게 말해 봤자 신빙성 제로였다.

"저도 오래할 생각 없어요. 그 요새 항상 들고 다녔던 그거 말이에요."

―아, 그거? 어딘가에 박혀 있겠지. 근데 나 항상 들고 다니진 않았거든? 내가 변태냐.

"변태잖아요."

―헉.

이 부부는 볼 때마다 신기하단 말이야. 무엇보다도 그 흑막의 화신 같은 페르델이 시르비아에게 전혀 힘을 못 쓴다는 점이 제일 신기했다. 역시 권선징악? 그치만 그건 고전문학 속에서나 볼 수 있는 거라 생각했는데, 살다 보니 그 반대인 현실이 더 많아서.

"아, 아무튼!"

목소리만 나오는 페르델이 심드렁하니 대꾸했다.
―갑자기 그건 왜? 대체 우리 시르가 그건 갑자기 왜 찾는 거지?
"이유는 묻지 말고 어디 있는지나 빨리 말해요."
―헉, 매정해! 나의 천사가 나한테 이럴 리가 없어!
시르비아는 이제 슬슬 짜증이 치미는 모양이었다. 인상을 쓰는 건 처음 보는 거 같은데. 아무리 천사라도 역시 페르델은 페르델이구나. 천하의 천사를 짜증나게 만들다니, 역시 대단한 놈.
"저 지금 오래 말할 시간 없거든요?"
―칫.
칫은 뭐가 칫이야. 괜히 이것마저 더러운 커플의 염장질로 느껴진다. 엉엉, 얼른 커서 연애나 해야지.
굳은 다짐을 하며 세르이라가 주는 쿠키를 한입 베어 물었다. 냠냠, 맛있어. 불과 몇 개월 전만 해도 전혀 입도 댈 수 없는 쿠키였는데! 괜히 다시 한 번 이빨의 소중함이 느껴졌다. 그래, 난 늙어도 임플란트는 하지 않겠어. 충치 안 걸리게 잘 관리해야지.
―아마 오웬한테 물어보면 알아서 가져올 거야.
"알았어요. 끊어요."
응? 정말 그대로 끊는 거야? 당황한 건 나만이 아니었다. 설마 싶었던 전화 너머의 페르델도 당황한 기색이 역력하다.
―시, 시르? 저기, 잠깐만? 정말 그것만 말하고 딱 끊어 버리는 거야? 매정하게?
"끊어."
―시, 시르!
시르비아, 너 그렇게 안 봤는데…….

자기 용건이 끝나자마자 시르비아가 딱 전화를 끊는다. 우와, 매정해.
"오웬에게 그거 가져오라고 말해 줘."
"예."
시르비아의 명령에 시녀가 고개를 숙이고 사라졌다. 나는 멀뚱멀뚱 쳐다보다 그녀를 불렀다.
"시르!"
"예?"
"그건 뭐야?"
내가 가리킨 것은 아직 시르비아의 앞에 있는 세모꼴의 무언가였다. 내 질문에 시르비아가 웃으며 그걸 내 쪽으로 밀어 준다.
"아, 공주님, 처음 보시나요? 전화석이라는 거예요. 음성으로 통화가 가능해요. 같은 파동을 가진 두 개의 정령석을 가공해서 만드는 건데, 많이 비싸서 몇 개 없어요."
"예쁘다."
"이게 투명한 빛을 낼수록 비싸고 더 먼 곳에서도 사용이 가능하죠."
내 고사리 같은 작은 손에 올라온 전화석은 생각했던 것보다 더 작았다. 이게 통화를 가능하게 해 준다고? 무슨 원리인지는 전혀 모르겠으나 마냥 신기했다. 그도 그럴 게 바로 내 앞에서 방금 통화를 했잖아. 그것도 이걸로!
"아그리젠트 본토에서만 나는 희귀한 정령석이라고 해요."
"이 안에 정령이 있어서 막 목소리를 옮겨 주는 거야?"
"아마도 그런 거겠지요?"

진짜? 시르비아의 수궁에 되레 내가 말문이 막혔다. 그냥 되는 대로 지껄인 건데, 설마 진짜 그런 건 아니겠지? 아니, 설마?

진짜 딴 세상이라 농담이 진짜 진담이 될 것 같아 괜히 등골이 서늘했다. 그냥 막연히 딴 세상이라고만 생각했는데, 이런 걸 하나둘씩 마주할 때마다 그 막연함이 사라지고 정말 다른 세상이라는 게 확 와 닿는다. 더불어 내가 진짜 환생했다는 것도. 카이텔의 그 소환되는 검만 봐도 그렇고, 겨울나무도 그렇고, 이것도 그렇고. 진짜 이 세상은 진짜 내가 모르는 신기한 것들로 가득 차 있다.

"부르셨다고 들었습니다."

집사 아저씨다! 볼세나의 집사인 오웬은 간간이 보는데 볼 때마다 신기했다. 저렇게 젊은 집사도 있구나. 단순히 오웬이라고 이름만 들었을 땐 나이 지긋한 백발의 노신사를 생각했는데, 오웬은 올해 스무 살인 청년이었다.

"아, 오웬, 어서 와. 그건?"

"예, 여기 있습니다."

근데 저게 뭐지? 오웬이 시르비아에게 넘긴 것은 다름 아닌 커다란 액자였다. 액자는 왜? 의아함에 고개를 갸웃거리는데, 그 순간 문이 열리며 전혀 생각지도 못한 사람이 온실에 들이닥쳤다.

"시르!!"

울상을 지으며 들이닥친 사람의 정체는 다름 아닌.

"페르델?"

그래, 페르델이었다. 뭐야, 이놈은?

나는 갑작스런 녀석의 등장에 놀라 상체를 뒤로 뺐으나 정작 시르비아는 못마땅한 얼굴로 이마를 찌푸렸다. 페르델은 오자마자 나는 보이지도 않는지 바로 시르비아의 앞에 주저앉더니, 그대로 울먹이며 보챘다.

"시르, 그렇게 전화를 끊어 버리면 어떡해! 너무해, 매정해. 우리, 이런 사이 아니었잖아!"

"그건 그렇고 공무는 어쩌고 지금 이 시간에 온 거예요?"

"지금 공무가 문제가 아니잖아! 시르, 네가 어떻게 나한테 이럴 수가 있어!"

"죽을래요?"

"……"

시르비아 승!

시르의 한 마디에 입을 조개처럼 딱 다문 페르델이 불만스레 볼을 부풀린다. 저게 애야, 어른이야? 나는 조금 한심스러웠으나 동시에 조금 시르비아가 부러웠다. 어째 이 부부의 염장질은 당할 때마다 부럽냐? 밖에서는 그렇게 잘나가는 페르델이 집에 와서는 시르비아한테 붙잡혀 산다. 게다가 시르비아가 불면 날아갈까 쥐면 터질까 애지중지 안절부절못하며 돌보는데…….

역시 여자는 이런 남자를 만나야 돼. 우리 시르는 정말 행복한 여자였다.

"다 미뤘어. 이따 저녁에 할 거야."

"으이그."

정말 못 말린다는 듯 고개를 흔들다 시르가 웃는다. 그 미소에 좋다고 페르델이 환하게 웃었다. 어쭈어쭈, 이것 보게나. 역시 부부싸움은 칼로 물 베기야. 아, 이놈의 더러운 커플들.

"어? 찾았네?"

계속 지들만의 세상에 갇혀 있을 것이지는 페르델이 액자를 발견하게 환한 얼굴로 나에게 다가왔다. 저기 나한테 신경 꺼 줘도 되거든요? 아니, 도리어 신경 꺼 주는 편이 고마울 것 같은데.

그러나 나의 바람은 산산이 무너졌다. 썩을 놈의 세상.

"공주님, 이게 공주님 아빠예요, 아빠. 미친놈."

알아, 이 새끼야. 누굴 바보로 알아.

시르비아가 애타게 찾았던 건 다름 아닌 카이텔의 초상화였다. 솔직히 그림이 실물을 따라가지 못하는 감이 좀 없지 않아 있는데, 그래도 이 정도의 재현이면 훌륭하지. 그래도 실물이 더 좋다는 건 부정할 수 없었다.

"어? 공주님, 알아보시는 거예요?"

"폐하에요. 공주님 아빠."

"응, 알아."

두 번 모른다고 했다간 날 데리고 아예 전쟁터로 날아갈 기세였다. 자, 여기 네 아빠 있다. 어서 알아보렴!

내가 알아본다고 하자 두 여인이 가슴을 쓸어내리며 안도한다. 상황을 모르는 페르델은 멀뚱멀뚱 둘을 쳐다보다가 나를 보고 웃었다.

"우리 공주님은 오늘도 예쁘네!"

됐거든, 이 광신도야. 넌 내가 자다 깨도 예쁘잖아. 심지어 안 씻어도 예쁘다고 했다. 저놈 눈은 신뢰할 수 없어. 내가 괴물이 되어도 예쁘다고 할 놈이었다, 저놈은.

"그런데 이거 여기에 있어도 되는 거예요?"

"그러게요. 원래 황족의 초상화는 황궁에서 반출하는 거 금지 아닌가요?"

어, 금지였어? 처음 안 사실에 깜짝 놀라 페르델을 돌아보았다. 페르델아, 이게 어찌 된 일이니? 두 여인의 의아한 시선도 함께 꽂혔으나, 페르델은 전혀 개의치 않는 표정으로 고개를 끄덕였다.
"난 괜찮아. 재상이니까."
······그렇게 살아도 되는 거냐.
차게 식은 눈동자로 페르델을 노려보았으나 페르델은 뭐가 문제냐는 듯 도리어 어깨를 으쓱였다. 비리를 바로 눈앞에서 마주하고 있네. 암행어사가 되고 싶다. 이런 놈을 재상이라고, 쯧쯧.
"시르!"
"네?"
"왜 페르델이랑 결혼했어?"
그래, 왜 저런 놈이랑 결혼한 거야. 시르비아라면 쌔고 쌘 게 귀엽고 깜찍하고 사랑스럽고 말 잘 듣는 남자들이었을 텐데. 괜히 저런 놈이랑 결혼하게 된 시르비아가 격하게 불쌍해졌다. 내 질문에 옆에서 페르델이 경악한다.
"내, 내가 뭐 어때서요!"
"이상해."
그래, 너 이상해.
"하지만 시르는 천사고, 페르델은 못난이잖아."
"마, 마음에 깊은 상처가······."
깊은 상처는 개뿔. 넌 세 살 때부터 나한테 신뢰를 잃었어. 나는 냉정하게 페르델을 외면했다.
자, 이제 대답해 봐. 대체 왜 저런 놈이랑 결혼한 거야?
"그러게요."

시르비아는 제 자신도 신기하다는 어조로 고개를 끄덕였다.
"저도 어쩌다가 결혼까지 하게 된 걸까 궁금했어요."
"진짜?"
어떤 거창한 대답이 나올까 기대하고 있었는데, 심지어 어떤 염장이라도 참을 수 있게 인내심도 기르고 있었는데! 의외로 허탈한 대답이었다. 시르비아마저 모르는 결혼의 이유라니. 설마 페르델이 협박한 건가? 아니지. 그럼 협박해서 결혼했다고 말했겠지. 그럼 대체 이유가 뭐지? 설마 페르델이 마성이라 저도 모르게 사로잡혀 결혼을…….
그건 진짜 아니네. 그럼 대체 뭐지?
"시, 시르!"
나한텐 별것 없는 대답이었는데 페르델에겐 아닌 모양이었다. 진짜 심각하게 굳어진 표정으로 페르델이 울상을 짓는다. 심하게 상처받은 얼굴이 도리어 놀라왔다. 꼭 강아지 같네. 뭐지, 시르비아 전용 강아지인가?
시르비아가 웃으며 페르델의 손을 잡는다.
"장난이에요."
"자, 장난도 할 게 있지. 나 정말 놀랐단 말이야!"
"어라, 그래서 울 거예요?"
"안 울어! 누가 운다 그래!"
안 울긴 개뿔. 페르델의 눈엔 이미 눈물이 고여 있었다.
의외다. 나는 좀 놀랐다. 철혈이라는 이미지 때문인지 사랑에도 냉정할 줄 알았는데, 그건 아닌 모양이었다. 그래서 그게 더 의외였다. 열 길 물속은 알아도 사람 속은 모른다더니.

"조금 놀라서 그런 것뿐이야."

그런 것치곤 좀 많이 울먹이던데.

모르겠다. 나는 마음도 착하고 예쁘기도 하니까 그냥 두 사람을 위해 모르는 척 넘어가 주기로 했다. 아, 이 쿠키가 참으로 맛있네.

"자, 빨리 돌아가셔야죠. 일 미루고 집에 돌아온 걸 내가 허락할 것 같아요?"

"아, 아니."

"다음에 또 이러면 저 화낼 거예요."

"으, 응."

여우같은 마누라랑은 살아도 곰 같은 마누라랑은 못 산다더니 딱 그 짝이다. 나무라는 듯하면서도 애교 섞인 목소리에 페르델이 꼼짝을 못한다.

"이따 봐."

"예."

인사가 끝나고 페르델이 일어서서 시르비아의 이마에 짧은 키스를 남긴다. 시르비아는 환하게 웃으며 페르델의 양 볼에 키스했다. 너무 자연스러워서 잊고 있었는데, 저 더러운 커플이 또 내 눈앞에서 염장질이네!

"우리 공주님도 이따 봐요!"

아무튼 이놈의 염장은 빠지지 않아요. 그래도 한편으론 보기 좋은 걸 부정할 수는 없었다. 배알이 뒤틀리는 걸 어쩔 수는 없지만. 나는 손을 흔드는 페르델에게서 고개를 홱 돌렸다.

그래, 어서 사라지렴.

마음 같아서는 매일매일 볼세나에 가고 싶지만 주말이나 가끔 주중에 한 번쯤은 그냥 황궁에 남아 있어야 했다. 딱히 일정이 있어서 그런 건 아니지만 시르비아가 힘들까 봐 배려하는 세르이라의 조치였다.
 하긴 임신한 상태로 애를 돌보는 건 쉬운 일이 아니지. 그게 비록 나처럼 예쁘고 말 잘 듣고 착한 아기여도 똑같았다.
 "자, 그럼 공주님 오늘은 뭐 할까요?"
 "놀이!"
 "그럼 무슨 놀이를 할까요?"
 몰라. 아, 인간적으로 그런 건 네가 알아 와야 하는 거 아니니? 내가 이 나이에 놀이까지 개발해야겠냐고. 개발하고 싶어도 머리가 굳어서 개발도 못하는데. 뭐, 하긴 그건 세르이라도 마찬가지겠지. 하루 이틀 노는 것도 아니고, 매일같이 지겹게 놀아 대는데, 레퍼토리가 동나지 않으면 그건 인간이 아니었다. 나는 너그럽게 넘어가 주기로 했다.
 "그레시토도 왔으니 우리 숨바꼭질할까요?"
 숨바꼭질? 세르이라의 말에 가만히 꿔다 놓은 보릿자루마냥 앉아 있던 녀석이 몸을 크게 흠칫한다. 퍽이나 싫은 모양이었다.
 누군 너랑 노는 거 좋은지 아냐!
 미움 받는 것도 정말 하루 이틀이지. 이렇게 매번 얼굴 마주할 때마다 이 실랑이니, 점점 지쳤다. 애라서 그런가 싫어하는 걸 드러내는 게 너무 직설적이라 마냥 무시하는 걸로 해결할 수 있는 일도 아니고, 그렇다고 아예 안 볼 수도 없으니, 끄응.
 이건 다 세르이라 탓이야!

"그럼 내가 술래 할게. 일린이랑 토끼랑 세르이라가 숨어."

내 대답에 세르이라가 바로 고개를 돌린다. 그레시토의 눈치를 보는 모양새가 참 가관이었다. 저걸 보니 또 마음이 짠하다.

에휴, 그래, 어쩌겠냐. 난 태어날 때부터 세르이라한테 약할 수밖에 없는 생명체였다. 그래, 이 한 몸 희생해서 세르이라를 도와줘야지. 한 공간에 있다고 오순도순한 모자는 아니지만 그래도 생이별보다는 나으니까.

"우리 그럼 희사원 가서 해요!"

오랜만에 숨바꼭질이라 그런지 일린은 신난 목소리였다. 저거 언제 철들까 몰라. 그래도 저 천진한 모습이 보기 좋아서 한편으로는 계속 저랬으면 좋겠다는 생각이 들기도 하고. 뭐, 진짜 그러면 언제 철드냐고 욕하겠지만.

"그럼 희사원 가자!"

감기 들지 않게 따뜻하게 챙겨 입고 밖으로 나오자 어느새 겨울이 성큼 다가왔다는 게 바로 느껴졌다. 물론 겨울나무의 가호로 그렇게 춥거나 하진 않았지만 보이는 풍경이 다르다고 해야 하나? 마른 가지들이 겨울나무와 몇 개의 침엽수를 빼고 전부 앙상하다. 개중에는 겨울철에 땔감으로 최고라는 발열나무도 있었다. 나무껍질에 손을 가져다 대면 손난로라도 쥔 듯 손바닥에 따뜻한 온기가 전해지는 나무였는데, 그 나무를 보고 서서 나는 목청껏 소리 질렀다.

"자, 그럼 시작한다!"

뒤에서 움직이는 소리가 들렸지만 나무에 손을 얹고 나는 열심히 숫자를 셌다. 10부터 세면 되지?

"십! 구! 팔! 칠!"

벌써부터 숫자를 외울 수 있는 내 천재성에 아무도 감탄해 주지 않는다는 건 좀 슬펐지만 나는 열심히 숫자를 셌다. 그나저나 내가 이 나이 먹고 숨바꼭질이라니, 쯧쯧. 물론 신체 나이는 상관없지만 정신 나이가 문제였다. 하, 이러다 정말 정신도 퇴화해서 애가 되는 거 아닌가 몰라.

"육! 오! 사!"

근데 정말 큰 문제는 다른 것이었으니, 바로 그럼에도 불구하고 이 추억의 놀이가 마냥 재미있다는 사실이었다.

"삼! 이! 일! 땡!"

나도 어렸을 땐 친구들이랑 이런 거 하고 놀았는데. 고등학생 때만 해도 점심시간에 밥 먹고 남은 시간을 이런 거 하면서 놀았다. 공기놀이나 원카드, 무궁화 꽃이 피었습니다 등등. 갑자기 되살아난 추억에 괜히 기분이 들뜬다.

나무에 기댔던 손을 떼고 나는 몸을 돌렸다.

"나 이제 찾는다!"

희사원 밖으로는 나가면 안 된다는 규칙 때문에 어차피 숨을 곳은 한정되어 있었다. 그럼 어디부터 가지? 드라고 강이 있는 쪽으로 갈까 하다가 무작정 발을 옮겼다.

평소에 안 가 보던 쪽으로 가 봐야지!

"꼭꼭 숨어라, 머리카락 보일라—."

대체 다들 어디를 간 거람. 움직이자마자 찾을 수 있을 줄 알았는데 그것은 나의 착각일 뿐이었다. 그레시토는 그렇다 치고 세르이라랑 일린은 고작 애를 상대로 너무 진지한 거 아니냐고!

"꼭꼭 숨어라, 머리카락 보일라. 어디어디 숨었니? 여기 숨었니?"
하필 와 본 적 없는 길로 오는 바람에 눈에 들어오는 풍경조차도 낯설었다. 그냥 다니던 길이나 다닐걸, 웬일로 뭐에 쓸래도 없는 개척정신이 발휘되어 여기까지 기어들어온 거람. 사람은 눈코빼기도 보이지 않고, 그건 세르이라랑 일린도 마찬가지고. 그레시토, 이 토끼 놈도 안 보이고. 희사원은 정말 무지막지하게 큰 정원이구나.

"어?"

그 순간 눈앞에서 무언가가 포착되었다. 사람인가?! 키나 실루엣으로 보아선 일린이나 세르이라 같았다.

잡았다!

반가운 마음에 한걸음에 달려가자 정말 사람의 형체가 내 시야에 들어온다. 아싸!

"찾았다!"

이제 네가 술래다! 자신만만하게 달려가 외쳤는데, 나는 순간 내 눈에 들어오는 눈동자에 당황하고 말았다. 으, 응?

"어라?"

일린이 아니네. 세르이라도 아니었다.

"난 숨은 게 아닌데."

제 긴 머리카락을 귀 뒤로 쓸어 넘기며 여자가 살포시 웃는다.

"알아."

제법 어여쁜 미소에 눈은 즐거웠으나 확실히 대꾸하는 여자는 낯선 사람이었다. 아니, 전에 본 적은 있는데, 그래도 나한테 낯선 사람이라는 건 변함이 없지.

"처음 봐."

푸른 머리카락이 기대 있는 나무뿌리 사이로 어지럽게 흐트러져 있다. 마주하는 눈동자도 푸른색이었다. 손에 책을 들고 있는 걸 빼면 별 특징 없는 차림새였다. 산책이라도 나온 건가?

그런데 확실히 미인은 미인이다. 무언가 화려하다기보다 단정하고 청순한 미인이었다. 어라, 그러고 보니까 언제 본 적 있던 얼굴 같은데, 전에 후궁에 잘못 들어갔을 때 봤던 얼굴인가? 나가는 길 알려 줬던 그 여자. 맞는 것 같은데, 아닌가?

대체 뭐 하는 여자일까? 갑자기 정체가 궁금하다.

그때 후정에 있었으니, 이 여자도 카이텔의 액세서리인가?

카이텔의 액세서리. 그건 사람들이 우스갯소리로 후궁에 사는 공주나 왕녀들을 일컬어 부르는 말이었다. 왕의 후궁에 전시된 장신구들. 카이텔의 악독한 공주 수집 취미를 헐뜯는 말이기도 했지만 더불어 붙잡혀 온 타국의 공주들을 비웃는 말이기도 했다. 뭐, 틀린 말은 아니지만.

확실히 후궁의 공주들이 하는 역할은 딱 그거였다. 그냥 전시되어 있는 것. 카이텔은 데려다 놓기만 할 뿐 손도 대지 않았고, 이렇다 할 제약도 없다. 물론 이동 반경에 대한 제한은 존재하지만 그 외에 생활에 있어서는 별다른 제약이 없다고 들었다. 다만 잘못 걸리면 그날로 척살당하는 위험 부담이 매우 컸지만. 그 안 좋은 예가 바로 내가 한 살 때 죽어 나갔던 그 프레치아의 공주였다. 그 공주만 생각하면 아직도 마음이 무거워.

그래도 자국에선 어마어마한 대접을 받던 공주들인데, 후궁에 처박아 놓고 찾지도 않고, 대놓고 액세서리 취급은 좀 너무하긴 했다.

"내가 먼저 왔어."

"알아."

누가 뭐라니? 그래, 네가 일등이야.

물론 누가 먼저 왔냐는 순서를 따지기보단 내가 너무 빤히 쳐다보니까 하는 말이었겠지만 그래도 뜬금없는 말인 건 사실이었다.

"여기 누구 안 왔어?"

"아무도."

그럼 다른 쪽으로 가 봐야겠다. 애를 상대로 진지하게 숨바꼭질을 하는 어른들을 어떻게 상대해야 할지가 제일 걱정이었지만 그건 곧 뭐 어떻게든 되겠지라는 안일한 생각으로 넘어갔다. 아, 이런 게 공주라고 합니다.

그래도 그냥 가긴 뻘쭘해서 나는 괜히 눈앞의 여인을 빤히 쳐다보았다. 진짜 미인이긴 미인일세. 대학생 때 개인적인 취미로 중세 역사 공부하다가 봤던 왕족들은 다들 이렇게 예쁘지 않았는데, 이놈의 세상은 어떻게 생겨먹은 건지 미남미녀가 즐비했다. 물론 그래도 시르비아가 제일 예뻤지만.

아니, 그냥 단순히 내가 눈이 낮은 건가.

"우리 전에 본 적 있지?"

"글쎄?"

글쎄는 뭔 놈의 글쎄야. 똑바로 대답을 하란 말이다!

그래도 의미심장하게 살포시 짓는 미소에서 답을 얻었다. 정말 그날 후궁에서 봤던 여자구나. 벌써 몇 개월 전인데, 이걸 다 기억하다니, 내가 자랑스러웠다. 아, 역시 나야. 나의 기억력이란. 나의 총명함은 정말 나날이 빛을 발하는구나.

"여기서 뭐해?"

"독서."

제 손에 들린 책을 흔들며 여자가 대꾸한다. 나는 의아했다.

"여기서?"

하고 많은 곳 중에 왜 하필 여기에서 읽는 거야? 희사원이 크긴 하지만 그래도 사람이 많이 다니는 곳이었다. 아, 다들 다니는 곳만 다닐 테니 여긴 사람이 잘 안 오려나?

그 순간 그 여자가 웃었다. 제법 환한 미소에 나도 모르게 시선을 빼앗긴다. 푸른 사람이 하얗게 웃으니까 느낌이 이상하다.

"그나마 여기가 제일 한적하고 조용하거든. 너도 나이를 먹으면 조용한 곳이 그리워질 거란다."

뭐래? 내 나이가 몇인데. 하기야 보이는 신체 나이는 이제 두 살이겠지만. 그래도 세 달 뒤엔 세 살이었다.

……이제 겨우 세 살이구나. 한 몇 십 년은 산 것 같은데. 시간이 빨리 가긴 했지만 그래도 생각해 보면 정말 더뎠다. 이제 세 살이라니!

좌절은 그쯤으로 끝마치고, 괜히 눈앞의 여자만 계속 멀뚱멀뚱 보고 있다. 책에 가 있는 시선이 제법 깊었다. 차분한 게 문득 이 공간하고 닮아 있다는 생각도 든다. 나를 신경 쓰지 않는 게 태도에서도 느껴져서 그냥 무시하고 돌아가도 될 것 같은데 이상하게 난 계속 그 자리에 서 있었다.

뭐지. 이상하게 자꾸만 건드리고 싶어진다.

"이름이 뭐야?"

"레일라."

이건 아그리젠트 이름인가? 어감상 그런 듯했다. 정말 후궁에 팔려 온 공주나 왕녀였구나. 어쩌면 시녀일지도 모른다고 생각했는데, 역시 그건 아닌 모양이었다. 어쩐지 미모가 빛나더라.

"뭐, 더 궁금한 거 있어?"

딱히 없는데.

웬일로 친절하게 책까지 손에서 놓고 나를 쳐다봐 주었으나, 막상 시선이 마주치니 흥미가 떨어졌다. 마주친 푸른 눈동자는 생전 처음 보는 색채였거늘, 그래도 이상했다.

"나 술래야. 가 볼게."

처음 마주쳤을 때부터 그랬듯 레일라는 그저 웃고 다시 책으로 시선을 떨구었다. 그 모습을 확인하고 나는 뒤를 돌았다. 다들 대체 어디 있는 거람? 앞길이 막막하다.

이럴 줄 알았으면 숨는 범위를 좀 더 줄일 걸 그랬다. 아, 씨, 꼭 외출할 때 서랍에서 양말 찾는 기분이네. 뭐 찾는 건 환생해서도 여전히 젬병이구나. 눈앞에 양말을 두고도 매번 서랍에서 찾아내지 못했던 전생이 떠오른다. 그때마다 엄마가 한심하다는 듯 양말을 집어 줬는데.

"어디로 가 보지? 겨울나무에 가 볼까?"

근데 거긴 나무가 별로 없어서 숨을 곳이 마땅치 않은데. 거기 숨어 있으면 그거야말로 바보.

그래도 어쩌면 그런 바보가 있을지도 모른다고 생각하며 겨울나무가 있는 곳으로 발걸음을 돌렸다. 아, 정 못 찾겠으면 다음에 또 술래하지, 뭐.

마음을 편하게 먹고 겨울 정원으로 걸어가고 있는데, 놀랍게도 곧 내 쪽으로 오는 일린을 발견했다. 어, 일린이다!

"잡았다!"

반가운 마음에 한걸음에 달려가 일린의 옷자락을 잡는다. 야, 이제 네가 술래야! 아무도 못 잡을 줄 알았는데 잡아서 기쁜 나머지 환호성을 지른다. 그러나 나는 곧 심각한 목소리에 표정을 굳혀야만 했다.

"공주님, 큰일 났어요!"

"큰일?"

갑자기 큰일이 왜 나? 의아하긴 했지만 일린의 다급한 표정을 보니 그게 거짓인 것 같지는 않았다. 나는 한껏 굳어진 얼굴로 일린의 다음 말을 기다렸다.

"그레시토 님께서 글쎄……."

일린의 말을 듣자마자 달려가니 그곳에선 그레시토와 세르이라의 실랑이가 한창이었다. 일단 달려오느라 가쁜 숨부터 고르며 나는 상황을 파악했다.

그러니까 사건의 발단은 이러했다. 그레시토가 나무 위로 올라가려고 하기에 세르이라가 말렸는데, 그것 보고 참견하지 말라고 기어코 오르다가 넘어져서 세르이라가 받아 주다가 다쳤단다. 그런데도 그레시토가 말을 안 듣고 고집을 부리고 있다고 했다.

"이거 놔!"

일린은 세르이라한테 치료하자는 말도 못하고 안절부절못했다. 제 팔을 잡은 세르이라를 떨어뜨리려고 온몸을 뒤트는 그레시토를 보다가 세르이라 쪽으로 시선을 돌렸다. 세르이라의 팔 쪽 옷이 찢어진 게 보인다. 아예 가지가 부러져서 떨어진 모양이었다.

뺨에도 긁힌 자국이 있네, 저 예쁜 얼굴에!

"그레시토!"

"이거 놓으라고!"

두 사람이 이렇게 함께 소리를 지르는 건 처음이었다. 매번 이런 일이 있어도 세르이라는 어떻게든 참고 달래려고 했는데.

그래, 참을 만큼 참았지. 세르이라가 성인군자이긴 하지만 그동안의 그레시토의 행동은 정말 심했다. 그래도 둘 다 저렇게 흥분하면 안 되는데.

"엄마 말 잘 들어야지! 할머니가 너 이러라고 했어, 안 했어?!"

"할머니한테 갈 거야!"

"그레시토!"

"놔! 우리 엄마 아니야!"

딱, 순간 세르이라의 행동이 멈춘다. 나는 가만히 있다가 당황했다. 세르이라의 표정이 굳어졌다. 어, 어?

"저리 가, 이 괴물아. 우리 할머니 데려와!"

그 말이 결정타인지 세르이라의 손이 꽉 잡고 있던 그레시토의 팔을 놓아 버렸다. 말을 잇지 못한다. 상처받은 듯 흔들리는 눈빛을 보고 있자니, 갑자기 내 안에서 무언가가 확 끊어졌다.

"야, 이 멍청아!"

둘이 싸우는 게 한두 번은 아니었지만 그래도 세르이라가 이렇게까지 심한 폭언을 들은 건 처음이었다. 완전히 굳어서 새하얗게 변한 얼굴을 보니 이성이 얼어붙는다. 저게 할 말이 있고, 못할 말이 있지. 자주 보지도 못해서 항상 그리워하는 애타는 자식이 제 엄마한테 뭐라고?

"세르이라, 내 거야! 건드리지 마!"

내가 갑자기 달려들자 놀란 건지 그레시토가 두 눈을 동그랗게 뜬다. 그 표정이 너무 순진해서 더 열이 뻗쳤다. 이게 감히 누구 앞에서 누구를 핍박해?!

"네 엄마 하기 싫음 나 줘. 우리 엄마 할 거야! 우리 유모 핍박하지 마. 멍청이, 바보, 멍게, 해삼, 말미잘, 이 연체동물에 해양 동물아!"

속사포로 쏟아지는 말에 놀란 그레시토의 눈이 동그랗게 떠졌다. 딸꾹질까지 하는 걸 보니 또 안쓰러워서 일단 입을 다물었다. 이성이 말하기를 이 일은 이런 식으로 감정적으로 굴면 안 된다고 그렇게 경고하고 있는데, 그걸 알면서도 입이 제멋대로 움직이는 건 막을 수 없었다.

이 이상 지껄였다간 어떤 말을 내뱉을지 나도 모르는데.

"누구는 엄마도 없는데, 씨이."

울컥 무언가가 가슴에서 솟구친다. 저절로 눈가에 눈물이 핑 돌아서 나는 조금 당황했다. 울려고 그런 건 아닌데, 나 갑자기 왜 이러지?

그레시토의 놀란 얼굴은 여전했다. 나를 쳐다보던 시선이 잠시 흔들리더니 녀석이 고개를 숙인다. 이 공간 안에 견디기 힘든 침묵이 가라앉았다.

"그레시토!"

쟨 갑자기 어딜 가는 거야?

뒤에서 세르이라가 애타게 부르는 목소리가 들렸으나 그레시토는 무작정 달려 나갔다. 왜 저래, 아, 씨.

그레시토가 사라지니 화나서 멋대로 지껄였던 방금 전이 갑자기 격하게 부끄러워진다. 왜인지 모르게 눈물이 나는 것도 그렇고. 에라이, 나도 모르겠다.

"고, 공주님!"

뒤에서 놀란 세르이라와 일린의 부름에도 아랑곳하지 않고 나는 일단 무작정 내달렸다. 찬 공기 마시면서 머리나 식혀야지. 언제 달아오른 건지 모를 뺨이 괜히 뜨거웠다.

"걔는 왜 내 성질을 건드려서!"

짜증나, 진짜.

아, 웬만큼 도망쳤다 싶으니까 자연적으로 털썩 주저앉게 된다. 그러면서 두 손은 이미 얼굴을 감싸고 있었다.

아까 내가 왜 그랬지? 그레시토한테 한 말은 그렇다 치고, 누구는 엄마도 없다는 그 말은 대체 왜 한 걸까. 아, 망할, 썩을, 젠장. 아무렇게나 내뱉은 말은 아니지만 정말 진짜 좋지 않았다. 좋지 못한 곳을 스쳤다고!

이제 세르이라 얼굴을 어떻게 본단 말인가. 일린은 둘째 치고.

아, 나 진짜 미치겠네.

갑자기 엄마 보고 싶다. 이제 나이가 꽤 있으셔서 예전 같지는 않으셨지만 그래도 여전히 대한민국 아줌마인 엄마가 보고 싶었다. 괜히 서럽네. 진짜 서러워. 아, 자리가 사람을 만든다더니, 그건 이럴 때도 쓰는 말인가. 진짜 어린애 취급 받고 살다 보니 어린애가 된 느낌. 이젠 하다 하다 정신 퇴화까지 하냐. 아, 멍청이, 거기서 갑자기 그 말이 왜 나와. 그 말에 굳은 세르이라의 얼굴이 아직도 잊히지 않았다. 진짜 어떻게 돌아가지?

"그냥 죽을까."

죽으면 편해지려나. 진짜 죽어 버릴까. 민망함이 자살 충동을 부추긴다는 건 오늘 처음 알았다. 정말 민망해서 죽고 싶네.

그래도 한차례 자책을 하고 나니 그나마 정신이 든다. 근데 대체 여긴 어디지? 어디인지는 모르겠는데, 희사원 밖으로는 안 나갔으니까 분명 희사원이었다. 희사원은 정말 내가 아는 것 이상으로 넓구나.

"둘 다 걱정할 텐데."

맨 정신이 드니까 생각나는 건 그런 것밖에 없다. 아무리 궁 내부의 경비가 증대되었다고 하지만 나는 엄연히 이 나라에 하나밖에 없는 공주였고, 따라서 암살 위협이 가장 높은 인물이라는 소리였다. 물론 처음 받아 보았던 그 암살 시도 외에 직접적으로 당한 것은 없었지만.

나 이렇게 함부로 나다니고 그래도 되는 사람 아닌데…….

그래도 제 발로 다시 돌아갈 용기는 정말 쥐뿔만큼도 없었다. 안 돼. 내 발로 돌아가느니 그냥 죽겠어. 그 난리를 피우고 어떻게 돌아가! 결국 선택할 수 있는 건 돌아다니는 것밖에 없었다.

아까 만났던 그 여자 있던 데로 다시 가 볼까?

아니면 겨울나무에 가 있는 것도 좋을 거라는 생각이 들어 발길을 옮기는데, 이건 우연인지 운명인지 먼발치에서 보이는 조그마한 꼬맹이의 모습이 눈에 들어왔다.

"거기서 뭐하니, 멍청아."

내 목소리에 작은 인영이 흠칫 몸을 떤다. 그냥 무시하고 지나갈 수 있었겠지만 마치 말을 걸어 달라고 눈앞에 와 있는 걸 무시하기도 그래서 그냥 다가갔다. 그레시토가 잠시 제 몸을 움츠리더니 이내 뭐라도 큰 결심을 한 듯 고개를 쳐들었다.

"나 멍청이 아냐!"

"아니면 뭔데."

"그레시토야!"

누가 너 그레시토인 거 모른다니.

어깨를 으쓱이며 그레시토가 앉아 있는 옆에 가서 좀 거리를 두고 앉았다. 너무 바싹 앉으면 민망하니까.

"그래, 토실아."

"그레시토라고!"

"그래, 토끼야."

"……."

아무리 우겨도 본명으로 불러 줄 생각이 없었으므로 제 이름을 각인시키려는 그레시토의 노력은 물거품이었다. 내가 너 뭐가 예쁘다고 그레시토라고 불러 주냐? 뭐, 그래도 속으로 귀엽다고 생각한 건 말 못하지만.

나보다 몸짓도 큰 주제에 대꾸도 잘 못한다. 이런 게 세르이라 아들이라니, 쯧쯧. 분명 세르이라를 닮은 건 아닐 거야.

애라고 밉기보다 안쓰러워서 괜히 입맛만 다시고 있는데, 별안간 그레시토가 쭈뼛쭈뼛 내 눈치를 살핀다.

그래도 미안한 건 아는가 보지? 그렇다고 바로 용서해 줄 마음은 없기에 모르는 척 시치미 뚝 떼고 다른 곳으로 고개를 돌렸다.

이러고 있으면 상대방이 더 어려워한다는 걸 알고는 있지만, 난 쉽게 용서해 줄 생각 없다! 이 정도의 냉대도 견디지 못할 거면 이 험한 세상을 어찌 사누.

그렇게 새침하게 앉아 있자니 갑자기 내 앞에 불쑥 무언가가 튀어나왔다.

"뭐야, 이거?"

갑작스럽게 내 앞에 들이밀어진 것의 정체는 꽃이었다. 그것도 하얀 장미. 이건 또 언제 꺾은 거니? 꽃을 환장할 정도로 좋아하는 건 아니었지만 그래도 여자라 그런지 싫지는 않다.

아, 이놈 여자 다룰 줄 아네. 어린 게 벌써부터 이렇게 여심을 파악할 줄 알다니. 내가 꽃을 받아 들자 잔뜩 시무룩한 얼굴이 그나마 펴진다, 얼씨구.

"미안해."

"응?"

"미안해."

제 손을 만지작거리며 미처 날 쳐다보지 못하고 자꾸 곁눈질을 하며 고개를 푹 수그런다. 많이 미안한가 보지? 내가 대답을 안 하니까 속이 타는지 자꾸 그 작은 입술을 깨물면서 울상을 짓는다. 저기에 축 늘어진 강아지 귀만 달면 딱이겠다.

자식, 귀엽네.

"왜 그랬어?"

그래, 까짓것 마음 넓은 내가 용서해 주마. 사실 그레시토가 용서를 빌어야 할 사람은 내가 아니라 세르이라였으니까. 내 화해의 제스처를 알아들은 건지 그레시토의 표정이 밝아졌다. 그렇다고 단번에 너무 이렇게 좋아하면 나 배알 꼴리는데.

"할머니가…… 아프니까."

아, 아직도 아프신 건가. 원래 그렇게 건강한 편은 아니었다고 알고 있지만 역시 연세가 있으셔서 더 오래 앓으시는 것 같았다. 물론 뭐 때문에 그렇게 아픈 건지는 나도 몰랐다. 그건 세르이라도 일린도 말을 하지 않으니까.

그런데 할머니랑 아픈 거랑 아까 그 난리랑 뭔 상관이람?

"엄마랑 친해지면 할머니가 나 버릴까 봐."

순간 목이 턱 막힌다. 이런 게 진짜 어린애라는 건가. 어떻게 저렇게 생각할 수 있는 거지? 어이없다. 동시에 그만큼 순진하고 그만큼 순수해서 오히려 그 사고가 부럽기까지 했다.

"할머니가 널 왜 버려."

"나 귀찮잖아."

그레시토는 진지하게 말했다. 그러면서도 잔뜩 풀이 죽은 시무룩한 표정 때문에 나는 괜히 한숨을 내쉬었다.

"네가 왜 귀찮냐? 하나밖에 없는 손주인데."

"진짜 그럴까?"

"응."

별거 없는 위로에 금세 반색을 하며 두 눈을 빛낸다. 지금 그레시토에겐 할머니가 나한테는 세르이라 같은 존재인 듯했다. 엄마는 아니지만 엄마보다 소중한 엄마. 하긴 황궁에 들어와 내 유모 노릇을 하는 세르이라 대신 그레시토를 키워 준 게 할머니라고 하니까. 그 마음을 알 것 같아서 더 기분이 이상했다.

"넌 네 할머니가 귀찮아?"

"아니!"

"그러니까 할머니도 안 귀찮지. 당연한걸."

나한테는 당연한데, 진짜 어린이인 그레시토한테는 당연한 게 아닌 모양이었다. 금세 화색이 되는 얼굴로 전혀 처음 듣는 이야기인 양 내 말에 반응한다.

"진짜?!"

"응."

"진짜? 정말? 진짜로?"

"어, 그래, 진짜로."

도대체 몇 번을 되묻는 건지. 그렇게 재차 확인을 받아 내고도 확신이 안 서는지 그레시토가 이마를 찡그린다.

나는 그냥 빤히 녀석을 쳐다보았다. 역시 어린 게 좋구나. 이 망할 놈이 마냥 귀여워 보이네. 것보다 볼이나 한번 꼬집어 보고 싶었다. 포동포동 살이 오른 뺨이 진짜 토끼 같다.

"그렇구나. ······몰랐어."

몰랐다고 말하는 목소리는 어쩐지 축 처져 있었다. 야, 인마, 네 나이엔 모르는 게 당연한 거야. 원래 어릴 때는 어른들의 행동을 이해할 수 없는 법이었다. 난 예외지만.

"자꾸 엄마가 할머니 못 보게 하니까 할머니가 나 버리려는 줄 알았어."

그레시토의 눈망울엔 어느새 눈물이 고여 있다. 이런 걸로 울려 그러네. 뭐 이런 걸로 울려고 그래? 아마도 그건 그레시토가 싫거나 미워서가 아니라 아픈 모습을 보여 주기 싫은 어른들의 배려겠지만, 그렇게 말해 봤자 이해 못하겠지.

"할머니가 건강해져서 널 보고 싶어서 그런 거야."
"난 할머니가 안 건강해도 돼."
그건 너나 그렇고.
"할머니가 안 그래."
내 단호한 말에 그레시토가 몸을 움찔한다. 나는 녀석의 머리에 손을 올렸다. 쓰담쓰담. 자, 착하지?
"할머니 마음 이해해 주자. 할머니는 너랑 건강한 모습으로 보고 싶은 거야. 아픈 거 보여 주기 싫은 거지."
"왜? 나는 맨날 아플 때 다 보여 주는데."
이걸 한 대 칠까, 말까? 꼬박꼬박 대꾸하는 거 봐라. 생각 같아선 말대꾸하지 말고 내 말 들으라고 하고 싶었지만 이럴 때일수록 윽박지르면 안 된다고 배웠기 때문에 참았다.
애를 키우는 건 정말 고난의 연속인 것 같아. 엄마들은 대체 어떻게 애를 키우는 걸까?
"그건 널 간호하기 위해서 그런 거잖아."
"나도 할머니 간호할래!"
"하지만 넌 손도 작고, 키도 작잖아. 오히려 방해만 될걸."
방해만 된다는 소리가 싫은 건지 금세 표정이 어두워진다. 아까 화색이 도는 얼굴을 봐서 그런가 이렇게 축 처진 표정이 마음에 안 들었다. 애는 역시 웃는 게 최고구나.
"할머니 아픈 거 싫어."
"할머니는 너 이렇게 말 안 듣고 못나게 구는 게 더 싫을 거야."
그레시토의 표정이 굳는다. 걱정스러운 듯하면서도 큰일 났다는 얼굴이었다. 표정이 한번 정말 풍부하네.

"정말?"
"응."
"그걸 네가 어떻게 알아! 거짓말!"
이게 아깐 믿더니 왜 지금 와서 의심이야.
반신반의한 듯 제 얼굴을 찡그리며 하는 말을 가관이었다. 그냥 기분 같아서는 한마디 쏴 주고 싶었다만 그러면 또 싸우게 될 것 같아 일단 참았다. 음, 뭐, 어쩔 수 없지.
"난 공주잖아. 공주는 다 알아."
이건 또 무슨 헛소리람. 헛소리 중에 이런 헛소리가 또 있을까 싶다만 그레시토는 저 신빙성이 하나도 없는 헛소리에 이미 혹한 모양이었다. 아, 이 가련한 중생.
"진짜?"
"응."
최대한 진지한 표정으로 고개를 끄덕이니 그레시토의 표정이 또 변한다. 아, 예수님, 저는 오늘 사람을 낚는 어부가 되었습니다. 그것도 다른 세상에서 낚은 사람입니다. 이 낚시질이 참 찰지네요.
"어, 어떡하지."
"뭘 어떡해?"
"나 말…… 안 들었는데."
울 것 같은 얼굴로 그레시토가 징징댄다. 나는 뭘 그런 걸 가지고 그러냐는 듯 가볍게 넘겼다.
"사과하면 되지."
어차피 세르이라는 그레시토가 아무리 심한 말을 해도 홀로 아파할 뿐 애를 혼내지는 않을 거다. 아니, 정말 심한 상처를 받으면 혼을 낼까? 끄응, 내가 세르이라가 아니라서 잘 모르겠다. 그래도 그레시토가 먼저 사과하면 받아 줄 거라는 것 정도는 알고 있었다.

나는 주변을 살펴보다가 제일 눈에 띄는 장미에게 다가갔다. 아, 가시 있는데. 그것보단 진드기가 붙어 있을까가 더 걱정이었지만 조심조심 최대한 깨끗해 보이는 장미로 골라 꺾었다. 이거면 되려나?

"자."

꺾은 장미를 내미니 그레시토가 고개를 갸웃한다. 아, 이 멍청이, 척하면 척이지.

"가져가서 줘, 엄마한테."

"바, 받아 줄까?"

당연히 받아 주지. 그런 걸 뭘 묻냐는 식으로 이마를 찡그리다가 순간 몇 달 전의 일이 불쑥 떠올랐다.

아, 왜인지 이해될 것 같다. 이런 심정이었구나. 손수건 주기 싫어서 내빼던 날 다독이던 세르이라의 마음이. 나는 진짜 무섭고 죽을 것 같았는데, 세르이라는 이런 심정으로 날 다독인 모양이었다. 당연히 거절당할 일이 없지.

"당연하지. 누가 주는 건데."

내가 준 장미를 받아 든 그레시토가 잔뜩 겁먹은 표정으로 날 올려다본다.

"가, 같이 가."

"으이그, 애냐!"

애구나.

말해 놓고 보니 애네. 그레시토는 마치 버려진 강아지처럼 찡찡 댔으나 그래도 같이 가 줄 생각은 없었다. 이게 처음이 중요한 거야. 세 살 버릇은 여든까지 가니까. 이런 일 생길 때마다 내가 같이 가 줄 수는 없는 노릇이었다.

"혼자 가. 난 뒤따라갈게."

"지, 진짜?"

"응. 그러니까 먼저 가."

잠시 제 손에 든 장미를 내려다보더니 그레시토가 침을 꿀꺽 삼킨다. 긴장되는 거겠지. 그래, 그레시토의 입장에선 긴장될 일이긴 했다.

가만히 그레시토의 반응을 살피자니 무언가 결심이라도 한 듯 고개를 크게 끄덕였다.

"다녀올게!"

고놈 목소리 한번 우렁차다.

달려가는 뒷모습을 확인하며 나는 괜히 한숨을 내쉬었다. 그래도 역시 혼자 보내는 건 불안하네. 아, 역시 지금 세르이라 얼굴 보는 건 정말 민망한데. 하지만 평생 안 보고 살 것도 아니고 어차피 봐야 할 얼굴이라면 그냥 지금 가서 그레시토랑 같이 보는 게 더 나을 것 같다는 생각이 들었다. 일단 가기 전에 나도 장미 하나만 들고 가야지.

정원에 잘 피어 있다가 나한테 꺾이는 봉변을 당한 장미한테는 미안했지만 그래도 빈손으로 돌아가는 건 좀 거식했다. 세르이라와 일린은 다행히 근처에 있었다. 겨울나무와 멀지 않은 곳에 지어진 정자였는데, 세르이라가 거기에서 쉬고 있었다.

둘을 찾아내니 그레시토를 찾아내는 건 당연한 수순.

그 근처에서 서성이던 그레시토는 제 손에 쥐어진 장미꽃을 꼭 쥐고 주변을 살펴보았다. 나를 찾는 모양이네.
나가려고 했지만 저 모습을 보니 더 어느새 더 꼭꼭 숨고 있는 나 자신을 발견했다. 좀 더 숨어 있어야지. 숨은 보람이 있는지 다행히 나를 찾아내진 못했다. 그레시토가 심각한 표정으로 고개를 푹 숙인다. 그래도 꼴에 많이 미안하긴 한 모양이네. 그냥 무작정 찾아가서 선물부터 들이밀 줄 알았더니.
"그래, 해보는 거야!"
응? 갑자기 우렁차게 소리치더니 그레시토가 남자답게 성큼성큼 정자 쪽으로 들어간다. 그러나 씩씩한 걸음은 세르이라와 시선이 마주친 순간 바로 무너졌다. 금세 길 잃은 강아지 한 마리가 저기 있다. 아, 쟤를 대체 어쩐다니.
"미, 미안해."
쭈뼛쭈뼛 서 있다가 잔뜩 기어 들어가는 목소리로 대뜸 장미꽃부터 내밀더니 그레시토가 두 눈을 꼭 감는다.
"내가 잘못했어! 이제 말 잘 들을게."
놀란 세르이라가 멀거니 그레시토를 응시하고 있건만 그레시토는 그게 거절이라고 생각되는지 안절부절못했다. 잔뜩 찡그린 표정으로 울상인 얼굴을 보니 불현듯 지난날의 내 모습이 겹쳐진다. 그래도 그땐 나름 심각했다고. 세르이라의 눈동자에 눈물이 고여 있다. 아까 상처는 아직도 치료하지 못한 상태였다.
바보, 저것부터 치료하러 가지.
울 것 같은지 잠시 눈을 감고 감정을 다스리는 세르이라의 모습에 내 눈에 아프게 들어왔다. 그리고 이내 머뭇거리는 그레시토의 손에서 장미꽃을 건네받는다. 한참 그 앞에서 머무적거리다가 용기를 내 세르이라의 얼굴을 올려다본 그레시토는 곧 세르이라의 환한 미소에 멍하니 입만 벌렸다.

"이제 엄마 말 잘 들어야 된다. 알았지?"

"응!"

저 짧은 순간 두 사람의 사이에 무엇이 오고 간 건지는 모르겠지만 그래도 문득 그런 생각이 들었다. 다행이라는 생각. 이제 세르이라가 더 이상 그레시토의 문제로 크게 골머리를 썩지 않아도 되니까. 다행이다, 정말.

"자, 공자님, 우린 이제 씻으러 가요, 네?"

"하, 하지만 엄마가……."

눈치를 보는 그레시토에게 세르이라는 엄한 표정으로 딱 한마디만 했다.

"말 안 들을 거야?"

그리고 엄마는 승리했다. 나는 괜히 한탄했다.

그레시토, 넌 인마 인생 좆났어. 이제 무슨 일만 생기면 이 일이 언급되면서 쉽게 넘어가지 못하게 되겠지. 과연 세르이라가 그레시토가 몇 살 때까지 이 일을 우려먹을까가 관건이긴 했다. 그래도 당분간은 엄청 써먹겠지. 원래 엄마들은 다 그러니까. 자신의 불행한 미래가 제 앞에서 윙크하며 기다리고 있는지도 모르고 그레시토는 일린의 손을 잡고 정자를 나섰다.

"자, 가자."

근데 일단 남의 불행은 남의 불행이고, 나는 내 앞에 닥친 내 불행에 숨을 죽였다. 아, 죽겠네. 그냥 죽으러 갈까? 그레시토가 사라지니 내 안의 자살 충동이 갑자기 마구마구 일어나고 있었다.

저 얼굴을 어떻게 봐!

그래도 어떻게 정자 안으로 잘 기어 들어가긴 했다. 윽, 평소엔 아무 생각 없이 마주치는 시선이건만 지금은 진짜 죽을 맛이었다. 매도 먼저 맞는 놈이 낫다고, 그냥 그레시토보다 먼저 들어올 걸 그랬나? 에라, 모르겠다.

"자, 여기."

아까 꺾은 장미꽃을 내미니 갑자기 세르이라의 표정이 어두워졌다.

이 반응은 뭐죠? 너 지금 우리가 우려먹기 했다고 불쾌해 하는 거니? 설마 그런 거야? 그러나 다행히 그런 건 아니었다. 장미꽃을 받기도 전에 세르이라가 한 행동은 바로 내 손을 펴 보는 거였으니까.

"공주님 손이……."

"받아."

이 표정은 좋은 거야, 싫은 거야?

참 알 수 없는 표정이었다. 꽃 말고 다른 걸 가져왔어야 했나? 세르이라의 표정을 읽을 수가 없다. 무슨 생각을 하는지 알고 싶어! 마음에 안 든 건가? 많이 화났나? 그러나 들려오는 목소리로 보아선 화가 난 것 같지는 않았다.

"그레시토, 공주님께서 달래 주신 거예요?"

"아닌데."

퉁명스러운 대꾸에 세르이라가 웃는다. 언제나 보던 미소라 조금 마음이 놓였다. 평소의 상냥한 목소리다.

화난 건 아니구나. 단지 한 가지 사소한 문제라면 나를 바라보는 시선인데, 깊게 가라앉은 눈동자는 이상하게 낯설었다. 아까 그레시토가 머뭇거리는 걸 보고 한심하다고 생각했는데, 이게 자연스러운 생리 현상이었구나. 나도 모르게 자꾸 쭈뼛쭈뼛하게 된다. 아, 망했어.

"공주님께 엄마가 없긴 왜 없어요. 제가 있는데."

뜬금없는 말이었지만 그 말을 하는 의도를 모를 정도로 바보는 아니었다. 나는 나도 모르게 세르이라를 똑바로 쳐다보았다. 확실히 나한테 세르이라가 있긴 하지. 하지만 그래도…….

"친엄마는 아니잖아."

아무리 내가 세르이라를 따른다고 해도 이건 사실이었다. 유모는 유모일 뿐 내 친엄마는 아니니까. 다른 사람들 앞에서까지 당당하게 엄마라고 부를 수 있는 입장이 아니라 이거였다. 뭐, 상처 주려고 하는 말은 아닌데, 가끔은 사실을 솔직하게 말하는 것도 죄였다, 지금처럼.

잘못 말했나. 잠시 세르이라가 말이 없다.

나는 괜히 그녀의 눈치를 살폈다. 화났나?

이놈의 입을 그냥 꿰매던가 해야지 자꾸 마음에도 없는 소리가 튀어나가서 문제였다. 아, 쓸데없이 말썽만 일으키는 이놈의 주둥이를 어찌할까 고민하고 있는데, 갑자기 부드러운 손이 내 손을 꼭 잡는다. 세르이라의 손이었다.

"그래서 싫어요?"

"……아니."

싫을 리가 없잖아, 세르이라인 걸.

내 손을 끌어당겨 나를 제 품으로 안은 세르이라가 내 머리를 쓰다듬는다. 아침에 제가 만졌던 그 머리였다. 지금은 많이 놀아서 흐트러지긴 했다만.

"나중에 공주님께서 더 크시면 이야기해 드릴게요. 공주님을 낳아 주신 어여쁘고 사랑스러우셨던 한 왕녀님의 이야기를요."

소곤소곤 속삭이는 목소리는 다정했다. 그리고 나는 괜히 놀랐다. 세르이라도 신경 쓰고 있었구나. 하긴 내 엄마니까. 저 왕녀가 누구인지 나는 이미 알고 있다만, 따지고 보면 그건 다 건너건너 들은 이야기일 뿐이라 정식으로 듣게 된다는 생각에 저도 모르게 들뜬다.

"응. 나중에 꼭 해 줘!"

한 번 더 강조하고 싶었지만 그 전에 세르이라가 나를 와락 안아 버리는 바람에 못했다. 내가 아무리 좋아도 그렇지, 갑자기 이렇게 막 안고 그러면 어떡해! 나에 대한 격렬한 감정은 잘 알겠다만 당황스러운 건 사실이었다.

"대체 이런 복덩이가 어디서 굴러 온 건지 모르겠어요."

귓가에 속삭이는 목소리가 더없이 나지막하다. 괜히 기분이 다 간질간질했다.

"저 세상에서 굴러 왔어."

"그럼 천사님이신 거예요?"

"아마 천사는 아닐걸?"

천사라니. 전생에 회사원이었습니다. 회사 1년 다니면서 배운 건 상사 눈치 보는 법밖에 없다. 눈치 보면서 최대한 덜 까이는 법, 뭐 이런 거. 물론 그게 의미 없는 거라고는 생각하지 않았다. 그때 배운 처세술이 다 나한테 도움 되는 거니까. 기억만 하고 있으면 언젠가 써먹겠지.

"저기."

너무 꼭 안는데, 숨 막혀 죽을 것 같다. 질식할 것 같아.

따뜻한 온기가 내 몸을 덥혀 준다. 아무리 겨울나무가 난방을 해 준다고 해도 날씨가 많이 추워진 만큼 내 몸은 생각보다 식어 있었다.

"세르이라가 행복했으면 좋겠어."

세르이라가 너무 뜨겁다. 데일 것 같아.

말도 안 되는 생각이었지만 그 순간엔 정말 그게 사실인 양 느껴졌다.

"이 세상 누구보다도 세르이라가 행복하고, 그럼 나도 행복하고, 그랬으면 좋겠어."

"공주님."

흐느끼는 목소리에 고개를 든다. 나는 괜히 울상을 지었다.

아, 대체 이 엄마를 어쩌면 좋단 말인가.

"울지 마, 엄마. 왜 내가 무슨 말만 하면 울어. 꼭 내가 울린 것 같잖아."

* * *

벌써 11월이다. 두 달만 더 있으면 이제 곧 세 살이구나.

문득 3개월 만에 돌아오겠다며 집 나간 애비가 떠올랐으나 9월의 생일에 주인공 없는 생일 파티도 생각나고, 그냥 기분이 착잡했다. 이놈의 애비는 나간 지가 언젠데, 아직도 소식이 없어? 페르델이 조용한 거 보니 나름 프레치아에서 잘 놀고 있는 것 같던데.

"눈사람 모양 이상해!"

"네게 더 이상하거든?"

내 대꾸에 그레시토가 제 뺨을 부풀린다. 우리 둘은 어느새 정원에 쌓인 눈으로 눈사람을 만드는 중이었다.

이걸 내가 처음에 만들자고 했을 때 그레시토는 그게 뭐냐고 물어봤다. 설명해 주기 귀찮아서 세르이라를 돌아보니 세르이라도 모르는 것으로 보아서 이 세계는 눈사람이라는 걸 안 만들고 노는 모양이었다. 물론 내가 그런다고 포기할 리는 없지. 이건 모든 어린이들의 환상 같은 거라고! 이렇게 된 이상 내가 이 세계의 첫 눈사람의 창시자가 되겠노라.

"굴려!"

내 명령에 자그마한 눈송이를 굴리며 까르르 웃는다. 한쪽에선 세르이라랑 일린이 따뜻한 차를 만들며 우리가 돌아오기를 기다리고 있었다.

"이거 재밌어!"

"그치? 봐봐. 내가 재미있다고 그랬잖아. 내 말을 들으면 자다가도 떡이 생긴다니까?"

"응응! 리아는 천재야!"

아니, 그렇다고 천재는 아닌데. 그래도 붉어진 뺨을 장갑 낀 손으로 훔치며 웃는 그레시토는 귀여웠다. 진짜 토깽이라니까. 그렇다고 토끼라고 부르면 싫어하지만 내가 그만둘 인간은 아니지.

그날 화해 아닌 화해 이후로 우리는 정말 자주 만나서 놀았다.

그렇게 되니까 자연스럽게 급속도로 사이가 좋아졌는데. 뭐, 그래, 사실 따지고 보면 애초에 문제는 그레시토의 태도에 있었던 거니 경계를 풀고 다가오는 아이를 내칠 이유는 나한테 아무것도 없었다. 무엇보다 그레시토는 진짜 애이기도 했고, 거기다 남자애라 그런지 뒤끝이 없었으니까. 그동안 대체 뭐 때문에 신경전을 벌였는지도 벌써 다 잊었다. 그러면서 느낀 건데, 역시 애는 애랑 놀아야 돼.

"그럼 질투한 거네? 내가 엄마랑 노는 게 부러웠어?"

세르이라랑 놀 때는 많이 놀아도 이상하게 시간이 잘 안 갔는데, 그레시토랑 노니 조금만 놀아도 시간이 금세 훌쩍훌쩍 넘어갔다. 거기다 요새 많이 뛰어 놀았더니 살도 좀 빠진 것 같아서 만족스러워.

"우리 엄마야!"

"내 엄마거든?"

단지 문제가 있다면 세르이라 쟁탈전인데. 가끔 벌어지는 일이었다. 유모를 두고 내 엄마니 네 엄마니 싸움박질 하는 거. 이상하게 다른 건 다 순순히 양보가 가능한데 이것만큼은 쉽게 양보할 수가 없었다. 우리 엄마는 내 거야!

"씨, 그래, 네 엄마 해라! 우리 엄마 아니야!"

"뭐래. 우리 엄마도 아니거든?"

"나한텐 막 화내는데 너한테만 상냥하잖아. 네 엄마야."

"또 그런 소리한다."

괜히 그레시토 머리를 콩 쥐어박았다. 그레시토가 굴리던 눈송이를 놓고 제 머리를 감싸 쥔다. 엄살 부리기는. 내 솜주먹에 맞아

봤자 얼마나 아프다고, 흥.

"그래, 네 엄마 해라. 난 우주 최강 카이텔이 있으니까."

지금은 없지만 카이텔이 우주 최강이라는 건 사실이었다. 이 세계의 먹이사슬을 그려 본다면 분명 제일 맨 위에 있는 포식자일 테니까.

그러고 보니 그놈은 지금 뭐하고 있을까? 어차피 프레치아는 남쪽이라 건기랑 우기만 있을 뿐 겨울은 없다고 들었다. 남프레치아는 잘 치고 있으려나? 안 다치고 돌아왔으면 좋겠는데.

전생에 어렸을 때가 생각난다. 아빠가 출장 갔을 때 이런 기분으로 기다리곤 했는데.

내가 말이 없자 그레시토가 앞에서 눈치를 본다. 앤 사내자식이 뭐 이리 눈치를 보는지 모르겠어. 가끔은 세르이라보다 더 내 기분을 잘 알아차리는 것 같았다. 이러다가 나중에 크면 바람둥이가 되는 건 아닐까? 미리 교육을 시켜 놔야겠다고 생각하며, 나는 그레시토와 시선을 맞췄다.

"그래도 가끔은 우리 엄마 빌려 줄게."

"인심 쓰냐?"

이게 눈 마주치니까 한다는 소리가 저거야.

이것이 바로 있는 자의 여유구나. 한 대 치고 싶네. 이걸 쳐, 마라? 어디서 빌려 준단 소리가 나와? 그레시토는 제 딴에는 베푼 호의가 거절당하니 기분 나쁜지 뺨을 부풀렸다.

"공주님!"

"응?"

날 부르는 세르이라의 목소리가 아니었다면 이미 치고받고 싸우고 있을 거였다. 세르이라가 다급한 표정으로 다가온다.

"볼세나에 가셔야겠어요."

"왜?"

볼세나는 시르비아랑 페르델의 저택이었다.

갑자기 이 시간에 거긴 왜 가자는 거지? 해가 막 지려고 하는 시간이라 더 의심스러웠다. 내 날카로운 눈초리를 받으며 세르이라가 심각한 목소리로 설명한다.

"아침에 갑자기 진통이 시작되어서 지금 막 출산 중이시라고 해요."

"아직 출산 예정일 안 됐잖아!"

아직 일주일은 더 남아 있었다. 그나저나 출산이라니, 첫 아이는 비교적 힘들게 낳는다는 소리를 들어서 괜히 걱정이었다. 근데 아침에 진통이 시작됐는데 지금 애를 낳는 거면 얼마나 오랫동안 앓고 있었다는 소리야? 괜히 시르비아가 걱정되었다.

아, 씨, 지금 이러고 있을 때가 아니구나.

"가자!"

일린이 챙겨 온 겉옷을 한 번 더 입고, 나는 그대로 멀뚱멀뚱 서 있는 그레시토를 돌아보았다.

"나중에 봐!"

"공주님!"

볼세나에 도착하자마자 외투도 채 벗기 전에 언제 달려온지 모를 페르델이 나를 보자마자 제 품에 끌어안았다. 무슨 구명줄이라도 도착한 듯 반기는 모습에 차마 이거 놓으라고 말은 못하겠는데.

이 자식아, 일단 옷은 벗어야 할 거 아니야!

"공주님, 어떡하죠? 우리 시르가 너무 아파해요. 전 들어가 보지도 못하게 하는데, 어떡해. 가서 손잡고 안아 주고 막 그러고 싶은데, 아무도 못 들어가게 해요. 이러다 죽으면 어쩌죠? 애 낳다가 제 마누라 다 죽게 생겼습니다. 진짜 죽을 것 같아요. 공주님, 공주님 동생 어떡해요."

그게 왜 내 동생이야? 속사포처럼 떨어지는 말에 내 귀가 더 아팠다. 얘가 왜 안 하던 짓을 하지? 죽겠다는 말이 거짓말은 아닌 모양이었다. 옷부터 벗고 싶지만 일단 잔뜩 흥분한 페르델을 진정시키는 게 우선이다. 나는 내 작은 손으로 페르델의 등을 두들겨 주었다.

"괜찮아. 예쁜 아기가 나올 거야. 건강하게!"

"저, 정말 그럴까요?"

"응! 응! 내 말이니까 믿어."

"네, 그럼 공주님만 믿을게요."

나를 보는 페르델의 눈동자가 신의 계시를 받은 광신도 같다. 응? 이건 조금 무서운데. 아무리 내가 귀엽고 깜찍하다지만 나를 보는 눈동자에 광기마저 어려 있었다. 얘 오늘따라 왜 이러지? 원래 이상한 놈이었지만 오늘은 더 이상했다. 아니, 뭐랄까. 그래, 여유가 없어 보인다고 해야 하나?

"각하!"

바로 들린 목소리에 페르델이 제 몸을 크게 움찔한다. 그 틈을 타 품에서 빠져나온 나는 어리둥절한 표정을 지었다.

"빨리 오세요, 빨리요!"

다급한 목소리가 페르델을 부른다. 페르델은 앞뒤 잴 것도 없이 바로 달려갔다.

어휴, 대체 이게 무슨 난리람. 일단 겉옷을 벗어 세르이라에게 넘겨준 뒤 우리는 오웬의 안내에 따라 천천히 안으로 들어갔다.

멀리서 애기 울음소리가 들린다. 태어난 거로구나! 아, 그래서 아까 페르델을 데려간 건가. 그런데 무언가 조금 이상했다. 왜 울음소리가 하나가 아니지?

"축하드립니다. 쌍둥이세요! 건강한 공자님들께서 태어나셨어요."

쌍둥이가 태어난 거야?

방에 들어서자마자 들리는 목소리에 나는 한걸음에 달려가 침대에 누워 있는 시르비아 옆에 섰다. 시르비아는 잔뜩 지친 표정으로 어렴풋이 웃고 있었다. 땀을 많이 흘린 탓에 머리에서부터 옷까지 젖지 않은 곳이 없었고, 항상 생기 넘치던 얼굴은 사투의 흔적으로 많이 야위었다. 터진 입술하며, 부은 눈 하며. 그래도 예뻐 보이는 건 단순히 내 눈의 착각이려나?

"아, 안아 봐도 돼?"

"당연히 되죠. 자, 이렇게 안으세요."

한 아이는 시르비아의 품에 안겨 있고, 다른 아이는 시녀의 도움으로 페르델이 안았다. 페르델은 제 품에 들어오는 작은 생명체를 보고 감격한 건지 입만 벙긋할 뿐 채 말을 잇지 못했다. 아이를 내려다보는 시선이 뿌옇다. 눈물이 고여 있는 눈동자를 볼 때부터 짐작했지만 막상 제 품 안에 제 아이가 안겨 있으니 페르델은 결국 복받치는 제 기분을 참지 못한 모양이었다. 입술을 앙다물며 고개를 숙인다. 그리고 그다음에 들린 것은 작은 울음소리였다.

나는 깜짝 놀라 페르델을 쳐다보았으나 시르비아는 그저 못 말린다는 듯 웃었다.

"시르비아."
"네, 페르델."
남자가 우는 거 처음 본다. 그것도 이렇게 애처럼 우는 건 정말 처음이었다. 그냥 이상한 놈이라고만 생각했는데, 저렇게 감격해서 우는 걸 보니 괜히 내가 다 마음이 짠했다.
제 품에 안은 아이와 그 아이를 낳아 준 시르비아를 번갈아 쳐다보다 페르델이 흐르는 눈물을 참지 못하고 흐느낀다. 고마움과 미안함, 그리고 사랑이 그 행동 하나에 다 들어가 있는 것 같아 지켜보면서 괜히 내 기분만 오묘해졌다. 둘은 진짜 사랑해서 결혼한 거구나. 알고는 있었지만 이렇게 와 닿은 건 처음이었다.
"진짜 고마워."
울먹이는 목소리에 시르비아가 웃는다. 막 출산을 끝낸 터라 평소보다도 못 꾸민 모습이었는데, 그래도 시르비아는 평소보다 더 아름다웠다. 괜히 내가 다 코끝이 찡할 정도로.
"그만 울어요."
"눈물이 계속 나와."
"애도 아니고 정말……."
시르비아의 구박에 페르델이 너무하다는 듯 투덜거렸지만 곧 시르비아가 웃어 주자 바로 잊고 헤 웃는다. 아무튼 저 팔불출. 오늘도 빠지지 않는 이 금슬 좋은 부부의 염장 때문에 괜히 내가 다 결혼하고 싶었다.
체, 나도 커서 저런 남자 만날 거야! 나만 보는 그런 남자.
"시르비아, 축하해!"
내 목소리에 순식간에 두 사람이 돌아본다. 나는 내가 제일 자신

있는 예쁜 미소로 방긋 웃었다. 페르델이 제 아이를 끌어안은 채 소매로 눈물을 훔친다. 그래도 빨개진 눈은 어쩔 수 없었다.

나도 애기 보고 싶은데. 고개를 쑥 내밀고 시르비아 품에 안긴 애기를 훔쳐보려니 시르비아가 제 애기를 내게 보여 준다. 방금 태어나서 그런지 애기는 생각한 것보다 더 붉고 꼬물꼬물했다.

"빨갛다."

그러고 보면 가까운 사람이 출산한 적은 없어서 애기 낳고 한참 후에 보러 갔던 경험만 있는지라 막 태어난 아기를 보는 건 이번이 처음이었다. 막 태어난 애기가 이렇구나. 왜 카이텔이 날 보고 못생겼다고 했는지 알 것 같은 기분도 들었다. 그렇다고 날 못생겼다고 한 것에 대해 용서를 하겠다는 말은 아니지만.

눈도 뜨지 못하는 게 정말 한없이 작다. 이런 것도 생명체라니.

"애기야, 누나야."

그냥 한번 불러 본 것뿐이었는데, 내 목소리에 애기가 손을 꼼지락거린다. 내 목소리가 들리는 건가? 에이, 설마. 그럴 일은 없을 거라고 생각하는데, 그래도 신기한 마음은 어쩔 수 없다.

"얼른얼른 커. 같이 놀자!"

내 말에 어른들이 동시에 웃음을 터뜨렸다. 아니, 대체 왜? 갑자기 비웃음 당한 느낌이라 기분이 팍 상했는데, 나를 보며 웃는 시르비아도 페르델도 심지어 세르이라도 비웃는 건 아니었다. 아니, 비웃는 게 아니면 대체 다들 왜 웃는 거야?

"공주님이 좋은가 봐요."

이제 막 태어났는데 내가 좋고 싫을 리가 있나. 그래도 시르비아의 말에 혹하는 건 사실이었다. 귀여운 것들. 어른들 입장에선 아직 아기인 내가 봐도 아기들은 귀여웠다. 고놈들, 참 귀엽네.
"자, 공주님, 우리는 이만 가 봐요. 대모님도 쉬셔야지요."
"응."
사실 아기들 보러 왔다기보다 축하해 주러 온 거니까.
일단 아기 낳느라 고생한 시르비아의 뺨에 쪽하고 뽀뽀해 주는 걸 잊지 않으며 침대에서 떨어졌다. 시르비아가 내 기습 뽀뽀에 두 눈을 동그랗게 뜬다. 헤헷.
"다음에 또 올게!"
"나도 나도!"
옆에 있던 페르델이 놀라 소리쳤지만 그렇다고 페르델까지 해 줄 생각은 없었다. 세르이라보다 더 먼저 방을 빠져나오자 뒤에서 나를 애타게 부르는 페르델의 목소리가 들린다.
"각하께서 서운하실 거예요."
"그치만 아까 안아 줬잖아."
한꺼번에 너무 많은 걸 해 주면 심장마비로 죽을지도 몰라.
내 생각을 듣더니 세르이라가 크게 웃음을 터뜨렸다. 대체 왜 웃는 거지, 이쪽은 진심인데. 진짜로 너무 한꺼번에 많은 걸 해 주면 좋아서 심장에 부하가 걸릴지도 몰랐다. 천천히 하나씩 해 줘야지.
세르이라의 손을 잡고 마차에 올라타니, 부드럽고 푹신한 자리가 나를 맞이한다.
볼세나가 황궁에서 그렇게 먼 건 아니었지만 어린애의 입장에선 서울에서 부산처럼 멀고 멀기만 했다. 해는 이미 저 버린 지 오래였고, 차가운 겨울밤의 전경만 창밖으로 펼쳐졌다. 언제 내리기 시작한 건지 모를 눈이 도시 위에 소복이 쌓인다. 참으로 고즈넉

한 풍경이었다.
"세르이라."
"네, 공주님."
마치 시간이 멈춘 듯한 기분마저 든다. 그건 아마도 착각이겠지만.
"우리 엄마도…… 날 낳고 그렇게 기뻐하셨을까?"
문득 그런 생각이 들었다. 비록 아무리 떠올려도 별다른 감정조차 들지 않는 그런 유대 없는 여인이라 해도 엄마에 대한 본능적인 감정은 어쩔 수 없는 것이었다.
내가 사랑 없는 관계에서 태어난 아이라는 것도 변함없다. 끝없이 묻고 파고들고 흔들리지 않게 무너지지 않게 그동안 절대 먼저 언급하지 않았으나 시르비아가 아이를 낳은 걸 봐서 그런지 이상하게 묻고 싶었다. 내 엄마라는 여자에 대해. 과연 나는 사랑 받았던 걸까, 이 생의 내 엄마에게.
"당신을 가진 열 달 동안 매일 하루같이 사랑에 빠지셨고."
소음 없는 마차 안에서 고요히 퍼져 나가는 세르이라의 목소리는 마치 겨울 산의 종소리 같았다. 차갑고 서늘하지만 잔잔하게 울리는 그런 소리.
"마침내 당신이 태어나 그 울음을 처음 터뜨렸을 때 다시 한 눈에 반하셨을 겁니다."
아마 이랬을 거라는 추측성의 대꾸가 아닌 확실히 단정 짓는 단호한 말이라 나는 나도 모르게 되물었다. 어째서 그렇게 생각해?
"왜?"
세르이라가 조용히 미소 짓는다. 늘 보던 미소였건만, 그 순간의 세르이라의 미소는 아까의 시르비아를 닮아 있었다.

"제가 그랬으니까요."

아이를 낳은 내 친구들도 그런 기분이었을까? 잘 모르겠다. 한 번도 물어본 적 없었으니까. 그냥 그 나이에 벌써 애 낳고 사는 친구들이 대단하다는 생각밖에 하지 못했다. 그도 그럴 게 나도 아직 애였으니까. 엄마는 처음부터 엄마가 아니라 아이를 키우며 엄마가 되어 가는 것이라더니.

"괜찮아요, 공주님. 당신은 사랑으로 태어난 아이입니다."

내 불안이 뭔지 세르이라는 나보다 잘 아는 모양이었다. 내 머리를 쓰다듬는 손길에 괜히 내 마음에 나도 몰랐던 무언가가 눈 녹듯 녹아 버린다. 세르이라의 품에 뛰어들자 세르이라가 빙그레 웃는다.

"그래서 지금도 이렇게 사랑 받고 계시잖아요. 아니면 제 사랑이 부족한 건가요?"

"아니!"

나는 단호히 고개를 가로저었다.

그럴 리가 없잖아.

* * *

이제 완연한 겨울이라 그런지, 아니면 내 생일이 다가와서인지 유난히 희사원의 풍경이 좀 색다르다. 아무리 그래도 역시 밖보다는 안이 따뜻해서 시녀들이나 시종들이 일이 아니면 잘 나오지 않아 그런 듯했다. 난 밖이 더 좋은데. 겨울나무에 꼭 붙어 있으면 오히려 더울 정도로 따뜻했다.

"삼 개월 만에 돌아온다더니, 이 거짓말쟁이."

하긴 애초에 3개월 만에 끝낼 전쟁이 아니기는 했다. 건너 건너 듣자 하니 카이텔이 거기서 미친 개마냥 날뛰고 있다고 하는데, 그 덕에 일단 프레치아를 올해나 내년 초 안에 점령하는 건 이미 확정된 일인 듯했다.

그것 때문에 페르델은 갑자기 늘어난 업무량에 상사 욕부터 하고 있고, 귀족들은 이놈의 황제가 대체 못하는 게 뭐냐며 덜덜 떨고 있다고 했다. 정말 이대로라면 전 대륙을 통일하는 것도 어불성설은 아닐 거라고. 다만 한 가지 문제라면 카이텔에게 그런 야망이 있느냐는 거겠지만. 꼬라지를 보니 칭기스 칸의 야망 같은 건 눈에 씻고도 찾아볼 수 없는 것 같던데.

"일단 그 전에 망하겠지. 과도한 땅 따먹기는 분열을 초래하니까."

그건 역사적으로 로마나 몽골을 봐도 알 수 있는 일이었다. 전성기 때나 반짝하는 거지, 그 땅을 온전히 제 땅으로 만드는 건 이야기가 다른 문제였다. 어차피 카이텔이 죽으면 프레치아도 독립하겠지. 물론 그 전에 수많은 독립운동가들이 피를 흘려야 가능한 이야기겠지만.

"이럴 땐 이런 나라에서 태어난 게 다행인지 불행인지 구분이 안 간다니까."

괜히 대한민국이 떠오르면서 마음만 무거워졌다, 썩을.

오히려 마음 편히 살던 전생보다 여기서 태어나 전생에 누리던 것들이 얼마나 위대한 건지 새삼 깨닫게 된다. 민주주의라던가, 국가의 원수를 제 손으로 뽑을 수 있는 투표권이라던가. 이것저것

자잘하면서도 중요한 것들.

문득 그런 말이 떠오른다. 오늘의 네가 누리는 자유는 우리들의 선조가 피 흘려 쟁취해 낸 것들이라는 말이.

"이젠 우리나라가 아닌데, 아직도 우리나라 하면 대한민국이 떠오르니. 쯧쯧, 나도 아직 멀었구나."

그래도 이제 엄마를 떠올리라면 전생의 엄마보다 세르이라가 떠올랐다. 당연한 수순인데 알면서도 씁쓸하다. 이렇게 과거를 잊어버리고 놓아 버리는 것이. 당연히 정리해야 되지만 아직은 놓고 싶지 않은 그런 미련이라고 해야 할까.

"아마도 내 뿌리라 그런 거겠지."

내 사상, 내 신념, 내 가치관, 그 모든 걸 만들어 준 조국이다. 내 발을 받쳐 주는 토대이고, 내 생각의 근원이 되는 뿌리이니, 놓지 못하는 건 어찌 보면 당연했다. 아마도 평생 짊어지고 갈 것만 같은 그런 생각이 든다. 물론 시대도 다르고, 세계도 다르고, 가치관도 다른 곳에 왔으니, 이제 새로 배운 것들과 어떻게 어떻게 잘 융합을 시켜야겠지만.

"어째 전생의 기억을 가지고 있는 게 득보다 실이 많은 것 같아."

그도 그럴 게 어떤 두 살이 이런 고민을 하고 앉아 있겠냐는 말이야. 물론 곧 세 살이 될 거지만.

"아, 따뜻하다."

솔레이 궁으로 돌아가 따뜻한 차 한 잔에 쿠키나 마시고 싶었다. 갑자기 단게 확 땡기네. 안 어울리는 고민을 해서 그런가.

"당분간 애기들 때문에 예의상 볼세나는 못 가고, 오늘 그레시토는 바쁘다고 그랬고. 아이 씨, 나만 한가하네."

그래도 그렇게 한가하니까 희사원에서 이러고 놀 수 있는 거지만. 겨울나무와 좀 멀리 떨어진 곳엔 저번에 만들다 만 그레시토와 내 눈사람이 덩그러니 놓여 있었다. 저거나 마저 만들까?

"혼자서 만들 수 있으려나."

그래도 처음부터 같이 만들던 건데, 내일 그레시토 오면 같이 완성해야지.

생각해 보면 그다지 나쁜 생은 아니었고, 나름 행복했었다. 날 죽인 그놈은 정말 찢어 죽여도 속이 시원치 않을 테지만 그렇다고 내 손으로 직접 복수를 하기는 그렇고. 근데 망할 놈의 법이 그놈을 제대로 처벌해 줄까. 그것도 고민이다. 만들라는 법은 안 만들고 이상한 뭐 교복 입은 거 보면 잡아가는 그런 법이나 만들고 있었으니, 쯧쯧.

"산책로나 한 바퀴 돌고 궁으로 돌아가야지."

세르이라가 입혀 준 옷을 한번 잘 여미고 겨울나무에서 떨어져 이제 너무 익숙한 산책로에 발을 들였다. 이제 내가 좀 자라기도 했고, 하도 빨빨거리고 돌아다녀서 그런지 세르이라는 내가 제시간에 궁으로 돌아오지 않는 한 되도록이면 내가 노는 것에 손을 대지 않았다. 물론 일린이야 항상 붙어 있었지만.

지금 일린은 빙판길에 넘어져서 태의한테 가 있는 중이었다. 아무튼 나이를 먹어도 그 덜렁거림은 여전하지, 쯧쯧.

곳곳에 스파이처럼 심어져 있는 발열나무를 제외하고 모든 나무에 하얀 눈이 소복이 쌓여 있었다. 이 얼음나무들 좀 보게. 워낙 울창한 나무들이 많아서 그런지 마치 산속의 숲을 걸어가는 기분이다. 그리고 보니 아그리젠트 동쪽에 악몽의 숲이라는 곳이 있다고 들었는데, 한 번 들어가면 악몽 속에서 헤매다 빠져나오지 못하고 결국 자살하게 되는 숲이라고 했다, 윽.

"아무튼 이 세계는 방심을 할 수가 없어."

전체적으로는 비슷한데 무언가 가끔 하나씩이 너무 달라서 적응하다가도 놀라고 만다. 용 같은 건 또 없다던데. 인간과 비슷한 다른 종족은 없는 걸까 싶어 물어봤는데, 몇 천 년 전엔 있었다는데 하도 인간이 핍박해서 다 사라졌다고 세르이라가 대답했다. 있다면 아마 악몽의 숲에나 있을 거라고.

근데 악몽의 숲이잖아? 난 아마 안 될 거야.

이종족 보고 싶었는데.

괜히 나무 위에 사뿐히 얹어진 눈송이를 쥐어다가 동그랗게 뭉쳐서 길을 걷는데, 문득 익숙한 얼굴이 눈에 보였다.

"자주 보네."

레일라였다. 레일라는 별로 놀란 기색이 아니었지만 나는 놀라 두 눈을 동그랗게 떴다. 얘가 여긴 왜 있는 거지?

"네가 내 산책로에 있어서 그런 거야."

"그래?"

그래도 전에 그레시토랑 화해한 날 만난 이후로 이 희사원에서 가끔씩은 마주치긴 했다. 물론 자주 본다는 말이 나올 정도는 아니었지만.

"뭐해? 오늘도 독서?"

그래도 마주칠 때마다 신기해서 몇 마디 하다가 돌아가기는 했는데, 이렇게 추운 날에도 독서를 하는 건가. 얘 생긴 거답지 않게 책벌레구나. 놀라 고개를 올리니 레일라가 웃는다.

"그냥 눈 구경."

푸른 여자가 그것도 겨울에 눈을 배경으로 하얗게 웃으니 진짜 기이했다. 신비롭다고 해야 하나? 인간이 아니라 설녀라고 해도 믿을 지경이었다. 레일라는 어쩐지 그리운 듯한 표정으로 눈앞의 풍경을 몽롱하게 응시했다.

"내가 살던 나라에선 눈이 내리지 않았거든. 그래서 눈이 오면 나도 모르게 넋을 놓고 보게 돼."

"어디에서 살았는데?"

아무 생각 없이 물어보았던 것인데, 어째 돌아오는 대답이 없다. 반응이 없어서 레일라를 올려다보니 그녀의 표정이 살짝 굳어 있었다. 그제야 미련하게 깨닫는다. 레일라는 이 나라에 좋아서 있는 게 아니라는 사실을.

아, 상당히 실례되는 말이었구나. 그러나 그걸 깨달은 순간 이미 사과할 타이밍은 지나갔다. 아우 씨, 미안하네. 에라, 모르겠다. 그냥 돌아가자.

"그냥 가는 거야?"

미안해서 얼굴도 못 보고 그냥 궁으로 돌아가려는데, 레일라가 말을 건다. 나는 의아해서 돌아보았다. 항상 상냥했던 것은 아니나 그렇다고 그렇게 냉대를 하는 것도 아닌 레일라의 무심한 표정이 눈에 들어온다. 나는 좀 의아했다.

"왜? 할 말 있어?"

웬일로 붙잡지? 항상 와서 몇 마디 하고 가는 게 일상이라 레일라가 나를 붙잡는 일은 이번이 처음이었다. 인사를 하고 가지 않아도 붙잡지 않는 게 레일라였으니까. 애가 말을 시키면 대화를 하긴 하는데, 그래도 말은 항상 내가 먼저 시작했다. 시선이 마주 치자 레일라가 웃는다.
"그냥."
그건 평소보다 조금 처지는 미소였다.
"좀 심심해서."
답지 않은 미소에 괜히 내 기분만 꿀렁해진다. 뭐, 어쩔 수 없지. 이렇게까지 붙잡는데, 먼저 가는 건 예의가 아니었다. 물론 아까 말실수한 게 미안한 것도 있고.
"이제 몇 살이야?"
"세 살."
레일라는 그것밖에 안 되냐는 듯 새삼스런 눈빛으로 나를 보았다. 왜 불만이냐? 하긴 나처럼 이렇게 말 잘하고 착하고 말 잘 듣는 예쁘고 깜찍한 세 살이 드물긴 하지.
"그렇구나. 벌써 세 살이라니. 아기 가졌다는 소식을 들었던 게 바로 엊그제 같은데."
회한에 젖은 노인네 말하는 듯 말해서 눈치채진 못한 건데, 레일라는 내가 누구인지 진작부터 알고 있는 모양이었다. 아, 물론 내 외모를 보면 모를 리가 없지만. 그래도 말하는 어조가 우리 엄마까지도 알고 있는 뉘앙스를 풍겨서 기분이 그랬다. 뭐야, 얘.
"넌 네가 어떻게 태어났는지 모르지?"
"응?"
흥미로운지 미소 짓는 얼굴이 제법 선연했다. 도대체 무슨 말을 하려고 이렇게 활짝 웃는단 말인가. 도리어 이쪽이 불안하다. 게다가 레일라는 답지 않게 신이 난 표정이었다.

"네 엄마에 대해서는 알아?"
"우리 엄마, 알아?"
아는 것 같다고 생각하긴 했지만 진짜 아냐?
내 목소리에 레일라가 몸을 낮춘다. 주저앉아서 제 무릎에 팔꿈치를 대고 고개를 괴는 레일라는 제법 예뻤다. 진짜 예쁘네. 여기가 만약 지구였으면 당장에 영화 찍자고 스카우트 들어갈 미모였다.
"아무도 안 가르쳐 주지? 그럴 줄 알았어. 사람들은 가끔 소중한 건 가둬서 기르는 게 제일 안전하다고 착각하거든."
가둬서 기른다는 말이 모르도록 내버려 둔다는 뜻인가? 왜 이렇게 비아냥거리는 어조인지는 모르겠다만 레일라의 말에도 일리가 있다고 생각은 했다. 뭐, 모르게 하는 이유를 짐작 못하는 건 아니라 마냥 동의할 수는 없었지만. 사실 나라도 아무것도 모르는 어린애한테 잔혹한 진실을 알려 주는 건 싫었다. 아이들의 꿈과 환상을 짓밟으면 지옥에 간다고.
"알려 줄까?"
"알려 줄 거야?"
"알고 싶니?"
달콤하게 속삭이는 목소리가 너무 나지막하다. 달짝지근한 게 어째 드란스테의 목소리랑도 비슷하게 느껴졌다.
이러니까 꼭 악마의 유혹 같네. 이러면 안 되는 걸 아는데 자꾸 호기심이 불쑥불쑥 드는 건 어쩔 수가 없었다. 아니, 왜 자꾸 내일 출근인 데도 눈앞에 게임 스타트 버튼을 누르고 싶은 충동이 들 때처럼. 이렇게 알려고 하면 안 되는 걸 아는데, 그런데도 자꾸 파헤치고 싶은 충동이 불쑥불쑥 튀어나왔다.

"하지만 알게 되는 진실의 여파에 대해선 난 책임 따위 안 져. 알고 싶다면 말해 주겠지만."

이 가시나 보게. 지가 먼저 유혹했으면서 자기는 책임 없다고 쏙 빠진다. 웃겨라. 책임이 없기는 왜 없냐? 하지만 여기서 이런 걸 따진다면 후에 들을 이야기를 못 듣게 되겠지. 그건 확실히 싫었다. 아, 진짜 인생은 고난의 연속이야.

그래, 원래부터 사이트 이용 약관들은 전부 사기였다. 원래 그런 건 읽어 보지도 않고 동의 버튼부터 눌러야 제맛이지.

"알고 싶어."

내 대꾸에 레일라가 시원하게 웃는다. 그 미소가 마치 걸려들었다고 흐뭇하게 웃는 것 같아서 기분이 좀 껄쩍지근했다. 이거 설마 함정인가?

"제르에이나 왕녀, 북쪽에서 내려온 얼음의 딸."

응? 내가 뭘 더 생각하기도 전에 들린 말에 자동적으로 고개를 갸웃한다. 방금 뭐라고?

"다들 그렇게 불렀지."

"왜 얼음이야?"

레일라는 한마디 운을 떼고 고개를 끄덕였다. 그 모습이 제가 아는 것들을 회상하는 투라 나는 섣불리 건드릴 수 없었다.

"차가운 여자였거든. 냉정하고, 아무하고도 어울리지 않아 거의 혼자 지냈어."

그냥 한마디로 방구석 폐인이었다는 거 아니야?

아무하고도 어울리지 않았다는 말에 문득 에셀론에서 혼자 날 낳기 위해 죽은 듯이 살았다는 이야기가 떠올랐다. 그게 애초에 가능했던 이유가 친했던 사람이 없어서 그랬구나.
"아무도 몰랐지. 그녀가 널 낳고 죽을지는."
하긴 그건 우리 애비도 모른 일이었다. 그러니까 날 낳기 바로 전에 임신 사실을 알았겠지. 괜히 정말 쓸데없이 갑자기 그런 게 궁금해진다. 엄마는 나를 왜 낳은 걸까? 혹시 애비가 억지로 안은 건가? 하지만 강간당해서 생긴 아이를 그렇게 필사적으로 지키려는 건 좀 이상한데. 그럼 우리 엄마가 이상한 사람이었나? 아, 그럴 리가 없잖아.
이런 나의 의문을 풀어 주려는 듯 레일라가 웃으며 바로 말을 잇는다.
"황제는 절대 먼저 여자를 안지 않거든. 여자들이 스스로 안아 달라고 하기 전까진."
응? 갑자기 이게 무슨 소리요? 나는 깜짝 놀랐다. 뭐라고? 여자들이 스스로 안아 달라고 하기 전까진 여자를 안지 않는다고? 그 말인즉, 우리 엄마는 스스로 황제한테 안겼다는 소리였다.
이게 대체 무슨 소리야.
"아직 어린 너한텐 너무 어려운 말인가? 아무튼 그 말은 너를 가지고 싶어 한 건 바로 네 아버지가 아니라 어머니였다는 뜻이야."
너무 아무렇지 않게 말해서 오히려 내가 혼란스럽다. 정신이 붕괴될 것만 같아. 한 번도 생각해 본 적 없는 이야기였다, 이건. 그러니까 우리 엄마가 날 너무 가지고 싶어서 아빠를 유혹하고 같이 자서 나를 잉태해서 숨어 살았다는 이야기야? 대체 왜?
너무 말이 되지 않는 이야기라 도리어 어이가 없다. 진짜 대체 왜지?

"왜? 놀랐니?"

안 놀랐는데. 그냥 의아했다. 모르던 사실을 알았다는 것과 함께 우리 엄마가 나를 정말 원해서 가졌다는 사실이.

근데 잠깐, 일단 쉽게 넘어갈 수 없는 점에 난 인상을 찌푸렸다. 그러니까 그 미친놈이 뭐라고? 먼저 안아 달라고 하기 전까지는 안지 않았다고? 여자를? 우와, 이걸 대체 뭐라 말해야 할까.

아니, 물론 싫은 사람한테 안기는 건 여자로서 정말 죽고 싶을 만큼 싫은 일이긴 했다. 그래도 그렇지. 카이텔의 그 말은 평생 처녀로 후궁에서 썩으라는 소리 아닌가? 아니, 그 전에 여자더러 먼저 남자를 유혹하라니. 아무리 아그리젠트가 여권이 제법 높은 편이라고 해도 그건 명백히 여자한테 수치인 일이었다. 아니, 수치 이전에 민망하다고.

왜 갑자기 카이텔을 유혹해서 황후가 되려던 여인들이 그렇게 많았는지 이해가 되기 시작했다. 어차피 카이텔의 공주들은 공식적으로 아니다 뿐이지 실제적으로 카이텔의 후궁 취급을 받고 있는 게 정설이다. 아마 이대로 자국에 돌아간다고 해도 처녀 취급은 못 받고 오히려 백성들로부터 욕만 먹는다고 했다. 마치 고려시대 때 원나라에 팔려 갔다 돌아온 공녀들 같은 신세.

아, 이 썩을 놈은 왜 이런 짓을 해서 엄한 사람 머리 아프게 만드는 거야? 애초에 남의 공주들을 데려와 후궁에 처박아 놓지 말라고, 이 미친놈아.

내가 혼란스러운 게 즐거운지 레일라가 웃는 얼굴로 내 표정을 차근차근 감상한다. 얘 몰랐는데 악취미 있었네. 내가 괴로운 게 그렇게 보기 좋으냐, 앙?!

"비밀 하나 알려 줄까?"

"비밀?"

"응."

그래도 비밀 알려 준다는 말에 혹하는 건 어쩔 수 없었다. 에이씨, 나는 왜 이렇게 귀가 얇은 거야.

"황제 카이텔이 어떻게 그 권좌에 올랐는지에 대해서."

그거야 뻔하지 않은가. 전해 듣기로는 그냥 반역했다고 했다. 그래서 카이텔을 일컬어 피의 반왕이라 부르는 게 아니던가. 그래도 속는 셈 치고 물어보기로 했다.

"어떻게 올랐는데?"

"반역자랑 손을 잡고 제 아버지를 죽였어. 그것도 제 손으로."

뻔하네. 전에도 들었던 이야기였다. 물론 패륜을 저질렀다는 이야기는 못 들었지만. 전 황제가 아주 썩은 놈이었다던데. 그렇다고 제 손으로 죽이는 건 좀 그렇지 않나? 물론 카이텔도 나름 이유가 있었겠지만 그래도 이상했다. 왜 지가 죽였지?

"그다음 제 열일곱 형제들을 모조리 한 궁에 집어넣고 불살랐지. 그 비명 소리가 안개처럼 자욱하게 이 아그리겐톰 황궁을 뒤덮었대."

이것도 전에 들었던 이야기였다. 다시 들어도 혐오스럽지만.

만약 그네들이 전부 살아 있었다면 내가 삼촌이라고 불렀을 사람들이었다. 그렇게 생각하니 더 소름 끼친다. 앞으로의 내 인생에 저런 결말이 없을 거라고 지금 현재 그 누구도 단언할 수 없는 이야기였다. 원래 카이텔은 제 핏줄에 대한 애정이 극렬하게 없다고 하니까.

"자신에게 반기를 든 모든 귀족의 목을 쳐 마치 박물관처럼 성 밖에 전시해 놓고, 제 어머니를 실렌치아 궁에 유폐시켰어. 그리고 모든 여자 형제들을 다른 나라에 팔아 치웠지, 헐값에. 그것도 하나같이 탐욕에 찌든 자들을 상대로."

새삼 왜 사람들이 카이텔을 폭군이라고 부르는지 알 만하다는 생각이 들었다. 지금은 그나마 낫다지만, 제법 좋은 치세를 보여 주고 있다지만 그렇다고 과거의 과오가 사라지는 건 아니었으니까. 이렇게 미친놈처럼 날뛰었는데 폭군이 아니라니, 그건 또 무슨 개소리란 말인가. 이건 두고두고 까여야 할 일이었다.

"수많은 시체들을 밟고 올라선 피의 옥좌. 그게 바로 네 아비가 피에 미친 황제라고 불리는 이유야, 귀여운 공주님."

사분사분하게 속삭이는 목소리는 더없이 상냥했다. 상냥하고, 냉정하다. 나를 귀엽게 여기는 미소였지만 그 눈동자가 보석처럼 차갑다는 건 부정할 수 없었다.

"불치, 셀리눈테, 수사, 큐시, 그리고 티볼리와 파르마, 페라라, 카푸아, 만토바. 오 년 만에 네 아버지가 왕가를 몰살시키고 이 아그리젠트로 편입시킨 죽어 버린 왕국들의 이름이야."

레일라는 어여삐 웃으며 지금은 아그리젠트의 영지 이름으로 쓰이는 이름들이라고 덧붙였다. 그 미소가 너무 선연해서 도리어 기분이 섬뜩하다. 이런 말을 내게 쏟아 내는 이유를 모르겠다. 아니, 알기는 하지만…….

"이제 알겠니, 네 아버지가 어떤 사람인지?"

이미 알고 있어서 새로울 것도 없었다. 어차피 카이텔의 인상은 나에게도 처음부터 최악이었으니까. 그도 그럴 게 첫 만남에서 내 목을 조르려 했던 건 그중 최고였다. 그렇다고 목이 졸려 죽지는 않았지만. 애초에 그런 놈이었으니 실망할 건덕지가 뭐 있어야 말이지. 요새는 사람이 되었다고 생각했는데……. 뭐, 그래. 원래 사람은 그렇게 쉽게 바뀌고 그러지 않았다.

"네 어머니마저 스스로 온 게 아니니까. 너는 모르겠지만 후궁에 있는 공주들 대부분이 왕가에서 예쁨 받던 공주들이야. 왕들이 가장 사랑하는 공주들. 그런데 왜 이런 곳에 끌려와 그런 대접을 받으며 처박혀 있는지 알아? 다 네 아버지가 대놓고 요구해서지. 절대 구박받는 공주들은 빼앗아 오지 않았거든."

레일라의 냉정한 목소리에 진득한 증오가 묻어 나온다. 그건 정말 처음 받아 보는 깊고 끈적한 어딘가 어둠을 닮은 감정이었다.

"난 그를 증오해."

그렇게 말한 주제에 바로 웃으며 한마디 더 덧붙인다.

"그렇다고 너마저 증오하는 건 아니지만."

웃기고 있네. 원래 부모의 원수는 자식에게까지 이어지는 법이었다. 내가 밉지 않을 리가 없다. 왜냐면 나라도 그럴 거니까. 진짜 레일라가 나를 미워하느냐 미워하지 않느냐는 사실 중요하지 않았다. 문제는 내가 미안한 마음을 가지기 시작했다는 것. 그리고 나도 어느 사이에 가해자의 입장이 되어 버렸다는 것이었다.

한 건 없는데 아버지 잘 둔 덕에 같이 죄인이라니, 그것참.

단순히 자식이라는 이유로 아비의 과오를 대신 수습해야 하는 건 언뜻 그 입장에선 억울해 보이기도 했지만 한편으로는 그런 생각도 들었다. 그럼 그 자식이 수습하지 않으면 대체 누가 수습을 해야 하는 거지? 친일파 후손들이 두고두고 욕먹는 것처럼 이것도 마찬가지다. 그래, 더럽고 치사하면 다시 태어나야지. 뭐 어쩌겠어. 이건 내가 카이텔의 딸로 태어나는 순간부터 결코 멀어질 수 없는 숙명이었다. 그의 죄에 나도 자유롭지 못한 건.

앞으로 이런 사람을 더 만나겠지. 그때마다 이런 증오를 받을지도 몰랐다. 갑자기 나중의 일에 머리가 다 까마득해진다.

그 순간 레일라의 손이 내 머리를 쓰다듬었다. 하얗고 작은 손. 그러나 밖에 너무 오래 있어서 그런지 차가웠다.

"많이 행복하렴. 그 수많은 불행을 짓밟은 위에 선 네가 행복하지 않는다면 그것 또한 불행이니까."

이건 축복이야, 저주야? 행복하라는 건지, 불행하라는 건지 의미를 알 수 없는 알쏭달쏭한 말을 남겨 놓고 레일라는 그저 미소지었다. 하얗고, 겨울을 닮은 미소를.

"누가 오네. 이만 가 볼게."

사뿐히 걸어가는 레일라의 뒷모습을 보다 괜히 무거운 한숨을 내쉰다. 레일라가 말한 대로 곧 내가 걸어온 곳에서부터 일린이 모습을 드러냈다.

누가 오는 건 귀신 같이 알아내는구면. 무서운 여자일세.

"공주님, 왜 이런 곳에 계세요?"

"돌아가자."

이미 알고 있다고 해서 충격이 충격이 아닌 건 아니었다. 마음 한편으로는 그러려니 하는 마음도 있지만 그래도 전보다는 마음이 무거워졌다는 걸 부정할 수는 없다. 내 이성과 내 가치관, 그리고 내 신념으로도 카이텔의 행동은 확실히 미친 짓이었으니까.

그래도 그동안 자꾸 보고 접하니 그렇게까지 글러먹은 인간은 아닌 것 같아 마음 한구석에 기대하는 마음이 없지 않아 있었던 모양이다.
"공주님, 어서 오세요. 여기 스콘 구워 놨어요."
"푸딩은?"
"저기 있어요!"
그래도 단걸 먹으니 좀 낫네. 아깐 진짜 죽을 맛이었는데.
푸딩을 떠먹으며 괜히 생각에 잠긴다. 뭐, 카이텔도 처음부터 그런 미친놈은 아니지 않았을까? 원래 악당이 처음부터 악당은 아니잖아. 걔네한테도 그렇게 된 이유라는 게 있을 거 아니야. 아, 그렇다고 그 이유가 아무리 타당하다 해서 카이텔의 행동을 정당화할 수는 없겠지만. 그래, 그건 분명 잘못된 행동이었다. 그래도…….
편들어 주고 싶어.
확실히 혼내고 다시는 그런 행동 못하게 하고 싶다. 잘못했으니까 그 잘못을 빌고 속죄하고 사죄하고, 그리고 이제는 다시 그러지 말라고 하고 싶다. 이런 내가 잘못된 걸까?
"공주님, 왜 그러세요?"
"응? 아."
내 기분이 평소와 다르게 저조하다는 걸 알아차린 건지 세르이라가 진중한 표정으로 날 살핀다. 역시 엄마야, 엄마.
"아니야."
그래도 이 생각을 말할 수는 없어서 음울하게 중얼거렸다. 내 기분이 처져서 그런지 일린도 세르이라의 표정도 어둡다.
"아빠 언제 올까?"
"글쎄요."
그렇게 무성의하게 대답하기냐.

그래도 그 얼굴을 보고 생각하면 답이 나올 것 같은데. 아, 몰라. 머리 아파. 어차피 고민해 봤자 답이 나올 수 없는 이야기였다. 애초에 악당이 제 죗값을 치르는 건 만화나 영화에서의 이야기니까. 현실은 정말 더럽다. 더럽게 재수 없었다. 그래도 카이텔이 개과천선했으면 좋겠는데.

"보고 싶으세요?"

"아니."

뭘 그런 걸 묻냐는 듯 내가 대꾸했으나 세르이라는 도리어 웃었다. 왜 웃어? 어라, 일린도 웃네? 대체 왜 웃는 건지 알 수가 없어서 난감하다. 내가 뭐 웃긴 표정이라도 지었나?

"아참, 공주님."

"응?"

"그레시토가 공주님이 너무 좋대요."

"진짜?"

확실히 걔가 요새 날 좋아하는 티를 팍팍 내기는 했다. 물론 난 안 좋아하지만, 흥.

"예, 제게만 살짝 말하던데요? 비밀이라면서."

세르이라가 한쪽 눈을 찡긋하며 속삭였지만 그 말을 마냥 믿기엔 조금 무언가가 의심스러웠다.

"안 믿어! 직접 와서 말하라 그래."

"어머, 공주님도 참. 부끄러워서 그런 말을 어떻게 해요."

"왜 못해? 내가 이렇게 예쁜데!"

내 대꾸에 두 사람이 웃음을 터뜨린다. 뭐야, 너네 나 비웃는 거니? 작게 인상을 쓴 채 두 사람을 번갈아 본다.

"왜 웃어? 내 말이 웃겨?"

진지하게 한 대꾸였는데 비웃음 당한 것 같으니 기분이 상한다. 대체 왜 자꾸 웃는 거야! 내가 개그맨인 줄 아나. 너네 그렇게 공주 막 그렇게 비웃고 그러면 안 될 텐데! 그러나 내가 아무리 인상을 쓰고 있어도 두 사람의 웃음은 멈출 줄을 몰랐다.

……그래, 너네 마음대로 해라. 내가 동네북이지!

"공주님!!"

갑자기 내 인생에 회의가 들어 이대로 이 인간들을 계속 믿고 살아도 되는 걸까 고민하는데, 방문이 벌컥 열리며 시녀 하나가 방 안으로 뛰어들어 왔다. 쟨 또 무슨 일이길래 저러는 걸까. 일단 숨이나 고르렴. 어차피 나 어디 안 도망간다.

"폐하께서 돌아오셨어요!"

그러나 다음 순간 시녀가 외친 말에 도리어 급해진 건 나였다. 순식간에 방을 빠져나와 나를 부르는 세르이라와 일린의 목소리도 채 신경 쓰지 못하고 무작정 달려간다.

어디지? 어디로 오는 거지?

그냥 아무 생각 없이 내달렸다. 에스텔라 궁에서 출정했으니까 에스텔라 궁으로 돌아오는 거겠지? 나를 발견하는 족족 시녀와 시종들이 내 이름을 부르며 쫓아왔으나 지금 나에게는 그런 걸 생각할 여유가 없었다. 머리가 새하얗다.

"파파!"

진짜 에스텔라 궁이었구나. 전에 출정했던 그 장소 그대로였다. 급한 대로 나온 귀족들이 나를 보고 놀란다. 나도 내가 얼마나 무례한지 알고 있었다. 그러나 그런 걸 생각할 여유가 없었다.

이제 먼발치에서도 알아보겠다. 태어나서 맨날 봤던 그 얼굴이 그제야 내 시야에 들어왔다. 무언가가 내 안에서 탁 풀렸다. 이런 걸 안도라고 말하는 건가. 순식간에 모든 불안이 녹아내린다.

미치겠다. 저 얼굴을 보는 순간 알았다. 내가 저놈을 기다리고 있었다는 사실을. 그동안 부정하고 절대로 인정하지 않았지만 이 순간만큼은 어째서인지 도무지 부정을 할 수 없었다.

나를 보자마자 카이텔이 웃는다. 저 미소가 마냥 익숙했다. 내려오라는 듯한 손짓에 나도 모르게 몸부터 움직인다. 그리고 나를 안아 드는 그 단단한 두 팔에 안기고 나서야 자각했다.

그리고 마침내 깨닫는다.

이 얼굴이 얼마나 그리웠는지.

"보고 싶었어요."

내 작은 목소리에 카이텔의 얼굴이 놀란 듯 굳는다. 그 얼굴을 바라보며 왜인지 내 눈에서 눈물이 고이는 게 느껴졌다. 이 자식아, 3개월 만에 돌아온다며. 지금 돌아온 것도 엄청 일찍 돌아온 것이긴 했는데……. 아, 씨, 몰라.

내가 괜한 부끄러움에 제 품으로 파고들자 카이텔이 웃었다. 그리고 손을 뻗어 내 고개를 억지로 들게 한다. 어느새 고인 내 눈가의 눈물을 그 기다랗고 가느다란 손가락이 쓸어 주었다. 그리고 마침내 그렇게 듣고 싶던 카이텔의 목소리가 귓가에 닿았다.

"오랜만이군."

— End. Serira

겨울이 오는 소리는 제법 포근했다.
타닥타닥 방 한편에서 따뜻한 온기를 내뿜는 장작이 작은 소리를 내며 타들어 간다. 세르이라는 제 손에 쥐어진 뜨개질을 잠시 놓고 자리에서 일어섰다.
점심을 먹고 잠에 든 아이가 뒤척임 없이 잘도 자고 있다. 요람에 누운 아리아드나 공주를 쓰다듬는 손길이 썩 다정했다.
"우리 사랑스런 공주님."
세르이라 이빌라스트 페이스트릴. 지금은 공주님의 유모(乳母)이지만 그 전엔 한 남자의 아내였고, 백작의 부인이었던 여인.
페이스트릴 백작은 순박하고 사람 좋은 착한 남자였다. 그 천성에 반해 결혼을 했고, 열여섯 이후 같이 사는 6년 내내 부족함 없이 행복했다. 너무 부족함 없이 사랑받고 사랑을 해서인지 아직도 남편이 한없이 그립기만 하다. 만약 지켜야 할 둘의 아이가 없었다면 그를 따라 죽었을지도 모를 일이었다.

"어리석지만……."

그가 없는 삶을 사는 것은 아직도 좀 힘겨웠다. 그녀의 입가에 처진 미소가 걸린다.

원래 그녀의 남편은 남쪽 가장 밑에 있는 지방의 남작이었다. 워낙 영지가 작고 볼모지가 대부분이었던 터라 남편은 어쩔 수 없이 영지를 일으키기 위해 아침부터 밤까지 발품을 팔고 다녀야만 했다. 그러다 어쩌다 길거리에서 피를 토하는 남자를 구해 주었던 것이 일생의 가장 큰 운이라면 운이리라.

"그냥 놔두고 오지 못했어. 미안해."

자기 또래의 청년이 길거리에서 쓰러지는 걸 그냥 두고 오지 못해 성으로까지 데려온 날은 비가 아주 많이 쏟아지던 날이었다.

"어서 들어오세요."

세르이라는 처음 남편의 헐벗은 모습에 한번 놀랐고, 청년이 거의 죽을 뻔한 상태라는 것에 두 번 놀랐다.

"의원에게 보여 지금은 괜찮아. 조금만 쉬게 해 주면 된다고 해서. 데려갈 곳이 없어 그냥 우리 성으로 데려왔어."

"잘했어요."

세르이라의 칭찬에 남편이 미련하게 웃었지만 그녀는 그를 핍박하지 않았다. 처음 보는 청년을 위해 미련하게 제가 가진 돈을 다 써 버렸지만 이미 써 버린 돈이 돌아올 리도 없었으니까.

그렇게 남편은 그 청년을 성에 데려다 놓자 제가 써 버린 돈을 다시 벌기 위해 밖으로 나갔다. 그때는 그냥 적선을 했다고 생각했는데.
"왜 날 살린 거지?"
"길가에 있었으니까요."
"그게 다야?"
"그럼 뭐가 더 필요해요?"

그 청년이 하필이면 다 죽어 가던 실종된 14황자 카이텔이었고, 후에 황제가 될 인물이라는 건 아주 나중에 알게 된 사실이었다. 그냥 두 내외는 아주 이상한 사람이라고 생각했는데.

"살려 줬으니 그 은혜는 갚겠다. 뭐가 필요하지?"

제 목숨 값을 갚겠다고 나선 청년에게 텃밭의 일을 시키던 남편의 모습은 아직도 선명했다. 그때 카이텔은 이런 요구는 난생처음이라며, 정말 어이없다는 표정이었다.
그래, 그의 입장에선 한없이 터무니없는 요구이긴 했다. 두 내외는 아무 생각 없이 시킨 일이었다지만. 그때를 생각하며 세르이라가 작게 웃는다. 지금 생각해도 행복했던 시절이었다.
"모두가 잔혹하고 자비 없는 황제라고 말하지만……."
카이텔은 두 부부에겐 다시없을 은인이었다.
영지를 뺏기고 굶어 죽기 직전, 황제가 된 그가 찾아왔다. 그리고 제 목숨 값을 갚기 위해서라며 백작 위를 하사하고, 그의 남편에게 황실을 위해 일할 기회를 주었다. 공을 세우기 위해 나가 전사한 남편은 아직도 가슴 아팠지만 그래도 세르이라는 황제를 원

— End. Serira ㅣ 233

망하진 않았다. 그저 남편의 명이 그 정도이거니, 그랬다.

반역으로 쥔 황좌. 제게 반하는 사람들은 단 한 명도 살려 두지 않는 잔혹함. 도를 넘은 학살과 탄압으로 사람들은 폭군이라 손가락질 하지만 그에 반해 황제 카이텔이 치른 수많은 전쟁으로 선제의 폭정으로 파탄 났던 제국의 재정 상태를 회복한 점, 다 망해 가던 제국의 내실을 다지고 몇 대를 걸쳐 대립하던 나라의 숙적들을 모두 처단한 점, 동시에 제국의 영토를 두 배 이상으로 넓힌 업적 또한 무시할 수 없는 사실이었다.

전쟁으로 제국을 부강하게 만들어 기실 아그리젠트의 전성기를 맞게 한 황제. 학자들의 의견에 이견을 다는 사람들은 없었다. 그리고 그건 백성들의 자부심이었다.

단지 일부 귀족들만이 여전히 카이텔을 비판했지만 그 이유는 황제의 황권이 언제고 마음만 먹으면 그들의 작위를 아무 이유 없이 박탈할 수 있다는 위협에서부터 비롯된 것들이었다.

확실히 카이텔은 어린 시절과 제 핏줄에 관련된 이야기가 아니면 제법 이상적인 황제였다.

"어쩜 이리 어여쁘실까."

자고 있는 어린 공주의 뺨을 쓰다듬으며 세르이라는 조그맣게 웃었다. 문득 유모로 궁에 들어와 공주를 처음 만났던 날이 떠오른다. 눈도 뜨지 못하고, 말을 한다는 건 상상도 못할 정도로 작은 생명체, 허나 그 붉고 꼬물거리는 생명체에 저도 모르는 사이에 마음이 뺏겼다. 그것은 딱히 전에 딱 한 번 보았던 아이의 어미 때문에 그런 것은 아니었다.

"아름다운 분이셨지."

아이에게 그 어미의 흔적은 찾아볼 수 없으나 그래도 아름다운 여인이었다. 딱 한 번밖에 마주치지 못했지만 뇌리에서 좀처럼 잊히지 않을 정도로 인상적이었던 공주, 제르에이나 왕녀.

언젠가 그녀에 대한 이야기를 해 주어야 한다는 걸 상기하며 세르이라는 굳은 표정으로 공주의 머리카락을 쓸어 넘겼다.

"마마……."

몸을 뒤척이며 작게 잠꼬대를 하는 것이 귀엽다. 세르이라는 저도 모르게 풋 웃고 말았다. 이제 더 자라서 커지고 더욱더 아름다워지시겠지. 아직 오지도 않은 미래를 그려 보며 자신의 벅찬 가슴을 어찌할 줄 몰라 세르이라는 숨을 천천히 내쉬었다.

모두가 죽을 거라 예견했다.

곧 돌아가 전 공주의 유모라는 경력으로 나라의 녹봉을 받으며, 제 아들을 키우게 될 것이라고 사람들은 말했다. 심지어 세르이라도 그럴 줄 알았다. 허나 황제는 죽이지 않았고, 세르이라는 그 변덕에 도리어 감사했다. 아들을 제 손으로 키우지 못하는 것은 안타까웠으나 그렇다고 이 어린 공주가 목숨을 잃는 건 진심으로 바라지 않았으니까.

두 달 남짓한 시간이었지만 몸도 제대로 못 가누는 아이를 돌보며, 어느새 매혹되었다는 건 부정하지 않는다. 이제는 완전히 떼어 놓을 수 없는 제 자식이 되어 버렸으니까.

처음 엄마라고 불리던 날은 정말…….

"대체 어쩌면 좋을까."

은인의 딸. 그리고 이제 그녀가 가슴으로 낳은 딸.

이렇게 작고 어린데, 마냥 이렇게 작고 예쁜데.

"자는 건가?"

난데없는 목소리에 세르이라가 깜짝 놀라 고개를 든다. 언제 열린 건지 알 수 없는 문에는 어느새 카이텔이 기대어 서 있었다.

"폐, 폐하."

놀란 세르이라가 제 가슴을 쓸어내린다. 그녀는 바로 고개를 숙였다. 카이텔의 무심한 시선이 세르이라에게 닿는다.

"에반젤리움이 닿기를."

씻고 온 건지 가벼운 차림이었으나 지난 전쟁터를 전전하며 몸에 밴 피 냄새만큼은 지울 수 없었다. 옅게 남아 있는 비릿한 냄새에 몸을 떨며, 세르이라는 어느새 제 앞까지 다가온 카이텔을 보았다. 그리고 깜짝 놀라 시선을 내린다.

"언제 일어나지?"

다행히 카이텔은 그녀의 무례를 짚고 넘어가지 않았다. 그의 시선이 향하는 곳은 오로지 요람에 잠 든 그의 딸. 물끄러미 내려다보는 그 모습을 흘긋 보며 세르이라는 슬그머니 미소 지었다.

"약 한 시간 전에 잠드셨습니다. 한 삼, 사십 분 정도면 깨어나실 겁니다."

"그런가."

무심한 대꾸가 물결처럼 흐른다. 그사이 어린 공주가 잠깐 뒤척였으나 곧 다시 잠들었다. 그 모습을 내려다보는 시선이 자못 부드럽다. 처음 공주가 태어났을 때를 회고해 보면 도저히 믿을 수 없는 변화였다.

"내가 없는 사이에 무슨 일이라도 있었나?"

"아니요. 별다른 일은 없으셨습니다."

자잘한 일은 여럿 있었지만 그런 이야기를 논하기엔 아직 시기상조인 듯했다. 세르이라는 아쉬운 마음을 감추며 따뜻한 시선으로 눈앞의 부녀를 응시했다.

폐하도 사람이구나. 저런 눈동자를 할 수 있는 걸 보면.

"어느새 아버지가 되셨군요."

흐뭇한 목소리에 카이텔의 고개가 홱 돌아간다.

"그건 무슨 헛소리지?"

그의 표정은 못 들을 걸 들었다는 표정이었다. 구겨진 얼굴이 꽤 살벌했지만 세르이라는 이것만큼은 양보할 수 없었다.

"폐하께서 부정하시려 해도 어쩔 수 없습니다. 이미 공주님을 사랑하기 시작하셨잖아요."

간이 배 밖으로 나온 게 아닐까 의심될 정도로 세르이라는 당당했다. 카이텔은 어이가 없다 못해 기가 막혔다.

방금 이 여자가 뭐라 그런 거지?

"건방진 소리를 잘도 지껄이는군."

이쯤 되니 죽고 싶어 환장한 게 아닐까 의심이 간다. 안 본 새에 미치기라도 한 걸까? 카이텔의 시선이 의혹으로 물들어 가는 것도 모르고, 세르이라는 자기 할 만만 열심히 지껄였다.

"멀리 떨어져 있으면 자꾸만 보고 싶고, 뭐 하나 궁금하고 혹여나 울고 있지는 않을지 걱정되시지 않으셨습니까?"

"전혀 아닌데."

뚱하니 대꾸하는 목소리에 세르이라가 갑자기 웃음을 터뜨린다. 참지 못하고 터진 웃음을 억지로 수습해 보려 애쓰고 있지만 이미 카이텔은 다 지켜본 뒤였다. 제 앞에서 감히 비웃음이라니.

진짜 유모가 미쳤다고 결론을 내리며, 카이텔은 인상을 썼다.
"왜 웃지?"
애써 제 표정에서 웃음을 지우며 세르이라가 대꾸한다.
"표정은 이미 솔직하게 다 말하고 있는데, 정작 아니라고 부정하시니 웃겨서······."
"간덩이가 부었군."
노력은 하고 있지만 여전히 지우지 못한 웃음이 그녀의 얼굴에 남아 있었다. 카이텔은 짜증났지만 그렇다고 그녀를 끌어내거나 죽일 생각은 들지 않았다. 그 순간 아리아드나가 뒤척인다.
"으음."
작은 소리에 바로 반응하는 자신을 보며 카이텔은 생전 처음 느껴 보는 감각에 나직이 신음을 흘렸다.
"누군가를······."
그의 손이 작고 어린 딸에게 향한다. 손등으로 쓸어 보는 뺨이 마냥 뜨겁고 보드라웠다.
"보고 싶다고 느낀 건 처음이었다. 이런 게 그리움이라는 건가?"
알지 못하는 감각. 한 번도 가져 본 적 없는 느낌이었다. 떨어져 지낸 지난 몇 달간 제가 느낀 처음이 도대체 몇 개인지 헤아리는 것조차 어렵다. 한숨 섞인 카이텔의 물음에 세르이라는 바로 고개를 끄덕여 수긍했다.
"예, 그것이 그리움이옵니다."
그리움이라. 그리웠단 말인가.
"이 작은 게 뭐라고."
조그맣게 투덜거리는 목소리를 들으며 세르이라는 어느새 굳은 표정으로 아뢰었다.

"앞으로 더 느끼게 되실 겁니다."

뺨을 쓰다듬던 카이텔의 손이 멈춘다. 세르이라의 높고 청아한 목소리가 방 안을 가득 채웠다.

"공주님이 커 가면 커 갈수록 더 그리워지실 겁니다. 한시도 떨어지기 싫을 정도로."

"그건 생각만 해도 끔찍한데."

끔찍하다고 말하는 사람의 표정이 정작 끔찍하다는 표정이 아니다. 하지만 그걸 말한다면 이번엔 진짜로 죽겠지. 세르이라는 애써 밝게 속삭였다.

"폐하께서 이제 그만 행복해지셨으면 해요."

그녀의 진심 어린 바람에 카이텔이 얼굴을 구긴다.

"그 소리 이제 지겹지도 않나?"

"결혼도 하셔야죠."

세르이라가 당연하다는 듯 고개를 끄덕인다. 웃기는 소리였지만 생각해 보니 세르이라는 그의 남편과 더불어 시간이 날 때마다 그에게 결혼을 권했던 여자였다. 볼 때마다 참한 아가씨라며 소개하던 건 잊히지도 않는다.

"이제 애도 딸려서 아무도 좋아하지 않을 텐데."

"에이, 그래도 폐하를 노리는 여자들은 많아요."

"황후를 노리는 거겠지."

냉소 어린 대꾸에 세르이라가 울상을 짓는다. 카이텔은 자고 있는 제 딸을 내려다보며 나직하게 뇌까렸다.

"필요 없어, 내 부인 따윈."

"전에도 그렇게 말씀하셨어요. 내 딸 따윈 필요 없다고."
세르이라가 열심히 반박한다. 그러나 돌아오는 것은 도리어 더 큰 냉소다.
"여전히 필요 없어. 지금이라도 얼마든 죽이라면 죽일 수 있다."
"마음에도 없는 소리는 그만하세요!"
결국 참지 못하고 제가 먼저 화를 낸다. 감히 황제한테 큰 소리라니. 당장 잡혀 나가 사형을 당해도 할 말이 없는 무례였다.
그러나 그렇다고 세르이라는 마냥 가만히 있을 수는 없었다. 아직 인정하지 못한다 해도 카이텔에게 아리아드나 공주가 특별하다는 건 주변 사람 모두가 인정하는 사실이었다.
"전 이렇게 말만 들어도 가슴 아픈데……."
눈물을 보이는 세르이라의 모습에 카이텔이 입을 다문다. 세르이라는 울지 않으려 애쓰며 잠시 훌쩍였다.
"그래요. 폐하가 좋은 아가씨를 얻어 결혼하는 것까진 이제 바라지 않아요."
그게 너무 큰 바람이라는 건 사실 세르이라도 알고 있었으니까. 공주를 아끼게 된 모습 자체도 기적이었으므로 어쩌면 하고 바랐던 것뿐이었다.
"그저 커 가는 공주님을 보며 행복을 배워 가셨으면 좋겠어요."
정말로 행복하길 바란다. 그것이 부질없는 소망이라는 건 알지만 그래도 세르이라는 열망했다. 자신에게 행복을 되돌려 준 은인이 같이 행복하길 바랐으니까.
"그게 지금 제 가장 소박한 바람이에요."
역시나 이번에도 카이텔은 망설임 없이 비웃었다.

"바람이 너무 크군."

그러나 세르이라는 이번만큼은 반박하지 않았다. 그저 가만히 응시한다. 저도 모르는 사이에 잡고 있는 두 사람의 손을. 말은 그렇게 하지만 그래도 잡은 작은 손을 놓지 않는 걸 보며 세르이라는 아주 조용히 웃었다.

아니요, 충분히 실현 가능해요, 폐하.

3. Take me into your world

3. Take me into your world

카이텔이 돌아오고 많은 것이 변했다.

나한테는 그냥 아빠가 집으로 돌아온 것에 지나지 않았지만 다른 사람들에게는 그게 아닌 모양. 귀족들은 지난날보다 더 떨며 숨을 죽이기에 바빴고, 페르델은 숨 쉴 틈도 없이 혹사당하느라 바빴으며, 궁 안팎의 수많은 사람들은 카이텔의 업적을 찬양하느라 바빴다.

잘 모르는 내가 봐도 영토를 세 배로 늘리고, 남부의 제국을 정복해 낸 카이텔이 썩 대단하긴 했다. 내가 이럴 정도인데, 다른 사람들은 오죽할까? 이번 전쟁으로 인해 이제 더 이상 카이텔은 그냥 황제가 아니었다. 무려 남부의 프레치아를 정복한 황제로, 그 업적은 흡사 중앙 대륙의 통일에 버금가는 것이었다.

그리고 그건 지난 6개월 동안 북과 서, 그리고 동에서부터 온 각양각색의 사신들이 충분히 증명했다.

"돼지야, 이제 좀 움직여 봐."

어느새 봄이 온 겨울나무 주변은 막 돋아난 새싹들로 푸르다. 그 위를 달리다 멈춰 서서 나는 불만스런 표정으로 내 뒤를 돌아보았다. 거기엔 따라오다 멈춰 선 토끼 하나가 날 올려다본다.

살이 뒤룩뒤룩 쪄서 토끼인지 돼지인지 구별도 안 가는 토끼. 이 토끼는 지난 내 생일 때 카이텔이 선물이라면서 던져 준 애완동물이었다.

"야, 움직이라고."

내 말 안 들리니?

목줄을 아무리 잡아 당겨 보지만 내 목소리에 핵핵대던 돼토가 그대로 그냥 발라당 바닥에 드러눕는다.

아. 진짜, 이 돼지 토끼.

"돼토야, 겨우 이 정도 움직이고 그렇게 핵핵대면 어떡해?"

이래 놓고 이따 밥 때 되면 또 겁나 처먹을 거잖니?

억지로 일으켜 세우려 해도 이제 돼토는 내 힘으로 끌 수 없는 몸이 되어 버렸다. 저 거대한 지방이라니. 아, 이러니 카이텔이 잡아먹으려고 살찌우는 거냐 비아냥거려도 할 말이 없지. 키운 지 이제 5개월인데, 벌써부터 이리 비만 토끼가 되면 나더러 어쩌라는 거야.

"난 이제 네가 돼지인지 토끼인지 종족이 헷갈릴 정도다, 이 슈퍼 뚱땡 토끼야."

내가 진짜 오죽하면 토끼에게 이름을 돼토라고 지었겠는가? 이 망할 돼지 토끼.

멀거니 핵핵대는 돼토를 가만히 내려다보고 있으려니 돼토가 그새를 못 참고 길가에 나있는 풀에게 시선을 준다. 냠냠냠. 와, 저 거 먹는 속도 보소.

"그래, 돼토야, 넌 미래의 선구자야. 내가 장담해. 넌 앞으로 수많은 비만 토끼에게 돼지와 토끼 중간적 종족을 제시한 존재로 영원히 기억될 거야. 암, 그렇고말고."

내가 비아냥거리든 말든 돼토는 관심 없었다. 눈앞의 풀을 뜯어 먹기에 바빴을 뿐. 저절로 한숨이 나온다. 아무리 토끼에게 해가 되는 풀이 없다고 하지만 너 너무한 거 아니니? 이러다 정원 풀 다 거덜 나겠다, 이 돼지야.

목줄을 잡은 채 처먹기에 바쁜 돼토나 구경하고 있는데, 갑자기 저 멀리서 일린의 목소리가 들린다.

"공주님!"

들리는 목소리가 제법 다급하다. 자리에서 일어나 여기 있다는 의미로 손을 흔들자 날 발견한 일린이 화색이 돈 얼굴로 막 뛰어온다. 나는 뾰로통하게 일린을 올려다보았다.

"왜 불러? 산책 중인 거 안 보여?"

"폐하께서 부르세요."

저절로 이맛살이 찌푸려진다. 그래서 어쩌라고. 그놈은 갑자기 날 왜 부르는 거람.

"앤시프 사신하고 밥 먹는다고 했잖아. 난 왜 찾아?"

아니꼬운 목소리에 일린이 어깨를 으쓱한다.

"보고 싶으신가 보죠."

"난 안 보고 싶은데."

보고 싶으면 지가 오던가.

갈 마음 전혀 없다. 고개를 휙 돌리고 다시 돼토를 내려다보니 다 먹어서 행복한지 돼토가 땅을 구르는 중이었다. 이건 돼지야, 토끼야?

"에이, 그러지 마시고."

"나 바빠. 안 보여? 우리 뚱땡이 다이어트 시켜야 돼."

목줄을 잡은 손을 흔드니 일린이 옳다구나 내 손에 들린 목줄을 빼앗아 간다. 이 인간이! 졸지에 내 목줄이 강탈당해 놀란 내가 두 눈동자를 깜박이니 일린이 배시시 웃는다.

"그건 제가 할게요."

그러고는 졸지에 부랑자가 된 내 등을 억지로 떠밀었다. 와, 얘 좀 보게. 감히 공주님의 목줄을 함부로 빼앗아 가다니! 어이없고 기가 찼지만 그래도 막상 따지려고 드니 일린이 배시시 웃으며 애교를 부리자 화를 내지는 못했다. 아, 짜증나.

"자, 이제 가 보세요. 네?"

"아, 알았어."

갈게. 가면 될 거 아니야. 아오, 가기 싫은데, 씨이.

아무리 입을 내밀고 투덜거려 봐야 내 발은 이미 솔레이로 가는 중이었다. 하, 내 인생. 어쩌다 이런 꼴이 되었담. 아무리 제 발로 걸을 수 있으면 뭘 하는가. 뛸 수 있으면 뭘 하는가! 오라면 와야 하고, 가라면 가야 하는 개 같은 인생, 엉엉.

벌써 인생에 회의를 느끼는 세 살이라는 게 결코 흔한 건 아닐 텐데, 나는 여러모로 세상을 너무 빨리 알았다. 공수래공수거. 중생아, 너는 어디를 헤매고 있느뇨.

"공주님."

"아빠는?"

자주 가는 복도로 들어서니 나를 발견한 세르이라가 말없이 근처의 문을 돌아본다. 저기 있구나. 식당인 걸 보면 아직도 식사 중인 것 같은데, 진짜 난 왜 부른 거람. 투덜거리며 문 앞에서니 그 전에 세르이라가 능숙한 솜씨로 내 옷 매무새를 정돈해 준다.

"자, 이제 들어가세요."

고개를 한 번 크게 끄덕이고 문 앞에 선다. 근처에서 대기 중이던 카이텔의 수행원이 문을 열어 줬다. 아직 내 키가 너무 작아서인지 한없이 크고 높은 문 사이를 지나가 안으로 들어가니 역시나 그 안엔 페르델과 카이텔이 같이 있었다. 더불어 처음 보는 아저씨도. 저 사람은 누구지?

"앞으로도 우리 앤시프와 우호적인 관계를 이어 나가고자 하는 바람으로……."

처음 보는 복식에 어쩐지 말투가 살짝 딱딱하다. 내가 잘못 느낀 건가? 사신인가 보네. 훔쳐 들으니 앤시프의 사신인 듯했다.

"파파."

아무래도 어린애라 그런지 막 함부로 난입을 해도 아무도 나의 존재를 모를 때가 있었다. 그리고 지금도 그랬다. 내가 카이텔의 자 코밑까지 가서 바지를 잡아당겨서야 카이텔이 내게 시선을 준다. 왜 불렀냐, 인마.

마음 같아서는 뭐냐고 시비라도 걸고 싶지만 현실은…….

시선이 마주치자 생긋 웃는 내 얼굴을 내가 쥐어 패고 싶었다, 엉엉. 하지만 프레치아의 황궁을 털자마자 황제를 비롯한 모든 황족을 단칼에 전부 베어 버렸단다. 요새 좀 만만해지긴 했어도 이 자식은 아직도 미친놈이었다. 무서워.
"왜 이제 온 거지? 부른 지가 언젠데."
뭐래. 녀석의 허벅지에 걸터앉으며, 나는 잠시 얼굴을 찡그렸다. 들려오는 말이 참 가소롭다.
"불만이면 아빠가 오던가."
"……."
오기 싫은 거 억지로 와 줬더니 왜 이제 왔냐니, 뭐 뀐 놈이 성낸다고, 딱 그 짝이었다. 내 현란한 대꾸에 뒤에서 누가 끅끅댄다. 보나마나 페르델이겠지. 안 봐도 TV 생방송 라이브였다.
살짝 일그러진 표정으로 카이텔이 페르델을 노려본다. 페르델은 웃느라 눈물까지 흘렸다. 그게 그리도 웃겼더냐?
"오, 이분께서 그 유명한 아리아드나 공주님이시군요."
페르델이 웃든 말든 처음 보는 아저씨의 아는 척에 나는 반사적으로 카이텔의 몸에 붙었다. 제 오른팔로 내 허리를 감은 카이텔이 좀 더 제게 바싹 안기게 당긴다. 나와 시선이 마주친 사신은 그 모습을 보더니 말없이 웃었다. 내가 웃기냐.
"과연 소문대로 어여쁘십니다."
무슨 소문이 어떻게 난지는 모르겠다만 나는 예뻤다. 그건 사실인걸. 무려 내가 반한 미모였으니까! 그래도 카이텔이 아빠라서 좋은 점이 하나 있다면 그건 바로 우수한 유전자를 물려줬다는 사실이었다. 그 외엔 그다지. 근데 이 아저씨가 누구 맘대로 남의 손을 막 잡아?
"공주님의 앞날에 광명이 가득하기를."
내 자그마한 손등에 짤막한 키스를 남기며 아저씨가 눈을 감는다. 기도라도 하는 건가? 주기도문이라도 외우는 모습이라 난 마냥 신기했는데, 날 안고 있던 카이텔의 표정은 좋지 않게 일그러졌다. 그러나 사신은 그것까진 신경 쓰지 않았다. 이 아저씨, 깡따구 있네.

"그럼 전 이만 가 보겠습니다. 즐거운 시간이었습니다, 폐하."

내가 와서 나가는 건가. 자리에서 일어나 처음 보는 자세로 인사를 하는 사신 아저씨를 보니 괜히 미안했다. 뭐, 지 볼일 다 끝났으니까 나가는 거겠지만.

"뭘 하고 온 거지?"

"알아서 뭐하게."

뒤에서 페르델이 또 낄낄거린다. 좋냐, 그게 그렇게 좋냐?

페르델이 웃든 말든 난 오랜만에 보는 애비를 불만스레 올려다보았다. 사신 접대하느라 밥때도 못 보고, 자는 것밖에 못 보는 애비가 마찬가지로 불만스레 날 내려다본다. 뭘 봐, 짜샤.

"요새 내 따님이 나한테 오만불손해진 것 같지 않나?"

아닌 게 아니라 사실이다. 조금이라도 건방지게 굴면 목이라도 자를 줄 알았는데, 어느 순간 그게 아니라는 걸 깨달은 후로부터 가끔 이랬다. 대놓고 그러는 건 오늘이 처음이지만. 이게 다 내가 아빠를 잘 길들여서 그래. 사실 이 정도 건방짐은 애교지, 헤헷.

"네가 요새 많이 안 놀아 줘서 삐진 거 아니야?"

그런 거 아니거든. 내가 애도 아니고 그런 걸로 삐지냐?

아, 애 맞구나. 아무튼 그래도 그런 것 때문에 이러는 게 아니었다. 얌전히 애비의 품에 안겨 있자니 카이텔이 디저트로 나온 초콜릿을 집어 든다. 초콜릿 싫어하는 놈이 웬일이지? 뚱하니 보고 있으려니 그 초콜릿이 곧 내 앞으로 들이밀어졌다.

"먹을래?"

"응."

"안 줄 건데."

……이 새끼가.

내 반응이 싸늘하다는 걸 안 건지 카이텔이 낮게 웃었다. 웃기냐? 웃기냐고! 이런 게 웃기냐고!

이런 놈을 애비라 믿고 살아야 한다니, 앞으로의 내 인생이 너무 불쌍했다. 하긴 난 태어날 때부터 불쌍한 몸이었어. 불쌍한 걸로 1등을 먹을 수도 있을 거야.

안 준다더니, 바로 내 입으로 초콜릿이 들어온다. 생각 같아선 먹여 주는 저 손도 깨물어 버리고 싶었으나 참았다. 그러면 정말 죽겠지.

"맛있어!"

내 대답에 카이텔이 웃었다. 그래 봤자 늘 짓는 비뚜름한 비웃음이지만. 앞에서 페르델은 이미 난리가 난 지 오래였다.

"나도 먹여 보고 싶어, 나도 먹여 보고 싶어, 나도 먹여 보고 싶어!!"

가서 네 아들 젖병이나 물려.

내가 쌩하니 외면하자 페르델이 절규한다. 딸을 가지고 싶다는 강한 열망이 여기까지 전해져 오는 절규였다. 아, 근데 초콜릿 진짜 맛있네. 매일 먹는 거지만 질리지가 않는다. 우리 주방장은 진짜 무형문화재로 지정을 해야 해.

"웃어 봐."

"싫어."

내 한 살배기 적엔 네가 웃으라는 대로 웃었다만 지금은 상황이 많이 다르다! 나는 내 정체성과 자존심을 지키겠어! 네가 시킨다고 절대 웃지 않을 거야! 절대 웃지 않을 거라고! 하늘이 두 쪽 나도 웃지 않을 거야!

"웃어 봐."

"싫다고!"

"웃으면 과자 줄게."

고작 그런 걸로 내가 넘어갈 거 같냐?! 이 자식, 네가 날 너무 얕봤구나!

"헤헤헤, 과자!"

……는 개뿔. 카이텔은 날 제대로 파악했음이 틀림없었다. 아, 오늘 하늘이 두 쪽 나는 날인가 벼.

따라 웃으며 카이텔이 약속대로 과자를 주어 내 입에 넣어 준다. 왜인지 받아먹으면서 슬펐다. 내가 이거 먹겠다고 내 정체성과 자존심을 버리다니. 망했어. 난 끝났다고! 희망이 보이지 않아.

"잘 웃네."

미안하다. 잘 웃어서.

도도한 애기가 되고 싶었는데, 내가 그건 정말 못 되는 모양이었다. 다음 순간 작은 별 모양의 쿠키 하나를 카이텔이 준다. 자연스럽게 입을 벌렸는데, 그 순간 쿠키가 뒤로 빠졌다. 응?

"줄까?"

……이런 시발!

좀 평범한 애비가 될 생각은 없는 거니, 너. 내가 정말 심각하게 구겨진 얼굴로 쳐다보니 그제야 지도 머쓱했는지 바로 입에 넣어 준다. 조금 커서 한입만 베어 먹고 쿠키를 내 손으로 잡으며, 나는 녀석을 노려보았다. 네가 애비냐, 웬수냐?

"정말 못생겼다."

저 자식이 내 찬란한 미모를 보고 뭐래. 너도 못생겼어. 나만 못생긴 거 아니라고. 애초에 내가 네 딸이거든? 시간이 멀다 하고 매번 하는 말이라 이제 억울하지도 않았다. 하긴 전엔 벌레 같다 그러고, 개 같다고 그러고. 아, 나, 이 자식.

"어떻게 이렇게 못생길 수가 있지."

그러니까 너도 못생겼다니까. 나는 나지막이 한숨을 내쉬었다. 그리고 뭘 모르는 카이텔에게 인생의 진리를 가르쳐 주었다.

"그건 아빠 닮아서 그래."

내 대꾸에 카이텔의 얼굴이 미미하게 굳는다. 뒤에서 페르델은 이미 큭큭거리느라 난리였다.

"못났다."

"아빠 닮았다고."

"못생겼네."

"아빠 닮았잖아."

아빠를 닮았으니까 나도 못생겼지. 안 그래? 그게 만고불변의 진리인 양 고개를 끄덕끄덕하니 카이텔의 얼굴이 심각하게 구겨졌다. 그걸 보고 나는 속으로 낄낄댔다. 텔아, 넌 아직 이 누님을 따라오려면 멀었다, 껄껄.

"어릴 땐 벌레 같더니."

"응. 아빠 닮아서."

"개도 닮았는데."

"그것도 아빠 닮아서."

고양이도 닮았단 소리 들었던 것 같은데, 그건 말이 없다. 잠시간 깔린 침묵에 나는 말똥말똥 카이텔을 올려다보았다. 무슨 생각을 하는 건지 잔뜩 불만 어린 표정으로 날 내려다본다. 그렇게 보면 뭐 어쩔 건데? 왜? 한 대 치기라도 하게? 하지만 내가 이렇게 귀엽고 사랑스러운데 과연 네가 날 칠 수 있을까?!

치겠구나. 나는 재빨리 빙그레 웃었다. 웃는 얼굴엔 침 안 뱉는다니까. 물론 보증은 없는 이야기지만.

"……자세히 뜯어보니 좀 예쁘군."

"내가 좀."

가차 없이 카이텔의 얼굴이 구겨진다. 나는 속으로 낄낄 웃었다. 웃기시네, 그렇게 말하면 내가 또 아빠를 닮아서라는 대답을 할 줄 알았더냐! 내가 그렇게 단순한 줄 아나.

갑자기 옆에서 큰 웃음이 터진다. 아까부터 끅끅댔던 페르델은 제 배를 쥔 채 테이블에 머리까지 박으며 박장대소하고 있었다.

"푸흡, 천하의 카이텔이. 아, 나 미치겠다, 진짜."

미치지 마. 그런다고 미치면 어떡하니?

빵 터져서 제 몸을 주체를 못하는 페르델을 본 괜히 한숨이 나온다. 아무리 카이텔 엿 먹이는 걸 좋아해도 저렇게 좋아할까.

"그만 웃어, 못난아."

"헉, 공주님."

이러다가 애비 빡치면 네가 책임질 거냐, 응? 내 말에 카이텔이 고개를 끄덕인다.

"못난이, 그만 웃으래."

"야."

"우리 따님이 그랬어."

이 유치한 어른들을 어쩌면 좋으니. 나는 그냥 고개를 설레설레 저었다. 아무튼 애비나 저놈이나 똑같아.

쿠키 하나를 다 먹어 치우고 음료를 찾자 카이텔이 제 앞에 있던 찻잔을 준다. 이거 뜨거운 거 아니야? 식어서 뜨겁진 않았는데, 아직 어린애 입맛이라 그런지 맛이 더럽게 없었다. 이걸 뭔 맛으로 먹어.

내가 인상을 쓰자 지켜보던 카이텔이 웃는다. 그걸 보니 일부러 이걸 먹인 건가 싶기도 한 게 이놈의 애비는 이미 나에게 신용을 잃은 지 오래였다.

"시르는?"

"쌍둥이 키우느라 바쁘죠. 공주님 자주 안 오시니 서운한가 봐요. 애들도 공주님 보고 싶다고 아주 난리입니다."

"걔네 아직 말 못하잖아."

태어난 지 이제 6개월 정도밖에 안 됐을 텐데, 지금 말을 한다면 그건 인간이 아니었다. 내 대꾸에 페르델이 곤란한지 시선을 피한다.

"마, 마음의 소리?"

뭐래?

내 시선이 차가워지는 걸 느낀 건지 페르델이 하하하 어색하게 웃었다. 나와 같이 카이텔도 이쪽에 한심한 시선을 던졌다. 쯧쯧, 왜 그러고 사니?

"폐하, 에스니아의 사신들이 알현을 청하옵니다."

언제 들어온 건지 모를 시종 오빠가 꾸벅 허리를 굽히며 말한다.

그와 동시에 카이텔의 한숨이 내 뺨에 닿았다. 카이텔이 잠잠히 미간을 좁힌다. 또 가네. 또 그놈의 협정인지 뭔지 때문에 사신 보러 가는 건가? 전쟁이 끝난 지 벌써 반년이 넘어가는데, 이놈의 전후 처리는 끝날 줄을 모른다. 나는 몇 달째 쉴 틈 없이 시달린 카이텔이 조금, 아주 조금 안쓰러웠다. 나랑 많이 놀지도 못하고…….

"공주님은 내가 보고 있을게."

어서 다녀오라는 듯 페르델이 권한다.

순간 애비가 나와 시선을 맞추었다.

응? 으응? 왜? 또 웃어 줄까?

"저 변태가 네 몸에 손대면 사형시켜라."

"야, 카이텔!"

카이텔이 빙그레 웃는다. 그래 봤자 얄짤없는 비웃음이었지만 그래도 이제 몇 년 봤다고 그게 기분 나쁠 때 짓는 미소인지 기분 좋을 때 짓는 미소인지 구별하는 게 가능했다. 이건 기분 좋을 때 짓는 미소다.

"응! 알았어!"

막상 부른다는 소리를 들을 땐 죽어라 오기 싫더니, 또 보내려고 하니 서운하다. 카이텔의 품을 꼭 안아 뺨을 부비부비하다 애비의 뺨에 '쪽' 소리가 나도록 뽀뽀를 해 준다. 이제 일하러 가는 사람이니 이 정도는 해 줘야지. 내 뽀뽀에 카이텔이 웃었다. 그리고 그도 내 이마에 작은 키스를 남긴다.

"다녀오세요!"

카이텔이 일어나고 나는 혼자 남겨진 의자에 선 채로 등받이에 몸을 기댄 채 손을 흔들었다. 나가다가 카이텔이 한 번 뒤돌아본다. 나는 최대한 내가 지을 수 있는 예쁜 미소를 보여 주었다. 별다른 반응은 없었지만 어째 표정이 더 부드러워진 듯한 카이텔이 식당을 나간다. 단지 사람 하나 나갔을 뿐인데, 순식간에 텅 빈 듯한 느낌에 나는 입술을 깨물었다.

"앗."

"고, 공주님."

주저앉으려고 몸을 흔들었는데 순간 의자가 흔들렸다. 어, 어어! 넘어질 뻔했는데, 다행히 페르델이 내 몸을 붙잡았다. 일단 넘어지지 않아서 다행이긴 한데.

"어, 내 몸에 손댔다!"

순식간에 둘 사이에 무거운 침묵이 가라앉는다.

"……."

손대면 사형시키라고 했는데. 무려 방금 전에 한 따끈따끈한 말이라 페르델도 외면할 수 없는 모양이었다. 손을 다시 떼기도, 이러고 있기도 곤란한지 페르델의 얼굴이 점점 죽상으로 변한다.

자, 그럼 어떻게 해 줄까? 응?

내가 빙그레 웃자 페르델이 파르르 떨었다.

"하, 한 번만 봐주세요."

* * *

걸을 수 있다는 건 정말 크나큰 축복이다. 걷지 못할 때는 제한되어 항상 고정되었던 내 세계가 걷는다는 것 하나로 성큼성큼 한 발자국씩 넓어진다. 물론 많이 걸으면 아파서 귀찮긴 했지만 나는 내가 이렇게 산책을 좋아하는 사람이 되리라고는 상상도 못했다. 맨날 주말만 되면 늦잠 자고 뒹굴 대며 퍼져 있는 게 일상이었는데.

돼토를 이끌고 그레시토와 손을 잡으며 희사원을 산책하다가 문득 그런 생각이 떠오른다.

"그러고 보니 우리 호수 건너편 가 본 적 없지?"

오늘은 거기나 가 볼까? 그레시토가 고개를 갸웃한다.

"근데 거기 기사단 건물 아니야? 기사님들한테 들켜서 혼나면 어쩌려고 그래?"

"뭐 어때? 나 공주다, 뭐."

이것이 진정한 권력 남용이다. 그리고 여차하면 아무것도 몰랐다고 잡아떼면 되지, 뭐. 어린애라는 건 참 편했다. 내 대답에 그레시토가 어이없다는 듯 쳐다봤으나 나는 깔끔하게 무시했다. 그치만 사실이잖아.

아무리 겨울나무가 있다고 해도 역시 희사원은 겨울보다는 봄이 더 생기 있다. 막 피어난 꽃들 향기를 맡다가 우리는 잠시 엄마가 있는 쪽으로 돌아가는 중이었다. 빨리 돌아가서 돼토 맡기고 기사 관저 가 봐야지! 순식간에 세워진 나의 계획에 그레시토의 의사는 이미 안중에도 없었다. 그런데 갑자기 잘만 가던 돼토가 자리에서 멈춘다. 덕분에 우리 둘은 같이 멈춰 서야 했다.

"돼토, 힘든가 봐."

"야, 산책 나온 지 이제 이십 분도 안 됐어!"

두 시간을 뛰고 이러면 내가 말리지도 않지. 이 자식은 좀 걸을 만하면 바로 퍼져. 네가 부침개냐!

"리아, 진짜 잡아먹으려고 키우는 거 아니야?"

"죽어 볼래, 너."

이게 감히 공주님한테 못하는 소리가 없어. 안 그래도 요새 돼토를 보는 사람마다 언제 잡아먹을 거냐고 물어봐서 짜증나는데, 너까지 그러기냐! 아니라고! 망할, 저걸 잡아서 먹을 게 대체 어디 있다고! 토끼 고기 맛없대!

"너라니, 오빠한테!"

"오빠는 개뿔."

나는 퍼진 돼토를 안아 들었다. 와, 겁나 무거워. 이게 돼지인지 토끼인지 돼지 저금통인지 구별이 안 간다. 내 비웃음에 그레시토가 인상을 썼다.

"이게 오빠한테 하는 말 봐라!"

오빠 좋아하시네.

"고작 삼 개월 먼저 태어난 거 가지고 뻐기긴."

내 대꾸에 울컥한 건지 잔뜩 인상을 쓴 그레시토가 날 노려본다. 네가 노려보면 어쩔 건데?

이상하게 요새 그레시토는 유난히 나한테 오빠라는 소리를 듣고 싶어 했다. 그런다고 해 줄 내가 아니지만. 언젠가 세르이라가 그레시토는 나보다 3개월이나 먼저 태어났으니 오빠라고, 날 잘 돌봐 줘야 한다고 말한 다음부터 이랬는데. 처음엔 그냥 내가 오빠구나 좋아하던 애가 이제는 오빠라는 소리를 나에게 강요하기 시작했다. 오빠가 그렇게 되고 싶은 건가?

흥, 그런다고 오빠 취급해 줄 것 같으냐?

뭐 사실 그레시토도 외동이고, 나도 외동이니, 까짓것 마음 너그럽고 예쁘기까지 한 내가 오빠라고 불러 줄 수도 있었다.
하지만 이상하게 오빠라는 소리가 잘 나오지 않았다. 그래, 안 나온다고. 하긴 작달막한 꼬맹이한테 오빠라고 부르느니 카이텔을 오빠라고 부르지, 쯧쯧.
"야, 네가 기어 다닐 때 난 걸었어!"
"그래도 내가 너보다 정신 연령은 더 높아."
이제 한 살 더 먹어서 내 정신 연령은 스물여섯이거든? 이게 어디서 까불어. 내 몸짓에 안 되겠다 싶었는지 그레시토가 세르이라 있는 쪽으로 고개를 돌린다. 얼씨구! 멀찌감치 서 있던 세르이라가 일린의 손짓에 우리를 돌아본다.
"엄마, 리아가 나더러 또 너래!"
"엄마, 시토가 나더러 이게래!"
세르이라는 놀란 표정이었다. 우리는 경쟁이라도 하듯 세르이라한테 달려갔다. 떠들어 대는 우리를 보고 세르이라가 곤란한 듯 웃는다. 이 자식아, 너 때문에 세르이라한테 내 이미지가 점점 안 좋아지잖아!
"그렇다고 이걸 엄마한테 쪼르르 이르니, 이 쫌생아!"
"뭐? 리아, 너도 같이 일렀잖아!"
그건 네가 일렀으니까. 왜인지 그레시토가 하면 나도 따라 하게 된다. 가끔은 이런 꼬맹이랑 다투고 있는 내가 한심하긴 했지만. 그래도 재밌긴 재밌다. 특히 그레시토가 울상을 짓는 게 제일 재밌었다. 억울한 표정으로 그레시토가 또 울상을 짓는다.
아, 귀여워라. 울상 지을 때마다 늘어지는 저 뺨을 진짜 꾹 잡아서 쭉 당기고 싶었다.

어느새 다가온 세르이라가 상냥한 목소리로 우리를 타이른다.

"그레시토, 오빠가 되어서 공주님한테 그렇게 무례하게 굴면 어떡하니?"

"그, 그치만 엄마."

"엄마 말 들었지?"

엄격한 목소리에 그레시토가 입을 다문다. 먼저 혼난 게 어지간히 싫은 모양이었다. 조금만 생각해 봐도 알 텐데. 우리 둘이 싸우면 곤란한 건 세르이라고, 세르이라의 입장에선 당연히 먼저 제 자식인 그레시토만 나무란다. 네가 오빠니까 참으라고! 그것도 못 참냐고! 매일 이어지는 뻔한 패턴인데, 어째 매번 당한다.

내가 뻐기듯 웃자 열 받는지 그레시토가 살벌하게 노려본다.

어쭈? 네가 노려보면 어쩔 건데. 혀를 쏙 내밀어 얄밉게 웃으니 그레시토가 입술을 앙다문다. 그래 봤자 이미 대세는 나에게로 기울었단다, 아가야.

"리아, 미워!"

우렁찬 소리와 함께 그레시토가 달려 나간다. 으아아. 귀청 떨어지겠네.

"저건 뻑하면 내가 밉대."

내가 지 동네북이지요, 아주, 하. 저렇게 도망가 버리면 또 내가 찾아야 하는 거잖아, 망할 놈. 가끔은 내가 상전인지 쟤가 상전인지 헷갈린다. 불만스레 돼토를 바닥에 내려놓고 입술을 삐죽이니 세르이라가 내 머리를 쓰다듬었다.

"공주님도 싸우지 말고 그레시토랑 잘 놀아 주세요."

"응, 알았어."

뒤이어 떨어지는 엄한 목소리에 괜히 몸을 움츠린다. 그레시토는 맨날 자기만 혼난다는 생각을 하는데, 나도 그냥 넘어가는 건 아니었다. 혼이 안 나는 것도 아니었고. 단지 난 바로 수긍을 하고 넘어가기 때문에 별거 아닌 듯 보이는 것뿐이었다. 아무튼 하나만 알고 둘은 모른다니까.

"기다리고 있어. 내가 찾아올게."

"쿠키면 되나요?"

세르이라가 웃음기 어린 목소리로 대꾸한다. 매번 이렇게 그레시토가 도망가고 내가 찾아오면 둘이 손잡고 돌아와서 간식을 먹는 게 일상이어서 생긴 일이었다. 쿠키라, 쿠키. 흠, 쿠키도 좋긴 한데, 지금은 다른 게 더 당긴다.

"아니. 스콘으로 준비해 줘!"

"네, 공주님, 대령합지요."

세르이라의 너스레에 괜히 둘이 웃는다. 뒤에서 정리하다가 이 상황에 못 낀 일린이 불만스레 쳐다봤지만 일린에게도 미소 한 번 지어 주고 마지막으로 바닥에 내려놓은 돼토를 이끌었다.

"자자, 돼토야, 토실토실 시토, 네 형 찾으러 가자!"

빨리 찾아와서 스콘 먹어야지. 열심히 목줄을 잡아끌었지만 어째 이놈의 토끼는 움직일 생각도 안 했다. 아, 진짜. 가자면 갈 것이지. 돼토는 그저 바닥에 대고 쿵쿵거렸다. 아, 이 돼지 새끼.

"다녀오면 스콘 줄게."

혹시나 해서 속삭이니 바로 튀어 나간다.

아아아아, 야! 좀 천천히 달려! 대체 토끼 주제에 인간의 말은 어

3. Take me into your world

찌 알아듣는 건지 스콘이라는 말에 반응하는 속도 좀 보게나. 이 돼지, 네가 그러니까 살이 안 빠지는 거 아니야!

"앤 토끼 주제에 뭐 이리 단걸 좋아해."

내가 매일 깨끗한 채소랑 건초 주는 데도 내 간식 뺏어 먹고, 그러고도 산책을 나오면 길가의 풀을 또 처먹는다. 원래 사람이 먹는 건 동물한테 해로운데. 내 걱정도 모르고, 돼토는 무사태평이다. 너, 내가 세르이라랑 주방장이 돼토는 먹여도 되는 종이라 괜찮다고 해서 참는 거야. 알아? 원래대로라면 안 준다고 이런 거!

구시렁구시렁, 내 목소리는 들리지도 않는지 돼토 주제에 엄청 빠르게 움직인다. 그래, 이렇게 움직일 수 있으면서 왜 맨날 산책할 땐 기어 다니는 건데, 너.

어휴, 맨날 이렇게만 움직이면 돼지라고 놀림 받는 일도 없을 텐데. 괜히 한숨을 내쉬며 고개를 설레설레 내저었다. 근데 이놈은 어디로 뛰어간 거야.

"저긴가?"

잠시 넋을 놓고 방향을 고르고 있었는데, 갑자기 돼토가 쌩하니 움직였다. 순간 너무 빠른 움직임이라 그만 손에 쥐고 있던 목줄을 놓쳤다.

"야, 야! 너 갑자기 어디 가!"

당황한 것도 잠시, 재빨리 돼토의 뒤를 따라 뛴다. 이게 대체 무슨 일이야! 너 어디 가냐고!

내가 하다 하다 이제 이런 짓까지 하는구나. 아무리 돼지 토끼라도 토끼는 토끼다. 나는 금세 우리 돼토의 뒤꽁무니를 놓쳐 버리고 말았다. 아, 진짜 겁나 빨라.

"아, 몰라! 포기!"

이제 어디 갔는지 방향도 모르겠다. 가쁜 숨을 몰아쉬며 나는 바닥에 철퍼덕 주저앉았다. 망할 돼지 새끼, 평소에나 저렇게 뛰어 보지. 아, 숨차. 아이고, 죽겠네.

"여긴 또 어디야?"

돼토의 뒤꽁무니만 보고 따라 뛰었던 터라 어디로 온 건지 알 수가 없었다. 어디가 어딘지 모르겠네. 익숙한 풍경이긴 했는데. 뭐, 어차피 희사원 근처니까 거기가 거기겠지만.

아무 생각 없이 단지 여기가 어디인고 하며 발을 옮겼는데, 그 발걸음이 멈춘다.

어쩐지 익숙했다 했다. 이 근처는 바로 겨울나무와 이어지는 길이었다. 매일 가고 항상 가는 겨울나무로. 그러나 평소와 다른 풍경에 멀거니 서서 겨울나무를 응시했다. 아니, 정확히는 그 아래를 보았다.

누군가 있었다.

"어?"

하얗게 쌓인 눈이 흩뿌려지듯 겨울나무의 하얀 가지가 흩날린다. 그 아래에 한 남자가 무릎을 꿇고 있었다. 흰 겨울나무와 대조되게 온통 검은 철갑으로 뒤덮인 남자. 그 옆에 놓인 긴 장검이 기사라는 걸 알려 주었으나 그것보다는 다른 것이 더 시선을 사로잡는다.

옅게 빛나는 머리카락이 푸른빛을 머금는다. 마치 호수의 물결을 보는 듯한 색채. 청은발의 머리카락이 늘어진 채로 그 남자는 조용히 무릎 꿇고 있었다.

아니.

······울고 있었다.

벌써 여름이 오기라도 한 듯 푸르른 잎사귀가 무겁게 쓸리는 소리가 귀를 멀게 한다. 흡사 시간이 멈춘 기분이었다. 따사로운 햇살, 그 아래 거대한 하얀 나무, 그리고 검은 남자.

나는 숨을 죽인 채 먼 발치에 서서 그저 우두커니 응시할 뿐이었다. 우는 건지 울지 않는 건지 알 수 없다. 아니, 모르겠다. 우는 건가? 울지 않는 건가? 그렇게 멀지 않아서 제법 가까운 데도 헷갈렸다.

곧이라도 부서질 듯한 위태로운 표정으로, 파문이 일면 흩어질 그림처럼, 소리조차 점멸하는 그 공간에서. 단지 지각할 수 있었던 것 하얗게 빛나는 무엇. 소리 없이 떨어지는— 물방울.

나는 놀란 채로 숨을 멈추었다.

도대체 무슨 말을 할 수 있을까. 알 수는 없었지만 서서히 잠식당하는 감각에도 이상하리만치 그 모습이 아프게 박힌다. 알 수 없는 서늘한 무언가가 심장을 파고들었다. 그것은 생전 처음 느껴보는 아릿한 감각.

그리고 그 순간 그 남자가 고개를 들었다.

길고 유려하게 뻗은 속눈썹 사이로 마주친 것은 눈동자. 바라보기 힘들 정도로 맑은 눈동자였다. 황금을 품은 짙은 녹색의 눈동자와 시선이 마주친다. 그 순간 갑자기 정신이 번뜩 들었다.

내가 지금 여기서 뭐하는 짓이지?

"어, 어!"

일국의 공주가 우는 남자나 훔쳐보고 있다니! 순식간에 뺨이 달아오른다. 허둥지둥 어쩔 줄을 모르다가 나는 그냥 아무 방향으로 나 달렸다. 에이씨, 나도 몰라! 그렇다고 무슨 부끄러운 짓을 한 것도 아닌데, 왜 이렇게 부끄럽지? 진짜 격하게 부끄러워서 죽고 싶다. 최대한 멀리 떨어지기 위해 아무 방향이나 내달렸는데, 앞도 안 보고 내달린 게 화근이었는지 금세 무언가와 부딪혔다. 머리를 박고 넘어져 바닥을 나뒹군다. 나는 고통이 엄습하는 머리를 잡아 쥐었다. 아, 아파.
"아파!"
어? 이 목소리는? 익숙한 목소리게 눈을 번쩍 뜨니 눈앞에 뒹굴고 있는 건 다름 아닌 그레시토였다. 뭐야, 이 자식, 왜 여기 있어? 아무튼 찾는 수고를 덜어서 좋긴 하다만. 아, 골이야. 아파서 죽겠네.
"리, 리아, 아무리 내가 미워도 그렇지."
"너 안 미워."
"아아아, 머리 아파!"
"나도 아파 죽겠거든?"
넘어진 바람에 무릎도 까졌다. 죽겠네. 한참을 둘 다 바닥을 뒹굴며 아파하다가 시간이 지나고 좀 고통이 가시자 일어나 앉는다. 얼마나 아픈지 눈물이 절로 나왔다, 훌쩍.
"왜 그래?"
응? 뭐가 왜 그래? 아프니까 울고 있는 거잖아. 너도 울고 있으면서 왜 그래?
그래도 이 충돌 사고로 내 감각은 확실히 현재로 돌아왔다. 아까는 뭐랄까. 꿈. 그래, 마치 꿈을 꾸기라도 하는 기분이었는데. 아직도 몽롱하고 무언가 아릿한 감각은 손끝에 남아 있었지만 그게 정확히 어떤 감각인지는 알 수 없었다. 도대체 뭐지, 이거?

"표정이 이상해서. 뭐 이상한 거라도 봤어?"

이놈, 귀신일세. 하긴 그레시토는 원래 내 반응을 나보다 더 귀신같이 잡아내는 놈이었다. 뭐, 숨길 것도 없지.

"이상한 걸 봤어."

한숨 쉬듯 내뱉은 내 말에 그레시토가 고개를 갸웃한다.

마치 아까의 감흥을 가라앉히기라도 하는 듯 나는 크게 숨을 몰아쉬었다. 누구지, 그 사람. 어쩐지 마냥 낯설지는 않았다. 언젠가 본 적이 있었던 것 같은데, 이런 서늘함. 생각을 거듭하면 거듭할수록 이상하게 자꾸 가슴이 뛴다. 서, 설마 반한 건가. 아니, 그런 느낌은 아닌 것 같은데…….

"눈동자, 정말 예뻤어."

그레시토가 무슨 말이냐는 듯 고개를 갸웃한다. 나는 내뱉어 놓고 곧 아무것도 아니라는 듯 고개를 가로저으며 환하게 웃었다. 웃고는 있지만 그래도 뇌리에 남은 그 장면은 좀처럼 잊히지 않는다. 그 남자가 누구인지도 모르겠고, 대체 왜 우는 건지도 모르겠지만…….

처연했다. 아무것도 모르는 나조차 찡할 정도로.

"그런데 돼토는 어디 있어?"

"돼토?"

아, 맞다! 돼토! 이 자식이 정말 어딜 간 거야! 혼자 사라지고, 나 그렇게 버리고, 이 나쁜 놈.

그레시토가 고개를 갸웃하며 내 주위를 살핀다. 나는 고개를 가로저었다. 나한테 없어, 돼토 새끼.

"어, 돼토다!"
어? 어디 어디?
그레시토가 가리킨 건 멀지 않은 호숫가였다. 그 근처에서 풀을 뜯고 있는 하얀 털북숭이. 나는 그 모습을 보자마자 열을 냈다.
"이 돼지, 그렇게 먹고도 또 처먹고 싶냐?!"

멍하니 먹던 푸딩을 내려놓고 한숨을 내쉰다. 앞에서 내가 입을 여름옷을 고르던 세르이라가 고개를 들었다. 하루가 다르게 자라는데, 옷을 매번 딱 맞는 걸 입혀서 세르이라는 3개월에 한 번씩 새 옷을 주문해야 했다. 카탈로그를 보며 뭘 입힐까, 어떻게 꾸며줄까 고민이더니 내 한숨 소리에 의아한 모양이었다. 나는 아무것도 아니라는 듯 고개를 내저었다. 아, 먹을 기분도 안 나.
"공주님, 어디 아프세요?"
"아니."
"그런데 왜 갑자기 기운이 없어요."
상냥한 손이 내 이마를 짚는다. 걱정스러운 목소리에 언뜻 죄책감이 들었으나 그래도 어쩔 수 없었다. 나도 내가 왜 이러는지 모르겠거든.
무언가 바뀌었다. 분명 평소와 다를 바 없는 하루인데, 뭔가가 달라졌다. 아침에 잘 일어나서 밥 잘 먹고 간식도 잘 챙겨 먹고 이제 뭐하고 놀까 그 고민만 하면 되는데, 대체 이 상황은 뭐란 말인가. 또 멀거니 정신을 놓고 한숨을 내쉰다.
아, 안 잊혀지네, 진짜.
"……?"

세르이라가 의아한지 고개를 갸웃한다. 그 얼굴을 보니 평소처럼 굴고 싶은 마음이 막 샘솟는데, 그렇다고 내 상태를 설명해 내기도 귀찮아서 그냥 또 푹 한숨만 내쉬었다. 기분 나쁜 장난에 걸린 기분이다. 보통 그런 거 보면 잊는데, 왜 자꾸 생각나는 거지? 그 사람이 울든 말든 나랑 아무런 관련도 없잖아!

"아빠 보고 싶어."

의자에서 내려오며 내가 한 말에 세르이라가 놀란 표정을 짓는다. 마치 못 들을 걸 들은 표정이라 괜히 말해 놓고 내가 더 놀랐다. 하긴 내가 먼저 카이텔을 찾는 일은 거의 없으니까. 바로 어제만 해도 오늘 내가 먼저 부르지도 않았는데 카이텔을 보러 갈 거라 상상도 못했다.

"제가 데려다 드릴게요."

그래. 손을 뻗어 일린의 손을 잡았다. 세르이라가 걱정스런 시선을 보낸다. 걱정하지 마, 엄마. 그렇게 심각한 일 아니니까.

시간을 보아하니 카이텔이 집무실에 있을 시간이다. 그럼 오랜만에 휴게실에 가게 되는 건가?

"다녀올게요."

갓난아기 때는 내 방과 카이텔의 집무실이 한없이 멀었는데, 어째 걸을 수 있게 되니까 생각보다 가까워서 놀란다. 하긴 내 방은 아빠 침실이랑 알현실이랑도 가까웠다. 원래 후계자가 머물던 궁이라니까. 집무실로 가까이 다가가니 문을 지키는 수행원들이 날 내려다본다.

"파파, 안에 있어?"

"예, 계십니다. 들어가시려고요?"

응응. 고개를 끄덕이니 내 앞의 문이 열렸다. 나는 시종이 안에다 내가 온 걸 알리기 전에 먼저 들어갔다.

집무실이라고 말은 하지만 정확히는 집무실 뒤에 딸린 휴게실, 익숙한 풍경이 날 맞이한다. 오오, 저도 모르게 드는 반가운 마음에 활짝 웃었다. 오랜만인데? 그러고 보니 여기는 내가 희사원에서 노는 시간이 많아지며 자연스럽게 발길을 끊었던 곳이었다.

"아빠!"

늘 앉던 소파에 늘 앉던 자세로 카이텔이 앉아 있다. 안경을 쓴 채 서류를 훑던 카이텔의 고개가 내 목소리에 돌아갔다.

이 몸이 오셨도다. 나는 냉큼 그의 품에 달려들었다.

제 손에 들린 서류를 내려놓고 애비가 날 들어 안는다. 속히 그 허벅지에 걸터앉으며, 헤헤 웃는다. 그래도 꼴에 아빠라고 네가 이제 자연스럽게 날 안는구나, 애비야.

"무슨 일이지?"

갑작스런 내 출현에 놀라긴 한 건지 카이텔의 음성이 평소와 다르다. 어떻게 다른지는 모르겠다만 그냥 다르다는 것만 알았다.

왜, 내가 널 보러 올 줄 몰랐냐? 하긴 나도 몰랐어.

"그냥, 보고 싶어서."

"별일이군."

무심하게 대꾸하긴 했지만 내 대답에 카이텔은 꽤 기분이 좋은 듯했다. 날 쓰다듬는 손길이 평소보다 더 부드럽다. 큼지막한 손이 쓰다듬는 게 너무 다정해서 나도 모르게 고개를 끄덕끄덕 흔들었다.

"우리 따님이 날 보러 온 건 처음인 것 같은데."

어, 그걸 용케 아네. 조금은 놀랐다. 전혀 이런 거에 신경 안 쓸 것 같아서 모를 줄 알았는데. 비틀린 그 미소야 여전했지만 그게 그렇게 얄밉지가 않다.

"나쁘지 않네."

나쁘지 않긴. 좋아 죽겠다고 해야지! 아무튼 솔직하지를 못해요. 내가 고개를 가로젓자 카이텔이 비식 웃는다.

"이제 세 살이던가?"

"어, 세 살!"

"벌써 세 살이군."

벌써라니. 야, 난 이제 세 살이다. 아직도 자랄 생각에 까마득했다. 언제 자라냐, 대체. 내 맘도 모르고 카이텔이 내 흐트러진 머리카락을 귀 뒤로 넘겨준다. 이제 제법 길어져서 머리카락은 벌써 허리까지 왔다.

"이제 제법 인간 같군."

"그 전도 인간이었는데."

그 전의 전도 인간이었거든? 넌 왜 자꾸 날 괴물로 못 만들어서 안달인데. 어? 난 태어날 때부터 인간이었고, 지금도 인간이고, 앞으로도 인간이라고! 내 종족을 함부로 바꾸고 그러지 말란 말이야!

"그래?"

내 소리 없는 아우성이 들리지 않는지 카이텔이 웃는다. 그걸 비웃는 저의가 뭐니. 이상하게 배알이 꼴린다.

마음 같아선 팔뚝이라도 물어뜯고 싶었는데, 일단 참았다. 아직은 그런 짓을 하고도 살아남을 용기가 없어. 아무리 카이텔이 제 것에겐 너그럽다지만 그건 자기에게 해가 되지 않는 한도 내에서였다. 아, 용기 없는 내가 슬프다.

"작구나."

"응?"

"여전히 작아."

내가 작은 게 하루 이틀 일도 아니고, 뭘 새삼스레.

"그야 난 아기니까!"

웃으며 대꾸하니 카이텔이 덩달아 웃는다. 그냥 픽하는 미소였는데 보기 드문 기분 좋은 미소라 보던 내가 더 깜짝 놀랐다. 늘 짓는 비웃음이 아니라 진짜 미소다. 우와.

근데 정말 매번 생각하는 거지만 참 잘생겼다. 고놈, 참 잘났네. 애비야, 네 외모는 인류의 보배로구나. 네 자식이 나밖에 없다는 건 이 행성의 저주니라.

"너 아기야?"

"응."

"누가 그래?"

"내가!"

자랑스레 떠벌리자 카이텔이 가볍게 부정한다.

"아냐."

그 대답에 나는 인상을 찌푸렸다. 아니긴 뭐가 아냐.

"나 아기 아냐?"

"그래."

이 자식이 지금 뭐래? 내가 아기가 아니면 그럼 누가 아기야! 아기는 아기니까 아기지. 응? 잠깐. 아기가 젖먹이 아기만 뜻하는 말이었던가? 그러면 내가 아기가 아니라는 말이 맞긴 한데……. 갑자기 국어사전이 간절해진다. 나는 결국 반신반의한 얼굴로 카이텔을 올려다보았다.
"그럼 뭐야?"
"꼬맹이."
……디질래, 이 새끼야.
내 싸늘한 반응도 모르고 카이텔이 웃는다. 끅끅거리며 웃는 게 더 기분 나빴다. 와, 내가 정색하는 게 웃기냐! 이게 아빠인지 원수인지 구별을 못하겠네. 생각 같아선 뒤통수라도 때리면서 그만 웃으라고 면박 주고 싶은데, 그러면 내가 죽겠지. 결국 나는 가늘게 뜬 눈으로 노려보는 것으로 내 반응을 대신했다.
주먹이 우네.
아니꼽게 카이텔이 웃는 걸 지켜보는데, 휴게실의 문이 열리며 시종이 들어온다. 둘의 시선이 그에게로 향했다.
"폐하, 겨울달기사단장이 뵙기를 청하옵니다."
시종의 보고에 카이텔이 바로 내게 시선을 준다. 응? 왜 보니? 어쩐지 그 눈동자가 나를 염려하는 것 같아 기분이 좀 이상했다. 하긴 제 딸이 저를 보러 왔는데 일 때문에 나가 봐야 한다니, 이게 무슨 소리요, 시종 양반. 나는 애비의 마음을 너그럽게 이해해 주기로 했다.
"기다릴 수 있겠나?"
약간 가라앉은 시선이 카이텔의 붉은 눈동자를 어둡게 보이도록 만든다. 나는 최대한 활짝 웃었다.
"응! 나 이제 아기 아니야."
"그래, 꼬맹이지."

"이씨!"

기껏 훈훈한 분위기 좀 만들어 보려고 했더니, 이게 한시도 그냥 넘어가질 않아요. 내가 인상을 구기자 위에서 자그마한 웃음소리가 들렸다. 웃기냐, 그게 웃기냐!? 이건 내가 인심을 쓰려고 해도 지가 발로 차요, 아오.

때려치워. 안 해! 안 할 거야!

"얌전히 있어라."

작달막하게 웃으며 애비가 내 머리를 쓰다듬는다. 애완동물이라도 쓰다듬는 손길인 건 어릴 때랑 별반 차이가 없었는데, 그래도 요새 쓰다듬는 손길에 더 애정이 담겨 있다고 말하면 누가 비웃으려나. 미친놈은 싫지만 카이텔의 손길은 그래도 꽤 좋았다. 잔뜩 골이 난 상태였지만 몇 번 쓰다듬는 손길에 금세 마음이 녹는다.

네가 이런다고 내가 널 용서할 것 같아? 용서할 것 같냐고!

"알았어. 다녀와."

하, 난 정말 너무 착한 것 같아. 이렇게 착한 딸이 세상에 어디 있어? 카이텔은 정말 복 받은 놈이었다.

주제에 걸을 수 있다고 문까지 쫄랑쫄랑 따라가니 카이텔이 나가기 전 한 번 더 돌아본다. 왜 보냐? 그냥 나와 본 거야. 나 개 아니라고. 그렇게 집 지키는 개 보는 눈으로 보지 마라, 너.

뭐가 그렇게 걸리는지 빤히 보다가 다시 머리 한번 쓰다듬고 방을 나간다. 나는 괜히 고개를 빼꼼히 내밀어 카이텔이 가는 뒷모습을 바라보았다. 카이텔이 가는 곳은 알현실이었다. 만나는 사람이 엄청 거물인가 보네.

이제 혼자 남아서 뭘 한담. 문가에 손을 떼고 입술을 삐죽이고 서 있으려니 갑자기 푸딩이 고팠다. 푸딩! 푸딩! 아까 먹다 말았던 푸딩! 안 되겠다. 아무한테나 가져 달라고 그래야지.
"공주님, 왜 그러세요?"
"나 푸딩!"
복도로 나와 고개를 내밀고 있으려니 바로 시녀가 말을 건다. 시녀 언니는 내 대답에 빙그레 웃으며 고개를 끄덕였다. 그리고 금방 가져다준다는 대답을 남기고 가 버렸다. 그걸 보며 새삼 드는 생각인데, 황궁의 시녀들은 다 얼굴 보고 뽑는 모양이었다.
뭐, 이리 다 예뻐. 물론 내가 젤 예쁘지만.
시녀 언니가 사라지고 나는 얌전히 카이텔을 기다리기 위해 다시 휴게실로 들어가려 했다. 아니, 했었다. 무심코 고개를 돌린 순간 본 사람만 아니었다면.
"어?"
저 사람······. 전에 봤던 그 사람 같은데, 아닌가?
복도의 기둥을 잡고 멈춰 선 채 나는 인상부터 썼다.
전에 보았던 청은발이 햇살 아래 윤기 있게 흔들린다. 귀 밑에 겨우 오는 길이였는데, 단정한 빛깔과 어우러져 꽤 깔끔한 인상을 풍겼다. 아무리 봐도 전에 겨울나무 밑에서 울고 있던 그 남자 같은데, 옷차림이 달라져서 그런지 낯설다.
비록 전엔 검은 철갑을 입고 있었다고 하지만 지금은 아니었다. 옅은 푸른빛을 띠는 셔츠에 하얀색 넥타이, 초승달 모양의 은이 셔츠와 넥타이의 소매를 장식한다. 그 위에 입은 하얀색의 코트와 망토까지 완벽한 기사단의 정복이었다. 물론 저렇게 다 차려입은 모습은 처음 보지만 황궁을 돌아다니며 가끔 마주친 터라 못 알아볼 수가 없었다.

아그리젠트를 수호하는 4개의 기사단.

겨울달, 여름해, 가을별, 봄새벽.

대정령의 가호를 받는 네 정령을 본떠 지은 기사단. 옷의 장신구만 봐도 나는 저 남자가 어디 소속인지 금방 알 수 있었다.

……겨울달.

잠깐, 아까 카이텔을 알현하겠다고 한 사람도 겨울달이었던 것 같은데?

"카이텔을 보러 가는 건가?"

대체 저 남자 누구지? 그것보다 왜 그렇게 처연하게 울고 있었는지가 더 궁금했지만 일단 누구인지부터 알고 싶었다. 갑자기 마음이 급해진다. 끄응, 카이텔이 분명 기다리라고 그랬는데. 순식간에 깊은 내적 갈등이 도래한다.

몰래 훔쳐볼까? 누군지만 알고 다시 돌아오면……. 과연 안 들킬 수 있을지가 걱정이긴 하지만. 입술을 깨문다. 시간이 별로 없었다. 바로 눈앞에서 놓치려니까 진짜 미칠 것 같다.

"에씨, 모르겠다."

푸딩을 가진 시녀가 곧 올 테지만 이미 푸딩에 내 관심이 떠난 지 오래였다. 나는 급하게 카이텔이 있을 알현실 문으로 달려갔다. 솔레이를 지키는 기사들이 나를 보고 놀라는 게 보였으나 어쩔 수 없었다. 니들 공주님이 좀 바쁘다! 좀 비켜 나거라!

어, 저기다.

"공주님!"

알현실 근처에 서 있는 카이텔의 수행원들이 날 보더니 두 눈을 동그랗게 뜬다. 난 조용히 하라는 뜻으로 검지를 입에 가져다 대었다. 그러니까 반사적으로 모두 입을 다문다.
 옳지, 잘했어. 그리고 바로 말리는 사람들을 뿌리치고 알현실의 문을 열었다.
 "고, 공주님!"
 황제가 다니는 문이라 그런지 그 넓은 알현실에서도 하필 이 문은 황좌가 있는 단상으로 연결되었다. 나는 수행원들이 말리기도 전에 그 문으로 쏙 들어갔다. 뒤에서 아우성거리는 소리가 들린다. 그러나 곧 문이 닫혔다.
 모두들, 미안. 살짝 죄책감이 들었지만 어쩔 수 없었다. 그 사람 때문에 어제오늘 내 기분이 정말 거지같았다고.
 저 사람을 이렇게 자주 마주칠 수 있는 것도 아니고, 다음에 또 마주친다는 보장도 없다. 이번 기회가 아니면 다신 기회가 없을 것 같다는 생각이 날 더 절박하게 만들었다. 아, 난 정말 내가 이렇게 호기심이 넘치는 인간일 줄 맹세코 몰랐어.
 문으로 들어가니 황좌의 양옆에 쳐진 거대한 붉은 베일이 내 몸을 가려 준다. 손으로 베일을 살짝 걷어 내고, 나는 기둥에 붙어서 고개를 빼꼼히 내밀었다, 들키지 않게. 다행히 알현실 안의 누구도 나를 눈치채지 못했다. 정말 다행이었다. 어차피 알현실 안에 사람이라고는 나 빼고 둘밖에 없었지만.
 "송구합니다, 폐하. 너무 늦게 찾아뵈었습니다."
 그나저나 저 남자, 진짜로 카이텔을 보러 왔구나.
 단상 아래에서 카이텔을 향해 무릎 꿇은 남자를 보니 기분이 묘하다. 추리가 들어맞은 걸 기뻐해야 할 텐데, 그보다 다른 기분이 더 앞서니, 나 원 참.

"괜찮아."

건조한 목소리가 알현실 안에 울린다. 그게 아까 들었던 음성과 사뭇 달라 무심코 고개를 돌렸다. 카이텔은 어쩐지 미묘한 얼굴을 하고 있었다. 뭐랄까. 뭔가 평소보다 허물어진 듯한 표정. 이게 뭐지? 혹시나 내가 잘못 본 건가. 괜히 눈을 한 번 비비고 다시 본다. 그러나 카이텔은 똑같았다.

뭐야, 저거. 내가 아는 카이텔이 아닌 것 같은데.

"몸은 좀 어때?"

"폐하께서 염려해 주신 덕에 다 나았습니다."

알현실을 짓누르는 공기가 무겁다.

서늘하고 어쩐지 메마른 공기. 쉽게 끼어들 수 없는 분위기가 그 안에 맴돌았다. 몰래 훔쳐보는 거라 안 그래도 숨을 죽이고 있었는데, 상황마저 그러니 숨 쉬는 게 힘들다. 기사와 그의 주군이라는 건 알겠는데, 뭐랄까. 카이텔은 저 남자랑 좀 더 다른 관계에 놓여 있는 것처럼 느껴졌다. 마치 페르델이나, 드란스테 같은.

저 사람 대체 누구지? 둘은 대체 무슨 사이고?

눈동자를 굴려 봤지만 쉽게 알 수는 없었다.

"갔던 일은 어땠어?"

나와 있을 때의 그 카이텔이 아니다. 또한 페르델과 있을 때의 그도 아니었다.

어쩐지 맨 처음 카이텔을 처음 본 날이 떠오른다. 그가 내 목에 손을 댔던 그날, 그때 카이텔이 저랬었다. 저렇게 무미건조하고, 저렇게 메말랐다.

"전부 목을 베어 랑그르의 국왕에게 보냈습니다."

안 그래도 조용한데 그 가운데 둘의 목소리만 울리니 더 고요하다. 숨 막힐 정도로. 나는 조용히 미간을 찌푸렸다.

"그래? 잘했어."

숨 쉬는 것도 신경 쓰일 정도로 적막했다. 작은 내 숨소리가 금세 두 사람의 귀에 들어갈 것만 같았다. 다시 깊은 침묵이 가라앉는다. 깊고 무거운, 어쩐지 심연을 닮은.

그 정적을 깬 것은 카이텔이었다. 이윽고 황제가 입을 연다.

"왜? 더 할 말이라도 있나?"

보고가 끝났으니 응당 나가 봐야 할 기사가 말없이 앉아만 있는 게 의아한 듯 기색이었다. 아니, 정확히는 의아하다기보단 그냥 재촉하는 모양새였지만. 카이텔의 목소리에 무릎 꿇은 기사가 자리에서 일어선다.

그리고 나는 그의 눈동자를 두 번째로 자세히 볼 수 있었다.

짙은 녹색이 금빛으로 빛난다. 그건 생전 처음 보는 굉장히 기묘한 색채였다. 사람의 눈동자가 어쩜 저럴 수 있지? 두 가지 색깔이 섞인 걸로 모자라 황홀하게 어우러져 더없이 아름답게 빛난다. 예쁘다. 생각보다 더 가는 선이 가슴을 두근거리게 할 정도로 여쁘게 그려졌다. 기억했던 것보다 더 고운 얼굴이다. 하지만 무표정 때문에 쉽사리 다가가기 힘든 인상을 풍겼다.

"피곤해 보이십니다."

카이텔이 피식 웃는다.

"피곤해."

그렇게 말하는 목소리는 지쳐 있었다. 너무 무거워서 나는 순간 그게 카이텔의 목소라는 걸 인지하지 못했다. 그 표정마저 피로하다. 나는 조용히 입술을 앙다물었다.

"늘. 항상. 언제나."

지나칠 만큼 덤덤한 목소리.

"피곤하지 않은 적이 없지. 그래서?"

지친 미소가 카이텔의 입가에 걸린다. 그걸 응시하는 기사의 시선이 흔들렸다. 동요하는 제 기사를 보는 카이텔의 시선은 다른 그 누군가를 보던 것과 비교될 수 없을 만큼 너그러웠다.

"저는 언제……"

바닥을 끄는 목소리가 조용히 떨린다.

"죽여 주실 겁니까?"

울먹임마저 깃든 목소리에 나는 홀로 숨을 삼켰다. 지금 내가 뭘 들은 거지? 내 혼란을 수습하기도 전에 카이텔이 눈을 감는다.

"언젠가, 때가 되면."

고요한 음성이 이곳에 내려앉았다.

"지금은 아니야."

그 말은 그러면 언젠가는 죽여 주겠다는 말인가?

순간 생각이 꼬였다. 대체 이 대화 뭐지? 두 사람 사이에 흐르는 이 알 수 없는 긴장감도, 저 도통 이해할 수 없는 대화도 온통 수수께끼였다. 그러나 이것 하나만은 알겠다.

저 남자가 카이텔의 검은 기사, 아시스라는 걸.

그래서 그때 검은 철갑을 입고 있었구나. 검은 기사라는 게 단순히 상징적인 것이라 생각했기 때문에 진짜로 검은 철갑을 입고 있을 줄은 상상도 못했다. 뒤늦은 깨달음에 나는 신음했다.

카이텔의 거절에 아시시는 고개를 숙였다. 떨리는 손이 여기에서도 한눈에 보인다. 그 말은 카이텔에게도 마찬가지로 보인다는 소리겠지. 아시시가 제 붉은 입술을 앙다물었다. 떨고 있는 검은 기사는 멀리에서 봐도 처연하다.
"수많은 생명을 빼앗았습니다. 이 손에 셀 수 없는 많은 영혼들이 신음을 흘리며 죽었습니다. 폐하의 명이라면 갓난아이조차 베는 걸 서슴지 않았습니다."
아시시가 고개를 들었다. 둘의 시선이 허공에서 얽혔다.
"이제 신물이 납니다. 저는 대체 언제까지 이런 삶을 살아야 하는 걸까요. 이런 제가 과연 살아 있어도 되는 것입니까? 숨을 쉬고 있어도 괜찮은 것입니까? 저는 과연 죽어 마땅한 괴물이 아닐까요? 살아 있는 것조차…… 제겐 형벌입니다."
황금을 담은 녹음의 눈동자가 시선을 내리깐다. 그 속눈썹에 걸린 한 방울의 투명한 눈물이 아시시의 뺨을 타고 흘러내렸다. 울음기 어린 목소리는 내가 듣기에도 안타까웠다. 내뱉는 말에 어린 깊이 어린 고뇌에 훔쳐 듣고 있다는 게 미안하다. 죄책감이 가슴에 내려앉았다.
"그럼 저는 죽어야 하는 게 아닐까요? 이런 더러운 영혼으로 살아 있는 것조차 죄악인 건 아닐까요? 그럼에도 살고 싶다고 울부짖는 제 본능은, 이 얼마나 추악한 것이란 말입니까."
마침내 아시시의 몸이 무너진다. 바닥의 대리석이 그의 모습을 깨끗이 반사했다. 그 바닥을 짚으며 그가 울음을 참는다. 그의 턱이 가늘게 떨렸다. 생각 같아선 당장 가서 일으켜 주고 싶은데, 내 자리가 자리여서 움직일 수도 없다. 그저 발만 동동 구를 뿐.

어, 어떡해. 진짜 우는 거야?
"저는 대체 언제까지 이 고통에서 허우적거려야 하는 걸까요?"
 깊고 깊은 목소리가 묻는다. 그 목소리에 어린 고통이 얼마나 되는지 나는 알 수 없었다. 너무 아득해 듣는 것조차 막막하다. 원하기만 한다면 뭐든 해 주고 싶을 정도였다. 허나 도저히 어떻게 해 줄 수 없어서 손톱만 물어뜯는 나와 달리 카이텔은 냉정했다.
"평생."
 옥좌에서 일어선 황제가 제 기사에게로 걸어간다. 한 걸음, 한 걸음. 보는 내가 다 조급증이 날 정도로 느린 발걸음이었다.
"하지만 영원은 아닐 거다."
 아시시의 바로 앞에 선 카이텔이 몸을 낮춘다. 아시시는 바로 앞에서 제 시선을 맞추는 황제를 물기 어린 눈으로 올려다보았다.
"넌 나야. 내가 너고."
 카이텔이 아시시의 어깨에 손을 올린다.
"너는 내 거울이다, 내 기사여."
 아시시는 그저 침울한 표정으로 눈만 내리깔았다. 보통 황제에게 저런 말을 들으면 엄청 영광스러울 텐데, 그에게는 그런 기색은 없었다. 말 없는 그를 카이텔이 일으켜 세운다.
 일어선 아시시는 여전히 음울한 눈동자로 고개를 떨구었다. 카이텔이 한숨을 내쉰다.
"언제고 내가 이 세상을 뜨게 되면 그 전에 너부터 죽여 주마."
 마치 그 말을 기다렸다는 듯 아시시가 고개를 든다. 이번엔 카이텔이 그의 시선을 피했다. 황좌로 돌아가는 카이텔의 뒷모습을 응시하며 아시시가 고개를 숙인다.

"그날을 기다리고 있겠습니다."

그 인사를 마지막으로 그는 알현실을 나갔다. 두꺼운 문이 닫히는 소음만이 알현실 안을 가득 찬다. 멀거니 서서 옥좌를 바라보는 카이텔의 표정은 더없이 냉막했다.

"쟨 아직도 저러네."

낯선 목소리에 깜짝 놀라 옆을 돌아본다. 대체 언제 들어온 건지 내 옆에 어느새 페르델이 서 있었다. 얘, 얘가 대체 여기에 왜 서 있어?! 너무 놀라 숨까지 멈춘 채로 가슴을 꼭 쥔다. 심장 떨어지는지 알았네. 놀란 나를 내려다보는 페르델은 그저 환하게 웃으며 눈을 찡긋했다.

"그게 본성이니까."

카이텔의 시선이 이쪽을 향한다. 나는 마주치는 시선에 깜짝 놀랐다. 어, 어떡해.

"착해. 미련하고. 그리고 바보 같지."

내리깐 시선이 깊게 가라앉는다.

"나랑 다르게."

"그걸 이제 알았냐?"

페르델은 그냥 어깨를 으쓱였다. 그리고 나를 지나쳐 카이텔에게로 다가간다. 나는 당황했다. 어, 어쩌지? 이미 들킨 이상 도망치는 건 글렀다. 게다가 내가 훔쳐 듣고 있다는 걸 페르델이 알고 있을 텐데. 물론 그렇다고 나를 어쩌거나 그러지는 않겠지만.

"파파!"

에라, 모르겠다. 나는 냅다 카이텔에게 달려가 안겼다.

어서 이 몸을 안아라, 애비야! 불안불안했지만 나를 내려다보는 시선은 분명 평소와 다름없었다. 평소와 같은 붉은 눈동자. 다행이다.

"기다리라고 했던 것 같은데."

"아빠가 너무 보고 싶어서."

표정 하나 바꾸지 않고 내뱉는 말에 카이텔이 믿을 수 없다는 시선을 준다. 그래, 나라도 안 믿기지. 하지만 싫은 눈치는 아니었다. 분명히 같은 시선이었는데 묘하게 와 닿는 느낌이 다르다. 이게 아까 아시시를 응시하던 그 눈동자라는 게 믿기지 않았다. 아까는 정말……

"산책이라도 갈까?"

문득 묻는 목소리에 카이텔의 눈으로 가져가던 손이 멈칫한다. 제법 다정한 목소리. 물론 남이 듣기엔 여전히 건조하고 냉정한 목소리였으나 이상하게 내 귀에는 다정하게만 들렸다. 나 그새 세뇌라도 당한 건가? 아니면 콩깍지라도 쓰였나?

"응!"

뭔가 착잡하긴 했지만 그래도 애써 그 씁쓸한 기분을 감추며 웃는다. 내가 고개를 끄덕이자 마주 보던 카이텔이 작게 웃었다. 멀뚱히 웃는 카이텔을 쳐다본다.

"나도 산……, 앗!"

옆에서 끼어들려던 페르델은 카이텔의 한 손에 바로 저지당했다. 불시의 공격에 어깨를 부여잡으며 페르델이 그 자리에서 방방 뛴다.

쯧쯧, 그러게 어디 다정한 부녀의 산책에 끼어들려고 그래.

"야, 너 처리할 서류가 산더미야!"

"다녀와서 하지."

　　　　　＊　＊　＊

"공주님 밥은 드셨나요?"
"아니."
"그럼 같이 먹을까요?"
"아니."
"……."
지체 없는 내 거절에 페르델이 입을 다문다. 표정 한 번 예술이네. 소리 없이 절규하는 폼을 보니 미안한 말이지만 웃겼다. 아, 이래서 페르델 괴롭히는 걸 그만둘 수가 없다니까. 참으려고 해도 웃음이 터진다. 작게 키득거리며 결국 고개를 끄덕였다.
"같이 먹자."
손을 내밀며 활짝 웃자 우울함에 젖어 피폐했던 페르델이 감격으로 살아난다. 돼토 운동시키느라 이제 막 늦은 점심을 먹기 위해 길을 나선 참이었다. 그 길에서 페르델과 마주친 건 말 그대로 우연.
엄청 쌓여 있던 그 서류를 다 처리하고 나온 건지 스트레칭을 하며 걸어오다가 딱 시선이 마주친 뒤가 바로 이 상황이었다. 페르델을 보고 낄낄 웃다가 문득 느껴지는 시선에 뒤를 돌아본다.
응? 아무도 없네.

"왜 그러세요?"

"응? 아, 아니야."

말은 그렇게 했지만 기분은 요상했다. 분명 누가 지켜본 것 같았는데. 괜히 주변을 한 번 더 둘러보다가 입술을 삐죽거렸다. 요 근래 이상하게 날 보는 시선이 느껴진다. 물론 내가 너무 예쁘고 깜찍하니 날 보는 사람이 없을 수는 없지만 그래도 이건 좀 달랐다. 뭐랄까, 마치 관찰하는 느낌?

꼭 스토커 붙은 느낌이라 기분도 더러워.

페르델과 손을 마주 잡고 식당으로 들어가니 페르델이 내 몸을 든다.

"자, 여기 앉으시고!"

아직 키가 작아서 그런지 페르델이 들어 줘야 의자에 앉는 게 가능했다. 아니, 의자에 앉을 수는 있지만 그러면 낑낑대면서 올라가야 해서 공주 폼이 말이 아니었다.

와, 드디어 점심 먹는다! 박수까지 치며 시녀들이 가져다주는 접시를 살펴보는데, 때마침 불청객 하나가 식당에 들어왔다.

"이제 드십니까?"

"어, 왔어?"

깔끔하게 넘긴 검은 머리에 푸른 눈동자. 그는 페르델의 수석 비서관이었다.

"제노다!"

"네, 오랜만에 뵙습니다, 공주님."

내가 아는 척을 하자 제노가 환하게 웃는다. 오오, 이 까칠한 비서관이 웃는 건 쉽게 볼 수 없는 건데. 역시 내 귀여움은 돌부처도

녹일 정도로 살인적이구나. 과연 나다.

능글맞고 재수 없고 약간 참을 수 없는 가벼움이 느껴지는 페르델과 달리 제노는 까맣고 어둡고 무거웠다. 그리고 무엇보다도 까칠하지. 어떻게 페르델 밑에서 일하고 있는 건지 신기할 정도로 두 사람은 성향이 완전 딴판이었다. 차라리 카이텔의 비서관이라면 내가 믿겠는데 말이지.

"너도 못 먹었으면 먹자."

페르델의 권유에 제노가 고개를 가로젓는다.

"안타깝게도 이미 먹고 왔습니다."

"그것참 안 됐네."

그러게. 우리 주방장님이 정말 신의 손인데.

황궁의 주방엔 수많은 요리사가 있지만 주방장이 직접 음식을 만들어 대령하는 건 나랑 카이텔밖에 없었다. 그래서 페르델도 부러 카이텔하고 밥을 먹는 것이기도 하고. 이런 음식 어디 가서 쉽게 못 먹어 볼 텐데. 내가 아쉬운 시선을 주니 제노가 방긋 웃는다. 뭐, 제 복이지.

내 점심은 파스타였다. 거기에 미트볼, 샐러드와 여러 가지 음식들도 골고루 나온다. 곁들여져 나오는 피자도 있었다. 앞에 앉은 페르델도 별다르지 않은 식단. 우와, 맛있겠다!

"폐하께선 사신들과 함께 계시는 겁니까?"

"뭐, 그렇지. 요 근래 계속 바쁘잖아. 근데 뭐 바쁠 만도 하지."

"하긴 아무도 폐하께서 정말로 프레치아를 정복해 내실 줄은 몰랐으니까요."

"난 알았는데."

돌돌 말아서 오물오물 파스타를 먹고 있으려니 세르이라가 주스를 가지고 내 옆에 앉는다. 세르이라도 밥 안 먹었을 텐데, 안 먹나? 빤히 쳐다보니 엄마가 웃는다.

"남들이 들으면 비웃을 거야. 중앙 대륙의 수많은 왕국을 제패하고 남부의 프레치아까지 평정한 이유가 고작 벨베르 회담에서 당한 모욕 때문이라니."

"비웃지 마십시오. 전 오히려 섬뜩할 정도입니다."

그런데 이 두 놈은 무슨 대화를 하고 있는 거람.

입술을 오므리고 고개를 갸웃하니 페르델의 서늘한 목소리가 꽂힌다. 그건 명백한 비웃음이었다.

"뭐가 섬뜩해? 그 공개적인 자리에서 후처의 자식이라고 모욕을 하고 든 펠레폰 황제가 멍청한 거지."

신랄한 독설에 제노가 신음을 흘린다. 나는 고개를 갸웃했다.

펠레폰 황제라면 프레치아 황제 아닌가? 지금은 카이텔이 죽여서 고인이 되신 분이었다. 소문으로 들어서 진위 여부는 모르지만 카이텔이 곱게 죽이지는 않았다고 했다. 내가 그 이야기 듣고 역시 카이텔은 미친놈이라고 눈살을 찌푸렸더랬지.

남부의 수상이 이끌던 시레스 군단이 패배당하고, 점거한 남쪽의 고궁에서 프레치아의 대제를 끌어낸 카이텔에 그에게 제안했다. 짖어 봐. 개처럼 짖으면 살려 주지.

글쎄, 그 레기온legion, 수천 명의 보병과 기병으로 구성된 군대 조직, 황제만이 가질 수 있다.의 지고한 황제를 데리고 그딴 제의를 한 카이텔도 미친놈이었지만 짖으라고 진짜 짖었다는 황제가 더 충격과 공포였다. 자신의 가족과 신하들이 보고 있는 그 앞에서.

아무래도 제 목숨이 달린 일이어서 그런 듯했는데. 어떤 이유로 든 안쓰러웠다. 카이텔보다 나이도 두 배나 많은 아저씨였다는데.
 물론 그런 모욕을 줬음에도 결국 죽였다는 게 가관이었다. 그 자리에서 황족 전부를 도륙하고, 찬란한 황궁마저 불태웠더라고 하지. 그런데 그보다 죽여 놓고 카이텔이 했다는 말이 제일 압권이었다. 짓는 게 개 같지 않아서.
 진짜 이 미친놈은 답이 없어요.
 "막 왕위에 오른 어린 황제의 기를 꺾어 놓으려고 던진 그 말이 제 목을 죄게 될 줄은 몰랐겠지."
 "결국 그 자리에서 같이 비웃고 동조했던 왕들 중 그 누구도 살아남지 못했군요."
 근데 그 황제가 모욕을 해서 전쟁이 일어난 거였어? 단순히 우리 아빠가 전쟁을 미치도록 좋아하는 게 아니야? 그리고 전에 전쟁을 벌이는 이유는 다른 거라고 알고 있었는데.
 "전쟁은 고모들 때문에 일어난 거 아니야?"
 그래, 나는 그렇게 알고 있었다. 거의 모든 나라에 제 누이를 팔아 치우고 그 누이들마저 죽이기 위한 전쟁이었다고. 내 물음에 순식간에 앞에 앉은 두 사람이 입을 다문다.
 야, 대답 좀 해 봐.
 "아니에요. 카이텔이 누이 때문에 전쟁을 일으켰다는 건 다 헛소리입니다. 신경 안 쓰셔도 돼요."
 한참 뒤에야 페르델이 싱긋 웃는다. 옆에 서 있던 제노가 기겁을 하며, 페르델을 돌아보았다.
 "어린아이에게 그런 말을 해도 되는 겁니까?"

"뭐 어때, 어차피 알게 될 건데."

그래, 페르델, 난 너의 그 안일함이 참 좋더라. 너그러운 건지 멍청한 건진 구별이 안 가지만. 어쨌든 나에겐 좋은 정보통이었다.

"그럼 왜 그런 말이 돌았던 거야?"

"음, 아마 정복한 나라에 팔려 갔던 제 누이들도 살려 두지 않아서 그럴 거예요. 그거 때문에 제 누이를 죽이기 위해 전쟁을 한다는 잘못된 소문이 퍼졌었는데. 뭐, 헛다리짚은 거죠."

페르델의 포크가 스테이크 한 조각을 쿡 찌른다.

그럼 난 이제껏 잘못된 소문을 진실로 알고 있었단 말인가? 아, 근데 지 누이를 죽이기 위해서 전쟁을 벌이는 거나, 모욕당했다고 그걸 되갚아 주느라 전쟁을 벌이는 거나 도찐개찐. 도토리 키 재기였다. 역시 미친놈. 새삼 애비의 광증에 대해 설레설레 고개를 흔드는데 제노가 덧붙인다.

"그래도 그 헛소문 때문에 시집가신 많은 공주님들께서 목숨을 잃으셨습니다."

"아, 빌미를 안 주려고 처형했다던가? 그 사건이 좀 충격적이어서 그때 카이텔이 욕 진짜 많이 먹었잖아."

"여전히 많이 듣고 계십니다."

"우리 폐하는 정말 오래 살 거야."

"자랑스러워 할 일이 아닙니다, 각하."

제노가 한심하다는 듯 깔본다. 나는 그 시선에 합류했다. 그래, 자랑스러운 게 아니라고, 멍청아.

여기 딸내미 되는 사람은 격하게 부끄러워 죽겠는데 말이지. 아, 진짜 내가 딸만 아니었으면 그런 미친놈은 상종도 안 했을 거야.

"아, 공주님 모셔 놓고 내가 다른 말 하기 바빴네. 공주님, 돼토는 잘 지내요?"

왜 하필 하고 많은 안부 인사 중에 돼토의 안부를 묻는 걸까. 불만이었지만 나는 고개를 끄덕였다.

"더 돼지가 됐어."

왜 다이어트를 해도 살이 빠지기는커녕 더 돼지가 되는 걸까? 애초에 우리 돼토는 돼지로 태어나야 하는데 토끼로 태어나게 된 게 아닐까? 착잡한 마음에 별의별 생각이 다 들었다.

페르델이 하하핫 웃는다. 뭘 웃어, 남은 심각해 죽겠구먼. 정말 내일이라도 당장 카이텔이 도살 명령을 내려도 이상하지 않을 정도였다, 어휴.

"음, 공주님? 이건 정말 놀리는 게 아니라 진지하게 묻는 건데요."

뭘 물어볼 건데? 포크로 미트볼 하나를 쿡 찔러 냠냠 먹으며 고개를 끄덕이니 페르델이 웃는다.

"진짜 잡아먹으시려고 키우시는 건가요?"

아오, 이 자식이 진짜!

밥맛이 뚝 떨어진다. 나는 들고 있던 포크를 쾅 내려놓았다. 그리고 당장 자리를 박차고 내려간다.

"너랑 안 놀아!"

안 그래도 카이텔이 맨날 언제 잡아먹을 거냐고 물어봐서 짜증 나는데, 내가 저 자식이랑 다시 노나 봐라!

"아앗, 공주님!"

"그러게 애를 왜 놀립니까?"

날씨가 참 맑았다. 이런 날엔 역시 산책이지!

아무래도 식사 시간, 회의 시간 할 것 없이 모조리 바빠지고 나니 카이텔은 가끔 며칠에 이렇게 한 번씩 같이 산책하는 것으로 내가 제 아버지라는 걸 각인시키려 들었다.

이 현상에 그렇게 바쁜데도 제 딸을 챙기는 다정한 아빠라고 말해야 할지, 그렇게 바쁜데도 날 가지고 노는 걸 멈추지 않는 사악한 미친놈이라 해야 할지는 미묘했지만. 뭐, 그렇게 썩 나쁜 건 아니었다. 나빴으면 이렇게 웃고 있지도 않겠지.

"그렇게 뛰다가 넘어진다."

"안 넘어져!"

말을 하는 순간 발을 헛디딘다. 넘어지진 않았지만 위험했다. 카이텔이 그걸 보고 인상을 쓴다. 나는 애비가 날 안아 들기 전에 먼저 뛰었다. 산책은 걸어서 하는 거니까!

그러면서 새삼 느끼는 거지만 솔레이는 정말 거대한 궁이다. 희사원도 크고, 다른 궁도 크고. 하긴 황궁이라는 작은 도시의 수도 같은 궁이니까.

아직 중천에 뜬 태양의 햇볕이 따사롭다. 아, 눈부셔. 저절로 눈이 찡그려진다. 그래도 햇살에 마치 내 몸이 녹아드는 듯한 따스함은 기분 좋았다.

"응?"

먼저 달려다가 잠시 멈춰 서서 숨을 고르고 있는데, 순간 그리 멀지 않은 건너편 산책로에서 낯선 물체가 눈에 들어왔다. 아니지, 그건 사람이었다. 그것도 우두커니 서 있는 한 남자.

어, 어? 안타깝게도 그 남자는 내가 아는 사람이었다.

아시시.

뒤에서 오던 카이텔이 발걸음을 멈춘다. 나는 카이텔을 보자마자 다시 그에게로 달려갔다. 내 발소리에 아시시가 고개를 돌린다. 그 순간 둘의 시선이 마주쳤다.

아시시가 천천히 이쪽으로 다가온다.

"에반젤리움이 함께하시길."

목소리에 아시시가 고개를 숙인다. 나는 카이텔의 뒤에 서서 고개만 빼꼼히 내밀었다. 전에 봤던 것과 다른 인형같이 메마른 표정. 어쩐지 지금 아시시는 딱딱한 목각인형 같았다.

"관저로 가는 길인가?"

카이텔의 목소리에 그가 고개를 든다. 순간 눈이 마주쳤다. 나는 아시시와 눈이 마주치자 화들짝 놀라 카이텔 뒤에 숨었다. 왜인지는 모르지만 숨고 싶었다. 고사리 같은 손으로 카이텔의 옷을 쥐고 숨어 있으려니 카이텔이 나를 내려다본다.

"처음 보지?"

둘의 시선은 어느새 내게 와 있었다. 슬그머니 고개를 내미니 나를 보는 아시시의 표정이 흔들린다. 혼란스러운 눈동자에 괜히 내가 다 혼란스러웠다. 내가 이상하게 생기기라도 했나, 쟤 표정 왜 저래? 저도 모르게 카이텔의 옷자락을 잡은 손에 힘이 들어간다. 카이텔의 손이 나를 앞으로 밀었다.

"앞으로 자주 보게 될 거야. 인사해."

이, 인사를 하라고? 지금? 여기서?

카이텔의 말에 공연히 황망하다. 뭐, 뭐라고 인사해야 하지? 안녕하세요? 처음 뵙겠습니다, 아리아드나예요! 오늘 날씨 참 좋죠?

하하하…… 는 개뿔! 아, 뭐라고 하지? 미남이시네요? 하하!

……그냥 때려치우자.

괜히 나를 향하는 아시시의 시선에 부끄러워 다시 카이텔의 뒤로 숨는다. 정말 별거 아닌 시선이었는데, 받는 나는 뺨이 달아오를 정도로 민망했다. 미안하다. 네 이야기를 훔쳐 들어서 이러는 모양이다. 으아, 미치겠네, 진짜.

"내 검은 기사다."

카이텔이 다시 나를 앞으로 밀며 소개한다. 왜 미냐는 듯 고개를 들어 애비를 쳐다보니 카이텔이 제 입술 끝을 비틀었다. 비웃는 것 같은 미소는 여전했지만 앞의 아시시는 그 점에 전혀 신경 쓰지 않는다. 그래, 나만 신경 쓰이나 보구나.

"겨울달기사단의 단장이자 이 제국의 제 1검 아시시 자바이칼."

아시시의 차분하게 가라앉은 시선이 나를 훑었다. 순간 마주치는 눈동자가 깊은 시선을 보낸다. 가까이서 본 눈동자는 더 예뻤다. 꼭 보석 같아. 너무 투명하게 빛나서 내가 다 빨려들어 가는 느낌이었다.

"그리고 여긴 아리아드나. 너 없는 새에 생긴 내 따님이지."

그러니까 그 따님은 남의 딸을 부르는 거라고, 멍청아.

옷자락을 꼭 붙잡고 내가 인상을 썼으나 카이텔은 제 말에 전혀 개의치 않았다. 이젠 좀 고쳐진 것 같았는데 여전히 날 따님이라 부르는 버릇은 어떻게 해결될 기미가 보이지 않는다.

모르겠다. 네 맘대로 해라. 네가 무식한 게 내가 부끄럽냐? 네가 부끄럽지.

"이분이……."

끝맺지 못한 말이 입가에 머문다. 나는 괜히 물끄러미 아시시를 올려다보았다. 인사, 하긴 해야 할 텐데. 하지만 막상 인사를 하려니 무슨 선이라도 보는 기분이라서 괜히 부끄러웠다.

저기 일단 날 보고 있는 네 수행원들부터 어떻게 해 주지 않겠니, 애비야.

소개해 주지 않아도 아시시라는 걸 알고 있었지만 그래도 막상 정식으로 소개 받자 느낌이 새롭다.

카이텔의 검은 기사, 아시시. 내가 두 살이 되기도 전부터 귀에 딱지가 앉도록 들은 이름. 잊을 리가 없지. 오히려 놀랐을 뿐이었다. 내가 상상하던 것과 너무 달라서.

아무래도 검은 기사라는 별칭 탓에 내가 상상했던 기사는 좀 더 음침하고 어두운 느낌이었다. 무슨 지옥에서라도 올라왔을 법한 이미지. 근육도 우락부락하고, 살벌한 인상에, 뭐 그런 기사. 그러나 막상 눈앞의 아시시는 전혀 달랐다. 도리어 하얗고 푸른 겨울 달의 제복이 세상에 둘도 없이 잘 어울린다.

이 남자가 바로 카이텔의 정복 전쟁의 가장 앞장서 이 나라를 넓힌 일등 공신이구나. 페르델과 카이텔의 죽마고우이자, 이 제국에서 가장 강한 기사. 순수하게 검으로만 따진다면 카이텔보다도 더 강하다고 했다.

"그럼 이만 가지."

둘 사이에 대화 없이 침묵만 깔리니 지켜보기 뭐했던 건지 카이텔이 내 어깨를 이끈다. 아, 아버지, 매너 좀. 하지만 말없이 고개를 숙이는 아시시는 이미 멀어지고 있었다.

정식으로 보는 건 처음인데!

"뭘 생각하는 거지?"

너 참 못생겼다는 생각한다, 왜?

하지만 이렇게 말했다간 내 목이 잘리겠지. 나는 고개를 가로저었다.

"아까 그 기사님—."

카이텔의 눈동자가 나를 향한다. 마주 보는 붉은 눈동자를 따라 걸으며, 나는 다시 그의 바지 자락을 잡았다.

"아빠랑 닮았어."

내 대답에 우뚝 카이텔의 발이 멈춰 선다. 졸지에 같이 따라 멈춰 서니 카이텔이 입을 연다. 그러나 목소리가 들리지 않았다.

뭐지? 나는 그를 올려다보며 고개를 갸웃했다. 왜, 애비야 목소리가 안 나오니? 갑자기 목소리를 잃어버리기라도 했어?

"아냐, 달라."

이윽고 내뱉듯 나온 음성. 나는 고개를 갸웃했다.

내가 뭐 때문에 닮았다 그러는지 모르면서 대뜸 다르다니. 살짝 짜증났지만 카이텔의 표정이 워낙 심각해서 그냥 봐주기로 했다. 난 너그러우니까. 그 순간 카이텔이 쓰게 웃는다. 아무튼 이놈의 애비는 내 말을 막는 데 탁월한 재주가 있어.

내가 비슷하다고 느낀 건 뭐라 설명하기는 좀 그런, 콕 집어 말하기 힘든 어떤 분위기였다. 물론 두 사람은 아예 사람이 전혀 다르지만 그래도 무언가가 닮아 있다. 그 무언가가 무엇인지 설명해 낼 수는 없지만, 아무튼 나한텐 그게 느껴졌다.

쉽사리 건드릴 수 없는 무언가가 내 앞을 가로막는다. 그 둘 사이에 뭐가 있는 건지 어떤 것들이 있는지 잘 모른다. 알 수도 없고. 하지만 파헤치기엔 난 아직 용기가 부족했다. 그냥 덮자. 그래, 뭐 알아서 잘 해결하겠지.

"어, 일로스 장미다!"

일로스 장미는 하얀 장미가 무지갯빛으로 반사되는 장미다. 남부에서 주로 피는 꽃으로 어떤 신의 상징이라던데, 봄에 아주 짧게 만개하는 꽃이라 보기 힘들었다. 하나를 꺾어 내 손에 쥔다.

"이것 봐, 일로스야."

"그렇네."

"예쁘다."

막 손에 쥐고 이리저리 흔드니까 내 눈에 붉고 푸르고 하얗게 색채가 변한다. 마치 스펙트럼이라도 잘게 빻아서 발라 놓은 것 같았다. 내가 조용히 웃으니 옆에서 지켜보던 카이텔이 고개를 끄덕인다.

"그래, 들고 있는 사람에 비하면 예쁘군."

이 새끼가 근데!

내가 인상을 확 구기고 노려보니 갑자기 카이텔이 웃는다. 누가 미친놈 아니랄까 봐 대놓고 미친놈처럼 박장대소를 터뜨렸다.

엄마, 뭐야, 이거 무서워.

요새 좀 덜하다 싶었는데 오히려 상태가 더 심각했다. 이런 미친놈. 진짜 뭐 이런 미친 놈이 다 있어. 자고로 변태와 미친놈은 상종하지 않는 게 상책이다.

나는 슬금슬금 움직여 멀찌감치 떨어졌다. 카이텔이 한참을 웃다가 갑자기 정색한다. 나는 괜히 몸을 움찔했다. 뭐, 왜!

헤헷, 일단 뭔진 모르겠고, 웃어나 보자. 내가 예쁘게 웃으니 내 머리로 손을 뻗는다. 그러나 그 손이 닿기도 전에 내 앞으로 폴랑 날아가는 무언가에 시선을 빼앗겼다.

어, 나비다! 그것도 정령나비였다. 잡히지 않는 반투명한 날개가 바람에 팔랑거린다. 나비의 갑작스런 등장에 나는 나비를 따라 움직였다. 나비야, 어디 가니!

"폐하!"

갑작스런 낯선 음성에 빙그르르 뒤를 돈다. 엄청 감격한, 반가워하는 목소리였다. 누구지? 그러나 그게 누군지 확인하기도 전에 누군가와 부딪혔다. 으아아.

"정말 오랜만에 뵈옵니다, 폐하."

이 언니가 사람을 막 치네.

다행히 넘어지진 않았지만 넘어질 뻔해서 순식간에 짜증이 확 올랐다. 거기 언니, 지금 뺑소니한 거예요, 알아? 하지만 언니는 나의 존재 자체를 모르는 듯했다. 나라의 미래인 아이들을 아껴주질 못할망정 이리 천대하다니, 이 나라가 어찌 돌아가려고.

"어째 전에 보았던 그대로이십니다. 전쟁터에서 어디 다치시지 않으셨습니까? 역시 폐하시옵니다. 꼭 다시 뵙고 싶었사옵니다."

반가이 지저귀는 목소리는 내가 들어도 꾀꼬리 같았다. 정신이 들자 가장 먼저 시선을 사로잡은 건 꿀을 바른 듯 윤기가 자르르 흐르는 금빛 머리카락. 저 머리카락을 녹이면 진짜 순금을 만들 수 있을 것 같은 느낌이 들 정도로 완연한 황금빛이다.

근데 이 언니는 대체 뭔데 갑자기 나타나서 카이텔한테 친한 척이람? 처음 보는 얼굴인데, 무슨 몇 십 년은 알고 지낸 사람처럼 보자마자 옆에 꼭 달라붙어서 연신 방긋방긋 웃는다. 정작 상대하는 카이텔의 표정은 딱딱한데 말이지.

그런데…… 언니가 좀 예쁘네. 확실히 보기 드문 미인이었다.

"누구지?"

"예? 아, 티레니아입니다. 그새 잊으신 것이옵니까? 소녀, 폐하께서 다시 찾아 주시기만을 기다렸는데…….."

상처받은 듯 무너지는 표정이 내가 괜히 가슴이 철렁할 만큼 예뻤는데, 카이텔은 표정 없이 제게 달라붙은 여인을 떼어 냈다. 감정 없는 몸짓에 내가 다 무섭다. 저런 미인이 달려드는데 아무렇지도 않은 걸 보면 역시 우리 아빠는 고자…….

"호, 혹여 제가 그때 폐하를 거부한 것 때문에 이러시옵니까? 소녀, 진심이 아니었습니다. 폐하, 부디."

입은 옷이나 달고 있는 장신구만 보아도 보통의 여인이 아니라는 걸 알 수 있었다. 게다가 이 여인을 뒤쫓아온 듯 보이는 사람들까지.

아, 근데 내가 키가 작아서 잘 안 보이는 건 아는데, 니들 자꾸 이렇게 치지 말아 줄래? 나 그래도 제법 고귀한 몸이시거든?! 진짜 서러워서 살겠나. 얼른 키가 커야 제대로 된 인간 대접을 받고 살 텐데, 엉엉.

그러는 순간 결국 크게 부딪혀서 바닥에 넘어지고 말았다.

아오, 아파라.

"비켜."

딱딱한 목소리가 가라앉는다. 아파서 징징대다가 살벌한 목소리에 고개를 돌려 카이텔을 돌아본다. 정작 표정은 아까와 그다지 별반 다르지 않거늘 어쩐지 풍기는 기운은 더 차가웠다. 카이텔이 살벌하게 노려본다.

"비키라고 했다."

"폐, 폐하."

예쁜 언니는 화들짝 놀란 얼굴로 물러났다. 카이텔은 바로 언니가 잡았던 부분을 털어 냈다. 마치 벌레라도 쳐 내듯. 와, 대놓고 저러다니 재수 없네. 하지만 그 다음 곧장 내게 걸어왔기 때문에 봐주기로 했다.

순식간에 내 근처에 있던, 언니에게 붙은 게 틀림없는 수행원들이 흩어진다. 나는 멀뚱히 카이텔을 올려다보았다. 일으켜 세워 주려고? 혼자 일어날 수 있지만 난 도움을 거절하는 매정한 여자가 아니니 손을 뻗는다. 내 작은 손이 카이텔의 손에 앙증맞게 닿았다. 새삼 내가 얼마나 작은지 느껴진다. 애비의 손의 반도 안 되는 크기라니.

그러나 카이텔은 내 손을 잡고 일으켜 세워 주는 대신 내 옆구리에 손을 넣어 날 그대로 안아 들었다. 순식간에 시야 역전.

우와, 역시 공기는 위가 맑네.

"누가 멍청하게 거기 서 있으래."

근데 이게 꼭 말을 해도! 대체 누구더러 멍청하대!

"나 안 멍청해!"

"멍청해."

"너도 멍청해!"

그래, 나만 멍청한 거 아냐!

울컥해서 내뱉은 말이었는데 어째 웬일로 카이텔이 발끈하지 않는다. 얼레? 이쯤 되면 꽤나 살벌한 기세가 쏟아져 와야 하는데,

어쩔 없다. 원래 이런 거에 쟤가 날 노려보고 화내면 내가 웃으면서 애교를 부리는 게 당연한 수순인데, 으잉?
 의아했다. 얘, 갑자기 왜 이러지? 애비야, 대체 무슨 핵폭탄을 터뜨리려고 조용한 거니. 뭔진 모르겠지만 내가 좀 미안하다.
 "그…… 아이는?"
 놀란 목소리에 고개가 절로 돌아간다. 잠시 잊고 있었지만, 그러고 보니 이 자리엔 나랑 애비만 있는 게 아니었다. 이 언니가 아까 자기 이름이 뭐랬더라. 티레니아? 그래, 티레니아 언니는 매우 많이 놀란 얼굴로 애비 품에 안긴 날 바라보았다. 마주친 시선이 심하게 흔들린다.
 "이미 알고 있지 않은가?"
 비아냥거리는 음성이 그녀를 비웃었다. 티레니아가 바로 제 얼굴을 굳힌다. 그 사이에 껴서 나는 어찌 돌아가는지 알 수 없는 상황을 관망해야 했다.
 "처음 뵙겠습니다. 안두르스의 티레니아라고 합니다."
 그래도 이 언니는 멍청하진 않았다. 금세 환하게 웃으며 내게 인사를 건넨다.
 뭐, 짐작은 하고 있었지만 진짜 후궁에 사는 공주님이었네. 뭔가 좀 떨떠름했다. 후궁에 사는 공주들은 하나같이 레일라 같은 줄 알았는데.
 "참으로 어여쁘신 공주님이시네요."
 억지로 웃고 있긴 하지만 뭔가 걸쩍지근하다. 이 공주는 진심으로 우리 애비가 좋은 모양이었다. 믿기진 않지만……. 나를 보는 시선에서 그런 게 느껴졌다. 호의에 감춰진 적의. 뭐랄까, 마치 새

엄마를 대면하는 기분이다. 간접 체험인가. 이게 바로 모든 공주들의 1호 장애물이라는 계모구나.

"폐하를 쏙 빼닮으셨사옵니다. 괜찮다면 제가 한번 안아 봐도 될까요, 폐하?"

단아한 미소였지만 다분히 작위적인 그 미소를 못 알아차릴 내가 아니다. 그렇다고 예전의 공주처럼 대놓고 적의를 뿌리는 건 아니었지만 그래도 뭔가 내키지 않았다. 애비야, 날 함부로 넘기지 마라. 저 언니의 품에 안기면 떨어져서 죽을 것 같다.

내가 몸을 움츠리고 제 어깨에 꼭 달라붙으니 애비가 웃는다.

"안 되겠는데."

나를 저 여자한테 내팽개치지 않을까 걱정했는데 다행히 카이텔이 날 더 끌어당긴다. 내 이마에 카이텔의 뺨이 닿았다.

"보다시피 우리 따님이 낯을 좀 가려서."

애비야, 그건 아닌데. 나는 사람을 매우 좋아하는 사람이었다. 내가 얼마나 친화력이 좋은 여자인데.

매정한 대접에 상처라도 받은 건지 심하게 요동치는 황금빛 눈동자가 울먹이며 카이텔을 응시한다. 허나 그 눈동자를 마주 대하는 애비의 눈동자는 더없이 고요했다.

둘이 진짜 무슨 사이인가?

"그, 그럼 다음에 또 뵙겠습니다."

마치 버림받은 비운의 여주인공처럼 언니는 황급히 사라졌다. 나는 고개를 갸웃했다. 진짜 무슨 카이텔의 옛 연인인가? 헤어졌던 어릴 적의 첫사랑?

"누구야?"

"여자."

여자인 거 누가 모르냐?

인상을 쓴 채 바로 아래에서 애비를 노려보고 있으려니 흘긋 보다 애비가 웃는다. 내 머리에 그의 손이 얹어졌다.

"신경 쓸 필요 없다."

그리고 이마에 내려앉는 자그마한 키스.

"언젠가 시들 꽃이니까."

그건 아시시와 인사를 하고 얼마 지나지 않은 날의 일이었다.
그날도 평소와 다름없이 그레시토와 놀고 있었는데, 우연히 솔레이 복도에서 아시시를 마주쳤다. 그렇게 볼 줄 몰라서 반가움에 손을 흔들려고 딱 손을 들었는데, 그 순간 날 발견한 아시시가 도망쳤다.

"……."

뭐, 그래, 바쁜 일이 있었나 보지. 나는 너그러운 공주니까 그런 건 이해해 줄 수 있었다.

근데 문제는 그것뿐이 아니라는 사실이었다. 바로 요 사흘 전엔 생각 없이 길을 걷다가 들고 있던 공을 놓쳤다. 공이 왜 공이겠는가? 구르니까 공이지. 공이 너무 열심히 구르는 바람에 하필 가까이 있던 호수에 빠져 버렸고, 나는 어쩔 수 없이 호수에서 공을 꺼내려고 물에 들어가려고 했는데……. 갑자기 어디서 나타난 건지 알 수 없는 아시시가 나 대신 호수에 들어가서 공을 꺼내 주었다. 뭐, 거기까진 그냥 고마운 일이었다.

문제는 바로 그다음이었다. 내가 아시시를 보고 반가워서 인사를 하려고 하는데, 그놈이 나한테 공을 주더니 그대로 도망쳐 버렸다.
"요새 유행하는 신종 놀이인가?"
인사하려고 하면 도망치는 거?
하지만 그런 것으로 치부하기엔 너무 심각했다. 산책을 갈 때, 카이텔하고 밥을 먹을 때, 페르델하고 어쩌다 만나서 이야기를 할 때 등등 아시시를 마주치기만 하면 활짝 웃었건만 이상하게 아시시는 시선이 마주치자마자 그대로 줄행랑이다. 나만 보면 다가와서 어떻게 말 한 번 더 걸어 보려는 페르델과는 완전히 달랐다. 아오, 대체 뭐가 문제냐고!
"내가 뭘 잘못했나?"
하지만 뭐 만나서 한 게 없는데 잘못한 건덕지가 있을 리가 없었다. 사실 그냥 신경 끄면 그만인 일이긴 했는데, 그래도 자꾸 신경이 쓰인다. 아시시가 나를 피하는 건 꽤나 기분이 좋지 않았다. 그도 그럴 게 그렇게 예쁜 사람이 날 피하다니, 뭔가 슬프잖아! 아, 도대체 왜 그러는 거냐고!
"네 얼굴이 이상해서 그래."
"내 얼굴이?"
"그래, 못생겼잖아."
아, 그래서 그렇구나!
"응. 그래서 널 보면 무서워서 도망치는 거야."
그런 거였구나!
―라고 내가 말 할 줄 알았냐, 이 새끼야. 그렇게 말하면 속을 줄 안 모양이었다. 당장 옆에 있던 머리핀을 쥐어 던지자 드란스테가

얄밉게 피한다. 아오, 저 개새끼!

"당장 안 꺼져?!"

내 고함에 미친 듯이 웃으며 드란스테가 자리에 앉았다.

"와, 오랜만에 보는데 매정해."

"그동안 안 보인 건 너거든? 대체 또 어디서 튀어나온 거야? 뭐 하다가 이제 온 거고?"

"음, 볼일이 좀 많았다고 해 두지."

그래서 1년 만에 나타나냐? 아니지, 따져 보면 1년하고도 시간이 좀 더 지났다. 내 불만 어린 시선에 드란스테가 어깨를 으쓱한다. 1년 만에 보는 건데도 녀석은 그 전과 별로 달라진 게 없었다. 어째 나한테만 시간이 흐른 것 같네.

"그새 더 귀여워졌네."

"난 원래 귀여웠어."

내 대꾸에 드란스테가 끅끅대며 웃는다.

"그건 대체 무슨 근거 없는 자신감이야?"

이 새끼가 죽을라고. 짜증나서 주먹으로 한 대 치려고 손을 들었는데, 그 손을 또 잡아챈다. 꼼짝 없이 드란스테 손에 잡힌 내 손을 빼려고 아무리 흔들어도 빠지지가 않는다.

아오, 짜증나. 내가 손을 빼는 걸 포기하자 드란스테가 싱긋 웃으며 내 손등에 짧은 키스를 남긴다. 내 손등을 이렇게 좋아하는 사람은 얘가 처음일 거야.

"이제 볼일은 다 끝난 거야?"

"아마도 대충?"

"뭐 하고 온 건데?"

"궁금해?"
딱히 궁금하진 않았지만 예의상 물어본 건데. 아니꼬운 시선으로 쳐다보니 드란스테가 빙그레 웃는다.
"과거 정리?"
뭐랄까. 상상을 초월한 대답이라 순간 할 말을 잃었다. 너 성형이라도 했니? 아니면 과거에 조폭이었거나. 내가 아는 과거 정리는 그런 것밖에 없는데 말이야. 아무리 생각을 해도 그런 것밖에 연상이 되지 않는다. 과거를 왜 정리해, 왜?
"뭐, 여자들한테 이별 통보라도 했어?"
"좀 많이 했지."
뭘 그 정도 가지고 그러냐는 듯 거드름을 피운다. 나는 인상을 썼다.
"재수 없어."
진심으로 짜증난다. 어쩌면 저 말이 사실일지도 모른다는 게 더 날 짜증나게 만들었다. 아, 얜 왜 생긴 건 멀쩡하게 생긴 거야, 짜증나게. 너무 불공평하다. 생긴 것도 성격처럼 이상해야 사람들이 피할 텐데. 카이텔이고, 드란스테고, 너무 성격에 비해 점잖은 얼굴을 가지고 있었다.
내 불만에 드란스테가 우는 소리를 한다.
"우리 공주님은 여전히 나한테 매정하네."
네가 매정하게 만들었잖아. 내가 얼마나 너그러운 여잔데!
"꺼져."
상대하기도 싫어서 고개를 휙 돌리니 드란스테가 따라붙는다. 어딜 쫓아와? 남들한테도 이게 다 보이기라도 하면 어떻게 억지로 쫓아내기라도 할 텐데 어차피 지금은 남한텐 보이지도 않아서 내가 어딜 가든 따라오는 게 가능했다. 그게 화장실이라도.

물론 화장실에 들어오면 내가 기필코 녀석을 죽일 거지만.

"공주님, 사랑해 주세요—."

"됐거든?"

이게 어디서 약을 팔아?

마치 강아지가 주인에게 사랑을 구하듯 졸졸졸 쫓아온다. 그 모습을 보니 좀 마음이 흔들리긴 한다만 곧 멈춰 선 내 머리를 쓰다듬으며 하는 말에 그 마음도 싹 가셨다.

"우리 앞으로 이십 년 후에 결혼하지 않을래?"

웃기시네. 날카롭게 올려다보며 잔뜩 구겨진 얼굴로 나는 정말 진심을 담아 진지하게 대꾸했다.

"나가 죽어."

* * *

전쟁 때문에 좀 묻히긴 했는데 페르델의 쌍둥이 출산 소식은 투데이 아그리젠트에도 1면에 실릴 만큼 떠들썩한 사건이었다. 가족의 일이라면 유난스러운 비테르보의 일가가 전부 모여 파티를 하고, 심지어 영지에 내려가 요양 중이던 후작 부부도 황도로 올라올 정도였으니까.

비테르보 후작 부부는 중후하고 인자했는데, 전혀 그 페르델의 부모님이라고 믿기지 않았다. 너무 평범하다고 해야 할까? 남의 집 할머니, 할아버지인데도 불구하고 내 친조부같이 느껴진다는 게 약간 사소한 문제였지만 그건 두 분께서 나에게 너무 잘해 줘서 그런 거라고 치부해 버렸다.

"나 봐라? 나 귀엽지!"

"그게 뭐예요. 당장 그만둬요."

"나 안 귀여워?"

"화내기 전에 얌전히 그만둬요."

"시르, 매정해!"

아니, 그건 매정한 것 이전의 문제인 것 같은데.

시르비아의 말에 그제야 제 입에 꽂았던 애들 공갈젖꼭지를 내려놓는다. 저런 놈이 우리나라의 재상이라니. 후루룩 오렌지 주스를 마시며, 나는 고개를 설레설레 흔들었다.

겉만 보면 진짜 어릴 때부터 천재로 자자했다는 그 말이 안 믿긴다. 비테르보 후작가는 원래 원수부 출신이 많은 집안이었다. 왕국 내의 군사를 총괄하는 원수가 대대로 배출될 정도로 뛰어난 무가였는데, 거기서 이단아가 바로 아그리젠트 지성의 샛별, 페르델이었다. 무려 비테르보 후작가 최초의 재상.

언젠가 페르델이 제 입으로 말한 것처럼 정말 못 가진 게 없는 놈이었다. 7남매의 셋째 아들로 딸 많은 집안의 막내아들이라 귀염 받고 자란 것도 모자라서 희대의 천재 소리까지 들을 정도로 머리도 좋고, 생긴 것도 솔직히 그 정도면 잘생겼지. 거기에 집안도 좋고, 권력도 가지고 있고, 심지어 마누라가 시르비아다.

"공주니임, 우리 발르는 저를 더 닮은 거 같지 않아요?"

"우리 산세는 날 더 닮았어!"

발토르타, 산세바스티안.

그게 시르비아와 페르델 사이에 태어난 쌍둥이의 이름이었다. 머리도 안 난 애기 때는 구별하는 것도 어려웠는데, 이젠 제법 인간다워져서 척 보기에도 구별이 가능했다. 이란성 쌍둥이인지 발토르타와 산세바스티안은 머리카락 색이 다르다. 그럼에도 둘 다 시르비아의 분홍 머리를 물려받지 않았다는 건 좀 신기했다. 물론 산세는 눈동자가 분홍색이었지만.

"공주님은 쌍둥이들이 절 닮은 것 같아요, 페르델을 닮은 것 같아요?"

근데 너네 그거 그만 물어보면 안 되니? 애들이 태어나고 무려 8개월 동안 둘은 쉴 새 없이 하루에 한 번씩은 꼭 저걸 물어봤다. 너네 왜 애를 제 3의 주체로 보지 않는 거야! 왜 꼭 엄마, 아니면 아빠를 연관시키냐, 이거야! 엄마랑 아빠를 넣고 혼합 버튼만 누르면 애기가 생기나요? 아기가 그런 인위적인 결합체냐고! 둘 다 안 닮았을 수도 있잖아!

"전에도 대답했잖아."

"또 듣고 싶어요."

초롱초롱한 시르비아의 눈동자를 보니 한숨이 다 나온다. 이건 누가 애고, 누가 어른인지.

"발토르타는 페르델, 산세바스티안은 시르비아를 닮았어."

"그 말은 산세가 더 예쁘단 소리예요?"

"얘네 쌍둥이잖아."

내가 떨떠름하게 대꾸하니 시르비아가 환하게 웃는다. 어이, 거기 대모, 그렇게 웃을 일이 아닐 텐데.

"시르, 산세가 갑자기 울어!"

"그럼 일단 내려놔요."

페르델이 산세를 내려놓자 기다리고 있던 유모가 기저귀를 갈아준다. 페르델과 나는 똑같은 포즈로 그 모습을 구경했다. 오오, 능숙한 손놀림. 저게 바로 전문가의 손길이란 말인가.

"그래서 아시시는 언제 온대요?"

"몰라. 내 생각엔 절대 안 올 것 같은데."

페르델의 성의 없는 대꾸에 시르비아가 얼굴을 구기며 분개했다.

"사촌 동생이 애를 낳았는데 와 보지도 않다니. 매정해!"

"그렇게 따지면 같은 사촌인 카이텔도 매정하지."

그런데 이게 무슨 소리래?

"아시시랑 사촌이야?"

내 순진한 질문에 둘의 시선이 순식간에 내게로 돌아온다. 나는 고개를 갸웃했다.

"아, 공주님은 모르시는구나."

응. 나 몰라. 아무것도 몰라. 그러니까 빨리 설명해 봐. 멀뚱멀뚱 내 시선에 장난기 어린 페르델의 얼굴이 보인다.

"공주님, 이거 아세요? 공주님이랑 시르비아도 친척이에요."

"에?"

이건 또 무슨 소리래, 나랑 시르비아가 친척이라고? 혼란스러워하는 내 어깨를 끌어당기며 시르비아를 가리키고 페르델이 친절하게 설명했다.

"공주님 고모할머니의 딸이거든요, 우리 시르비아가."

고모할머니라니. 가깝다는 느낌이 전혀 들지 않는 호칭이었지만 그래도 반신반의했다. 진짜 친척? 세상에나! 살면서 친척을 만날 거라는 생각을 한 번도 못했는데.

"진짜?"

"예, 부끄럽지만 폐하와 사촌 지간이에요."

그런데 왜 한 번도 티를 안 냈어? 뭐, 카이텔하고는 나도 친한 척을 하고 싶지 않지만. 그래도 명색에 황제의 사촌인데, 나라면 사촌 팔면서 막 사기 치고 다닐 것 같은데. 아, 그러면 죽겠구나.

생각에 잠긴 나를 두고 페르델과 시르비아는 아까 했던 아시시 이야기를 계속 이어 나갔다.

"아시시는 애들이 한 열다섯 살? 그 정도 되어야 보러 오지 않을까?"

"애들이 우는 건 다른 이유 때문이라고요, 그 멍청이!"

"사촌오빠한테 말버릇 봐라. 내 천사가 저럴 리가 없어!"

"시끄러워요!"

아시시도 사촌이고, 카이텔도 사촌이라니. 게다가 남편은 페르델. 나는 잠시 할 말을 잃었다. 시르비아야말로 진정한 승리자가 아닐까. 무려 피의 반왕과 검은 기사가 사촌오빠고, 철혈재상이 남편이다. 거기에 엄마는 공주였고, 아빠는 백작. 친정은 건국 시절부터 이어져 내려온 유서 깊은 명문가. 거기에 본인도 예쁘잖아? 와, 이 언니 봐라. 이기적이네, 완전.

"아이들이 가까이 다가가면 우니까 가까이 가서 보고 싶어도 보지 못하고 멀리서 보다가 들키면 그냥 도망가거나 숨는 게 그럼 멍청한 게 아니란 말이에요?"

잠시 다른 생각에 빠져 있다가 문득 정신이 든다.

응? 시르, 방금 뭐라고?

"도망치고 숨어?"

그거 나한테 하는 행동인데? 내가 반색을 하자 화를 삭이지 못한 시르가 씩씩거리며 날 내려다본다. 그래도 자상한 목소리는 여전했다.

"공주님께는 아시시가 안 그래요?"

"아니, 나만 보면 도망쳐."

그래, 맨날 보면 도망친다고 그 망할 놈이.

내가 벌레라도 되냐, 바퀴벌레냐?! 무슨 피해야 하는 전염병 바이러스냐고. 내가 다가가기만 하면 질겁하고 도망가서 안 그래도 그게 요새 내 최대 고민이었다.

"그거 내가 못생겨서 그런 거 아니야?"

"아닐걸요. 우리 공주님이 얼마나 예쁜데."

아, 역시 드란스테의 말은 그냥 개소리였다. 멍멍멍.

그래, 내가 이렇게 저렇게 요렇게 예쁜데 감히 못생겼다니! 그럴 리가 없지, 암.

"페르델."

"네, 공주님."

"아시시가 날 싫어하는 거 같진 않지?"

내 질문에 페르델이 시원스레 웃는다.

"당연하죠. 오히려 걔는 공주님을 가까이 가서 뵙는 게 소원일걸요."

"그래?"

그렇단 말이지. 오케이, 좋았어.

시르비아와 페르델 덕에 아시시가 날 왜 피하게 되었는지 안 뒤로 궁으로 돌아와서 혼자 세운 계획이 하나 있었다.

무려 아시시와 친해지기 프로젝트!

앞뒤 안 가리고 일단 붙잡고 늘어지자는 계획이었는데, 정말 놀랍게도 그 계획을 써먹을 기회가 곧 바로 생겼다. 이건 하늘이 나를 아시시와 이어 주기 위해 밀어 주는 건가.

"공주님, 왜 그러세요?"

뒤를 흘긋 보고 있으려니 세르이라가 묻는다. 나는 조용히 하라는 뜻으로 검지를 입에 가져다 댔다. 안 돼, 엄마. 아시시가 눈치채면 안 된단 말이야.

내 진중한 표정에 세르이라가 고개를 갸웃한다.

이때다! 그 순간 내가 고개를 홱 돌렸다.

"아시시!"

눈이 딱 마주친다. 나를 보고 놀란 녹금안을 보니 괜히 다 뿌듯했다. 아시시, 난 너 안 무서워해! 그러니까 다가와도 되는데. 그러나 이런 나의 바람과는 달리 아시시는 바로 줄행랑을 쳤다.

이런!

"야, 어딜 도망가!"

저게, 이씨!

에라, 모르겠다. 네가 도망치면 멈출 때까지 쫓아가 주마. 내가 갑자기 달리기 시작하니 뒤에서 세르이라가 식겁하는 소리가 들렸지만 오늘에야말로 끝장을 보자고 잔뜩 벼르고 있던 터라 내 귀엔 그 소리가 들리지도 않았다. 널 기필코 잡아 주마!

"아시시! 야! 거기! 아저씨!"

내가 쫓아가면 당연히 멈춰 설 거라 생각했는데, 그건 내 오산인 모양이었다. 아시시는 정말 죽을힘을 다해 뛰었다.

쫓아가는 내가 불쌍하지도 않냐, 이 나쁜 놈아! 힘들어 죽겠네. 애타게 부르며 쫓아가고 있는데, 뒤로 시선 한 번도 주지 않는다. 와, 매정해!

"멈춰 봐!!"

대낮부터 이게 무슨 추격전이란 말인가! 지나가던 사람들이 놀라서 한 번씩 쳐다보는 게 느껴진다.

으아, 공주 꼴이 말이 아니네. 아니야. 괜찮아, 난 아직 세 살이라고! 이 나이엔 이게 정상이야! 하지만 그래도 아시시는 멈춰 서지 않았다. 저 썩을 놈! 분노가 나에게 힘을 주는구나. 더 빨리 달려야지. 하지만 그 순간 발을 뻗었는데, 순간 발끝에 무언가가 걸렸다. 나는 바로 직감했다.

으악, 넘어진다!

"……어, 어라?"

안 넘어졌네? 바닥에 닿는 느낌보다 더 먼저 허리에 와 닿는 손이 느껴진다. 우, 우와, 넘어질 뻔했어. 두 눈을 뜨니 어느새 나 앞엔 큰 그림자가 져 있었다.

"괜…… 찮으십니까?"

그리고 마주치는 녹금안.

그렇게 앞서 달려가더니, 또 언제 돌아온 거래? 고맙긴 했지만 조금 놀란 건 사실이었다. 아니지, 지금은 이게 중요한 게 아니다.

3. Take me into your world

가쁜 숨을 고르며 나는 내 앞에 있는 아시시의 타이를 냉큼 붙잡았다.
"잡았다!"
포획 성공!
내가 까르르 웃자 아시시의 표정이 미묘하게 변한다.
"절 따라오신 겁니까?"
"응!"
"왜……?"
왜긴 왜야.
"당연히 너 보러."
그럼 내가 널 따라가지 누굴 따라갔겠냐?
끄덕끄덕. 당연하게 내가 고개를 끄덕이자 아시시의 표정이 무너진다. 살짝 찡그린 그 얼굴마저 처연했다. 그 얼굴을 가까이서 보고 있으려니 뭔가 기분이 더 묘하다. 뭔 놈의 남자가 이렇게 예뻐? 내 미모에도 죽지 않는 찬란한 미모였다. 인상이 좀 차갑긴 하다만 그 정돈 문제가 안 되지.
"아시시지?"
"예? 예."
그래, 그럴 줄 알았어. 나는 활짝 웃었다.
"안녕, 난 아리아드나야!"
"예, 압니다."
나한테 타이가 잡힌 채로 아시시가 고개를 끄덕인다. 그 모습을 보고 나는 또 웃었다. 자꾸 웃음이 새어 나오네. 진작 이렇게 들이댈걸. 왜 가만히 있었나 몰라.

나는 빙그레 웃고 아시시의 앞에 바싹 얼굴을 들이밀었다. 놀란 아시시가 몸을 빼는 게 느껴진다. 하지만 내 손에 쥐어진 타이 때문에 그게 쉽지만은 않았다.

"나한테 뭐 죄 지은 거 있어?"

"예?"

"왜 자꾸 날 피해?"

"저, 그게……."

곤란한 듯 아시시의 미간이 좁혀졌다. 이런 모습도 예쁘네. 역시 남자든 여자든 미모는 타고나야 하나 봐.

"혹시 말인데."

주의를 환기시키는 내 목소리에 아시시가 고요히 내 눈동자를 마주 본다. 마주치는 눈동자가 너무 숨 막힐 듯이 예뻐서 나는 나도 모르게 조용히 숨을 삼켰다.

"내가 싫어?"

"아, 아닙니다."

바로 나오는 부정에 오히려 내가 놀란다. 아시시는 잔뜩 당황한 채 고개를 내저었다.

"제가 어찌 공주님을……."

페르델의 말이 사실이구나. 날 싫어하는 게 아니라면 정말로 내가 다가가면 울까 봐 오지 못하는 모양이었다. 나는 타이를 놓고 대뜸 아시시의 손을 잡았다. 바로 아시시가 움찔한다. 아시시의 얼굴이 보기 안쓰러울 정도로 굳었다.

"그럼 왜 피해?"

"저, 저기 그, 그게."

"나 싫어서 피한 거 아니라며."

"예, 그것은 그렇습니다만⋯⋯."

곤란한 듯 아시시가 미간을 찌푸린다. 하지만 그냥 넘어갈 수 없단 말씀이지. 지금 확실히 해 놓지 않으면 다음에 또 도망칠 수도 있잖아? 나는 진지하게 물끄러미 아시시를 응시했다.

"그럼 왜 피한 거야?"

내 질문에 아시시가 입을 다문다. 혼란스러운 게 눈빛 속에서 느껴졌다. 차분히 아시시가 대답하기만을 기다린다. 이윽고 그가 입을 열었다.

"공주님께서는 제가 무섭거나 그러지 않으십니까?"

"응."

바로 나간 내 즉답에 아시시의 표정이 크게 흔들린다. 그의 목소리도 조금 흔들렸다.

"제가⋯⋯ 두렵지 않으십니까?"

"두려워해야 해?"

걸쩍지근한 건 좀 있다. 사실 그의 몸에선 카이텔에게서 느껴지는 것보다 더 진한 피비린내가 풍겨 왔고, 그 선연한 미모 아래에 감춰진 수많은 비명들이 들려오는 것만 같기도 했다. 확실히 아시시에겐 죽음의 그림자가 있었다. 어린애들이 무서워한다는 그 이유를 알 것 같다. 하지만 그렇다고 딱히 도망칠 이유는 없는걸. 날 죽이러 오는 살인마도 아니고.

"공주님께서는⋯⋯."

한참을 말을 잇지 못하던 아시시가 갑자기 눈을 내리깐다.

나는 당황했다. 이내 떠진 두 눈동자엔 어느새 눈물이 차오르고 있었다. 물기 어린 녹금안에 할 말을 잃는다.
"어, 울어?"
얘, 갑자기 왜 이래?
"저기 내가 뭐 잘못했어?"
아시시는 답 없이 고개를 가로저었다. 그러나 나는 눈물의 이유를 찾지 못했다. 대체 왜 우는 건데! 아시시가 고개를 숙인다. 내가 잡아당긴 타이 때문에 어쩔 수 없이 시선을 맞추려고 무릎을 꿇었던 아시시가 갑자기 내 눈앞에서 숨죽여 울기 시작했다.
"아시시? 아시시!"
몇 번을 불러 봐도 돌아오는 답이 없다. 무슨 남자가 이렇게 쉽게 울어?
도대체 어찌할 바를 모르겠다. 이게 뭐야, 내가 울린 거냐고! 대체 왜 우는 건데! 하지만 아무리 불러 봐도 울고 있는 아시시는 답을 해 주지 않았다. 뭐야, 진짜. 에라, 모르겠다.
다 큰 남자는 우는 거 아닌데.
내 앞에서 울고 있는 아시시를 꼬옥 안아 주며 나는 한숨을 내쉬었다.
난 정말 죄 많은 여자야.

* * *

어느새 달이 바뀌었다. 벌써 6월이었다.

그 사실에 웬일인지 나는 평소보다 더 들떴다. 왜냐고 묻는다면 대답해 주는 게 인지상정! 그건 바로 아클리스 때문이었다. 이제 보름만 더 있으면 드디어 아클리스가 뜨는 날, 드디어 내 눈으로 엄청 크다는 그 달을 보는 것이었다.

솔직히 저번 주까지는 아무 생각 없었는데, 일린이 떠들어 대며 자꾸 아클리스에 대한 이야기를 하니까 나도 모르게 손까지 꼽아 가며 기다리고 있었다. 오늘도 괜히 기대감에 부풀어 창문에 붙어서 창밖을 쳐다보고 있으려니 방을 정리하던 세르이라가 내 옆으로 다가온다.

"날씨가 좋네요. 산책 갈까요?"

"산책!"

산책 좋지! 내가 반색을 하자 세르이라가 웃는다. 아직 해도 안 졌고, 날씨도 포근한 게 산책하기 그만이었다. 하지만 일린이 반대한다.

"곧 폐하께서 오실 텐데요."

그 대꾸에 우리 둘 다 아무 말도 하지 못했다. 확실히 곧 저녁 먹고 잘 시간이긴 한데. 그래도 산책에 미련을 버리지 못하겠다. 괜히 창밖을 흘긋 쳐다보며 세르이라를 본다.

"그럼 산책 못 가?"

내 울상에 세르이라가 곤란한 듯 이마를 찡그렸다. 일린은 안 된다는 듯 엄한 표정을 지었으나 거기에 나는 더 세르이라에게 달라붙었다. 산책 정말 가고 싶은데. 맨날 돼토 산책시키느라 나가긴 하지만 내가 느긋하게 즐기면서 산책하는 건 정말 없단 말이야. 세르이라, 내가 이렇게 귀엽고 예쁜데. 응? 으응?

결국 내 조름에 못 당하겠는지 세르이라가 한숨을 내쉬었다.
"그럼 빨리 다녀와요, 우리."
아싸, 산책이다!
일린이 불만인 표정으로 항의했으나 난 바로 좋다고 신나서 외투를 껴입고 밖으로 나왔다. 얇은 겉옷이 밤을 가져오는 바람을 막아 준다. 아, 시원해.
여름이 오는 저녁은 서늘해서 기분 좋았다.
산책을 나오는 것도 좋은데 이건 무려 엄마랑 단둘이 산책이다. 그러고 보면 세르이라와는 항상 같이 있지만 이렇게 단둘이 있는 건 까마득할 정도로 오래간만이었다. 내가 말을 하고, 걷고, 아는 사람들도 하나둘 늘어나면서부터 정작 세르이라와 단둘이 오붓하게 있던 시간을 줄어들고, 그 시간을 다른 사람들과 보낸다. 물론 그게 싫다는 건 아니었지만……. 새삼 조금은 그리웠다. 둘만 있던 그 시간들이.
세르이라랑 나란히 손을 잡고 겨울나무가 있는 희사원에서부터 산책로를 아무거나 골라 걷는다. 일린은 뒤에서 불만 가득한 표정으로 따라오는 중이었다. 아, 그러고 보니 일린도 항상 같이 있구나. 내 옆에 있는 게 너무 익숙해서 도리어 탈이다.
내가 돌아보자 일린과 눈이 마주친다. 순간 짓는 내 미소에 일린의 표정이 밝아졌다.
"그러고 보니 공주님하고 이렇게 산책하는 것도 오랜만이네요."
"응."
"앞으로는 자주해요, 우리."
그래, 그러자.

"엇, 공주님!"

응? 일린의 목소리에 멈춰 섰다가 하마터면 돌부리에 걸려 넘어질 뻔했다. 세르이라가 빠르게 내 몸을 든 채로 안도의 한숨을 내쉰다. 나는 미안해서 괜히 웃었다.

육아는 전쟁의 연속이라더니, 엄마는 오늘도 전쟁을 치르고 계시는군요. 바닥에 또 뭐 없나 살펴보다 세르이라가 다시 날 바닥에 놓아준다. 그리고 다시 길을 걸으려는 순간 우리 앞쪽으로 낯선 무리가 우르르 보였다.

우리 애비도 수행원을 많이 끌고 다니지만 저기도 어째 만만치가 않다. 수행원이래 봤자 단출하게 둘밖에 없는 나랑은 완전히 대조됐다. 저렇게 수행원이 많은 걸 보니 사신이라도 되나? 웬만한 신분인 것 같은데. 하지만 아그리젠트에 체류 중인 사신은 이제 거의 다 본국으로 돌아가서 남은 사람이 별로 없었다. 어차피 달이 뜨면 환영과 달의 도시 티에폴로에서 또 만날 거라던데.

음, 진짜 사신인가?

그 순간 그 무리의 누군가와 내 시선이 마주쳤다. 어, 어라?

"우리 전에도 한 번 봤지요?"

사신이 아니었어? 그보다 시선이 마주치자마자 대뜸 다가와 웃는 얼굴을 보니 괜히 이쪽이 더 무섭다.

전에 보긴 봤지. 안타깝게도 앞질러 가던 무리의 주인은 전에도 본 적 있는 안두르스의 티레니아 공주였다. 윤기 흐르는 황금빛 머리카락이 발치까지 흘러내린다. 과연 시르비아와 맞먹을 정도로 아름다운 자태였으나 나는 왜인지 이 여자가 싫었다.

"어머, 공주님이 왜 이러실까?"

내 어깨를 잡는 손을 뿌리치고 바로 세르이라 뒤에 숨으니 세르이라가 곤란한 표정을 짓는다. 하지만 어쩔 수 없는걸. 저 여자, 싫어. 왜인지 내가 더 어렸을 때 나를 안았던 프레치아의 그 공주가 떠올랐다. 그때와 비슷한 기분이다.

"그쪽이 애 유모인가요?"

"예, 공주님."

"잠깐 제 궁으로 데려가도 될까요? 공주님이 예뻐서 과자라도 드리고 싶네요."

쟤가 뭐래? 과자는 평소에도 많이 먹거든? 나는 잔뜩 울상을 지은 채 세르이라를 붙잡았다. 엄마, 나 넘길 거 아니지? 그렇지? 하지만 우리 엄마는 권력이 없었다. 젠장, 뭐 어쩔 수 없지. 이젠 난 발도 있고! 뛸 수도 있어!

이렇게 된 이상 일린을 데리고 튀려고 뒤를 돌아봤다. 허나 일린은 이미 온데간데없었다. 아, 이게 대체 무슨!

"왜 대답이 없죠? 감히 내게 거역하는 건가요?"

세르이라가 인상을 쓴다. 우리 엄마 인상 쓰는 거 흔하지 않은데. 마음은 당연히 날 넘겨주고 싶지 않지만 그렇다고 대놓고 요청하는 저 공주를 무시할 수도 없는 상황.

아, 난 왜 아직 애새끼인 거야. 내가 조금만 더 컸어도 도도하게 꺼지라고 말할 수 있는데. 나는 불만 어린 표정으로 입술을 깨물었다.

"그럼 데려가겠어요. 자, 공주님, 이쪽으로 오세요."

쟤가 뭐래. 야, 우리 엄마가 아직 허락 안 했거든?! 그리고 나 가기 싫다고!

"왜 이러실까? 이리 오세요, 예쁜 공주님."

아부해도 소용없어, 너 싫다고!

"안 되겠다. 튀리, 좀 잡아 봐."

이놈의 공주가 날 막 잡아가네! 어쩔 수 없이 도망이라도 치려고 세르이라의 품에서 벗어났는데, 언제 다가온 건지 그녀의 수행원들이 날 붙잡았다. 이게 뭐야! 대체 내 자유와 인권은 언제쯤 보장받을 수 있는 거냐고! 아, 진짜, 아무나 좀 도와줘!

"추하군요, 티레니아 양."

내 마음의 소리를 듣기라도 한 듯 전혀 다른 사람의 목소리가 들린다. 반가운 목소리에 나는 고개를 돌렸다. 생각지도 못한 도움. 내 시야에 들어온, 한 손에 책을 쥔 채 수행원 없이 홀로 서 있는 사람은 바로……

"레일라."

레일라였다.

"네가 여긴 웬일이지?"

"지나가다 들렀어요. 조금 시끄러워야 말이지요."

두 여자 사이에 금세 팽팽한 공기가 흐른다.

나는 오랜만에 보는 레일라를 무슨 구세주 보듯 쳐다보았다.

레일라! 저 여자만 없었다면 달려가서 안겼을 텐데. 나와 시선이 마주치자 레일라가 작게 웃는다. 허나 미소도 잠시, 그녀는 바로 티레니아를 쏘아보았다.

"질투할 상대가 잘못되었다고 생각하지 않나요?"

"뭐가 어째?"

"그게 아니라면 이런 아이조차 제대로 어여뻐할 수 없을 정도로 질투에 눈이 멀었나요?"

그 말이 무슨 도발이라도 된 거지 순식간에 티레니아 얼굴이 굳어진다. 금세 표독스러운 표정이 그녀의 얼굴에 떠올랐다.

"네 말은 고작 딸을 낳겠다고 제 목숨을 바친 그 멍청한 여자를 질투하기라도 하라는 말이야? 그래 놓고 애를 낳자마자 죽은 그 멍청한 여자를?"

"그런 말은 안 했던 것 같은데요."

"네년이 상관할 일이 아니야. 넌 구석에 처박혀 조국의 멸망이나 슬퍼하지그래?"

"상당히 무례하군요."

오가는 말이 상당히 험하다. 어떡해? 말려야 하나? 첨예한 분위기 속에서 나는 발만 동동 굴렸다. 내가 그냥 꾹 참고 티레니아를 상대했으면 끝났을 일이었는데, 괜히 내 일에 끼어들어 레일라가 피해를 보는 게 아닌지 걱정됐다.

"같이 후궁에서 산다고 마치 너와 내가 동급이라고 생각하고 있는 것 같은데 말이야, 정신 똑바로 차려. 너랑 난 지위가 달라. 알아?"

어차피 그래 봤자 똑같은 카이텔의 액세서리면서!

모욕 받은 건 레일라였는데, 화가 나는 건 나도 마찬가지였다. 저게 어디 우리 레일라를! 냅다 달려가서 머리로 들이받을까 그 생각까지 했는데.

"뭐 하는……."

그 순간 싸늘한 목소리가 그 공간에 내려앉았다.

"짓거리들이지?"

달린 건지 가쁜 숨을 고르는 일린이 어느새 내 옆에 선다. 순식간에 고요해진 공간. 고개를 돌리니 낯익은 목소리의 주인공은 역시나 카이텔, 이 대륙에 단 하나밖에 없는 내 애비였다.

괜히 반가움에 눈물이 다 난다. 왜 이제 왔어, 이 자식아!

"에반젤리움이 닿은 분을 뵙습니다."

"에반젤리움의 광명이 비추기를."

두 공주는 뭐라 할 틈도 없이 고개를 숙이고 몸을 낮춰 황제를 뵙는 예를 다했다. 그 뒤에 있는 수행원들도 마찬가지. 심지어 일린과 세르이라마저 허리를 숙인 그 공간에서 나는 홀로 서 있다 그에게 달려 나갔다.

"아빠!"

나를 발견한 카이텔이 인상을 푼다. 내가 손을 벌리니 자연스레 그가 날 안아 들었다. 애비의 목을 끌어안고 잠시 안도의 한숨을 내쉰다. 잠시 어떻게 되는 거 아닐까 좀 무서웠다고, 엉엉.

나를 제 품에 안고 나자 카이텔이 제 시선을 두 공주에게 보낸다. 평소보다 살벌한 기운이 엄습했다. 카이텔이 살짝 빡친 모양이었다. 이걸 어째, 이러다가 잘못하면 전에 그 사달이 나는 게 아닌가 몰라.

딱히 티레니아 공주가 좋은 건 아니지만, 아니, 오히려 싫은 쪽이지만 그래도 죽일 만큼 싫은 건 아니었다. 나는 이 한 몸 희생해 이 공간의 어른들을 살려 주기로 마음먹었다. 무엇보다도 날 위해 나서 준 레일라에게 불통이 튀는 건 사양이다.

"나 추워! 배도 고파."

돈도 없어……. 거지냐?

순간 내 처지가 살짝 안쓰러웠으나 그보단 카이텔의 마음을 돌리는 게 급선무였다. 애비야, 내가 이렇게 맑고 초롱초롱한 눈으로 쳐다보는데. 응? 으응? 나 봐 봐. 귀엽지, 그치? 안 귀여워? 이상하다. 안 귀여울 리가 없는데. 내 귀여움은 하늘을 뚫는 귀여움이라고.

"돌아가지."

내 애교가 통했다!

카이텔이 몸을 돌린다. 나는 순식간에 환해진 얼굴로 카이텔의 목을 다시 끌어안았다. 우리 아빠 최고! 단지 몸을 돌리며 카이텔이 제 수행원들에게 눈짓을 한 건 마음에 걸렸지만.

설마 죽이지는 않겠지?

궁으로 돌아가자마자 미리 차려져 있던 저녁을 먹는다. 원랜 시간상 씻고 저녁을 먹어야 했는데, 카이텔이 먹고 씻는다고 해서 나도 같이 나중에 씻고 먼저 먹는 중이었다. 냠냠, 쩝쩝. 일용할 양식을 흡입하고 있으려니, 어느새 앞에 앉은 카이텔의 시선이 따가웠다.

"아깐 왜 그러고 있었던 거지?"

턱을 괸 채 보내는 시선이 무심하다. 꿀꺽 입안의 음식을 삼키고 나는 고민했다. 저렇게 보여도 우리 애비는 살벌한 인간이었다. 이건 앞으로 일어날 큰 사건을 암시하는 전초전이고. 여기서 이제 사실대로 말하면 그 언니는 뒈지겠지. 끄앙, 안 돼!

"산책하다가 마주쳤어."

"누구랑?"

"금발 언니."

일단 여기까진 사실이었다. 나는 그다음을 어떻게 잘 포장할까 머리를 굴렸다. 일단 그 언니는 아빠를 겁나 사랑하고! 그래서 나도 사랑하고! 그러다가 레일라가 날 지켜 줬어! ……라고 말하면 언니 사형이네. 아, 머리야, 좀 힘을 내 봐!

"왜 둘이 싸우고 있었지?"

"내가 너무 귀엽고 사랑스러워서?"

"……."

미안합니다. 죄송해요.

뭔지 모르겠지만 석고대죄라도 해야 할 것 같은 분위기였다. 애비의 침묵이 무거웠다. 너무 무거웠다.

"나랑 놀겠다고 둘이 싸웠어!"

에라, 모르겠다. 그냥 우기자.

최대한 심각한 표정을 지으며 나는 되는 대로 지껄였다.

"금발 언니는 내가 좋대. 레일라는 내가 더 좋대. 그래서 나랑 놀겠다고 싸웠어."

정말 내가 들어도 말이 안 되는 헛소리였지만 카이텔은 캐묻지 않았다. 도리어 가라앉은 시선으로 웃는다. 물론 비웃음이었지만.

"그런가."

"응!"

그러니까 레일라도, 금발 언니도 죽이면 안 된다. 알았냐, 애비야.

그새 그릇을 다 비우고 포크를 내려놓는다. 옆에서 세르이라가 나를 욕실로 데려가기 위해 손을 뻗었다. 세르이라의 도움을 받아 의자에 내려온 내가 잠시 카이텔을 돌아본다.

"아빠, 나 그럼 씻고 올게!"

내 목소리에 카이텔이 고개를 끄덕인다. 평소와 같은 반응인데 뭔가 불안하다. 거기다 조금 떨떠름했다. 대체 왜 떨떠름한 걸까 이유를 몰라 가만히 서서 물끄러미 애비를 보고 있는데, 갑자기 카이텔이 픽 웃었다.

"다녀와라."

"응!"

기다리기라도 했다는 듯 고개를 끄덕이고 바로 세르이라 손을 잡고 식당을 나온다. 딱히 기다린 건 아니었는데 말이지. 그래도 인사를 해 주니까 좀 덜 불안했다. 근데 나한텐 이래 놓고 가서 사형시키면 어쩌지? 끄응.

"먼저 가 있으세요."

"알았어."

욕실로 가 있으면 되는 거지? 성큼성큼 발을 내디디며 팔랑팔랑 걸어가는데, 갑자기 내 옆에 검은 그림자가 모습을 드러냈다. 놀라지 않은 건 아니었으나 그게 드란스테라서 좀 덜했다. 놀라긴 했는데 익숙하다고 해야 하나? 아, 내가 뭐래.

"새삼 보니 느껴지는군."

뜬금없이 드란스테가 입을 연다. 뭔 소리야? 나는 가만히 그를 올려다보았다.

"뭔 말이야?"

"너 외엔 아마 없을 거야."

뭐가 없을 거란 말이지? 나는 고개를 갸웃했다.

"앞으로도 아마 영원히."

너 약이라도 먹었니, 갑자기 무슨 헛소리야. 조용한 목소리가 마치 세뇌를 걸 듯 몽롱하다.

그러니까 대체 뭐가? 도대체 뭐가 없을 거란 말인가?

그러나 내가 먼저 의문에 답을 찾기도 전에 드란스테가 말을 끝마쳤다.

"카이텔에게 다가갈 수 있는 존재 말이야."

너무 확고한 목소리라 반박하기조차 어렵다. 당연하지 않느냐는 듯 드란스테가 어깨를 으쓱인다. 나는 좀 어이가 없었다. 갑자기 뜬금없이 나타나서 이게 무슨 헛소리래? 평소에도 좀 뜬금없긴 했는데 지금 이건 그중에 최고였다. 아니 대체 뭘 보고 그런 생각을 한 거야.

"그러니까 네 말은 내가 카이텔에게 다가갈 수 있는 유일한 존재라고?"

이건 또 무슨 신종 헛소리람.

"내가 딸이라서? 넌 걔가 고작 그런 이유로 날 편애한다고 생각하냐?"

"당연히 아니지."

당연히 아니라면서 아까 그 말을 한 의도는 뭐야. 내가 인상을 찌푸리자 드란스테가 나를 안아 들었다. 나 욕실 가야 되는데. 세르이라가 생각났지만 어쩐지 놔 달라고 말하긴 그렇다. 나는 물끄러미 마주치는 드란스테의 눈동자를 응시했다. 그의 눈동자가 푸르게 빛났다.

"네가 딸이라서가 아니야. 카이텔이 널 살려 둔 최초의 이유가 뭔지 한 번 생각해 봐."

"뭐? 벌레 같아서?"

이건 말해 놓고도 좀 슬픈데. 내 대답에 낄낄대긴 했지만 드란스테는 바로 고개를 저었다.

"생각해 보라고. 카이텔이 고작 그런 이유로 널 살려 줬다고 생각해?"

물론 아닐 거라고 생각한다. 단 한 번도 생각해 본 적 없지만. 답지 않은 진지한 모습에 괜히 한숨이 나왔다. 낮은 목소리가 조용히 생각을 종용한다. 마음 같아선 그냥 무시하고 싶지만, 뭐 궁금한 건 내 쪽이니까. 나는 가만히 생각에 잠겼다. 어느새 가라앉은 시선 끝에 닿는 건 드란스테의 검고 푸른 눈동자였다.

"내가 아무 저항도 하지 못한다는 것."

가끔 생각한다. 만약 내가 그와 처음 마주쳤던 그날, 내 목을 쥔 그 손에 발버둥을 쳤으면 어떻게 되었을까 하고. 아무에게도 묻거나 대답을 구하거나 하진 않았지만 나는 본능적으로 알았다. 그랬다면 이미 죽어 있었을 거란 사실을. 내 대꾸에 드란스테가 고개를 끄덕인다. 나는 거기에 하나를 더 덧붙였다.

"죽이려면 얼마든지 죽일 수 있는 생명체?"

"그리고 죽일 필요도 느끼지 못할 정도로 약한 생명체."

입꼬리를 비틀며 드란스테가 한마디 더한다. 나는 이마를 찡그렸다.

"살릴 필요도 없잖아."

"그렇다고 죽일 필요도 없지."

이해할 수는 없었지만 드란스테의 대꾸에 납득을 못하는 건 아니었다. 그래, 언제든 죽일 수 있으니 죽일 필요를 느끼지 않는다는 건 뭐 그럴 수 있지. 하지만 그게 왜? 내 의문에 답을 주듯 그가 조용히 속삭인다.

"게다가 배신이라는 걸 생각하지 못할 정도로 제게 맹목적이다."

아…….

저도 모르게 입술 깨문다. 그건 정말 막연한 깨달음이었다.

그랬구나. 그냥 살기 위해 필사적이었을 뿐인데, 다른 사람의 눈엔 그렇게 보였을 수도 있는 모습이었다. 하기야 지금도 그렇지만 나는 카이텔의 손에서 제일 얌전했다.

"그래, 카이텔 옆에서 아무리 알짱거려도 죽일 의욕도 느끼지 못하는 유일한 존재, 그게 너야. 현재 카이텔의 마음에 유일하게 접근할 수 있는 존재지."

왜 이런 말을 내게 하는 건지 모르겠다. 하지만 마주친 눈동자가 내게 말한다. 이건 진실이라고.

나는 발끈했다.

"너도 있잖아, 페르델도 있고, 또 아시시도 있고."

"달라."

말을 늘어놓던 입이 다물어진다. 필사적으로 반박하던 목소리가 순식간에 수그러들었다.

"우린 카이텔이 저렇게 되기 전에 알았던 인연으로 버티는 관계잖아. 오히려 끊어지지 않은 게 신기하지. 너와는 좀 다른 위치야."

하지만, 그래도…….

도망치고 싶다. 문득 그런 생각이 들었다. 그리고 그 생각을 하자마자 나는 깨달았다. 아니라고 부정하고 싶지만 이미 나는 드란스테의 말을 이해하는 모양이었다. 이렇게 그의 목소리가 듣기 싫은 걸 보니.

그가 나에게 좀 물러진 건 사실이니까.

"정말 신이라는 게 있고, 그 신이 카이텔에게 내려 준 마지막 구원의 손이라는 게 있다면 난 아마 그게 너일 거라고 생각해."

말을 잇는 드란스테의 목소리는 무척이나 낮고 가늘어서 곧이라도 끊어질 듯 위태로웠다. 마치 내 마음같이.

"너밖에 못해. 카이텔을 사랑하는 것. 그에게 사랑이라는 걸 가르치는 것."

진짜 그럴까? 나는, 나는 정말 잘 모르겠다.

애초에 사랑을 주고 사랑을 받는다는 것 자체도 그게 뭔지 모르겠다. 나는 사랑을 받고 자랐지만 내가 사랑을 주는 걸 할 수 있는지도 잘 모르겠다. 갑자기 머리가 하얘진다. 정말, 아무것도 모르겠다. 자신이 없었다.

스물 몇을 살았어도 인간관계는 매번 처음처럼 어려운데. 너무 어려워서 도리어 무서워.

"넌……."

고개를 들자 드란스테가 보인다. 나는 지체 없이 그에게 물었다.

"카이텔이 행복하길 바라?"

"아니."

답은 즉시 나왔으나 드란스테의 표정에서 나는 그 대답이 거짓이라는 걸 쉽게 알아차렸다. 아니긴 개뿔. 드란스테가 카이텔을 사랑하거나 그런 건 아니었다. 이놈은 원래 그런 감정이라는 걸 모르는 놈이니까. 하지만 이건 알 수 있었다. 카이텔이 잘되기를 바란다는 것. 어째서인지 그 이유는 모르겠다만 드란스테는 적어도 카이텔이 불행하기를 원하지는 않았다.

"그런 거 바란 적 없는데."

무슨 헛소리냐는 듯 드란스테가 내 질문을 비웃는다. 나는 그 비웃음을 똑같이 비웃어 주었다.

"웃기시네."

혹시 몰라 시녀들의 소문을 열심히 잘 들었는데, 다행히 그 이후에 무슨 피바람이 부는 소식은 들려오지 않았다. 애비가 다행히 그냥 넘어가 준 모양이었다. 정말 다행이었다.

"난 오늘 일찍 가 봐야 돼."

"할머니 만나러?"

품에 안고 있던 돼토를 내게 넘겨주며 그레시토가 고개를 끄덕인다. 그레시토의 할머니는 다행히 요새 병세가 호전되고 있는 중이라고 했다. 세르이라가 신경을 많이 썼는데, 정말 다행이었다. 내가 고개를 끄덕이자 그레시토가 방긋 웃는다.

"그럼 다음에 봐!"

"응. 잘 가!"

일린이 그레시토의 손을 잡고 궁 밖으로 나간다. 나는 그레시토가 보이지 않을 때까지 손을 흔들어 주었다.

"우리도 들어갈까요?"

"그럴까?"

세르이라의 말에 안 그래도 돌아갈 시간이라는 걸 자각한다. 곧 저녁 먹어야겠네. 하지만 내 품 안에서 돼토가 꿈지럭거리는 걸 보니 바로 들어갈 생각은 들지 않았다. 어휴, 이건 돼지야, 토끼야?

"나 잠깐 돼토랑 한 바퀴 돌고 올게. 이 돼지 좀 봐!"

"그럼 들어갈 준비해 놓고 기다리고 있을게요."
"응!"
세르이라가 나와 그레시토가 늘어놓은 장난감들을 정리하는 동안 나는 가볍게 근처를 돌기 위해 발을 옮겼다. 돼토가 쿵쿵거리며 빨빨거린다.
"조금만 더 움직이자, 돼토야. 살 빼야지. 응?"
내 목소리에 돼토가 움직인다. 그래, 우리 다이어트 성공해서 날씬한 토끼가 돼야지. 우리를 비웃는 카이텔의 코를 납작하게 만들어 주는 거야! 포부도 당당한 내 계획에 다행히 돼토도 동참할 모양인지 잘도 움직인다. 그 뒤를 콧노래를 흥얼거리며 따라가다가 나는 문득 시야에 들어오는 한 남자를 발견했다.
"아시시다!"
반가운 마음에 소리치니 멀리 있던 아시시가 뒤를 돌아본다. 그러나 날 보자마자 굳어지더니 바로 도망치려고 했다. 아니, 저놈이!
"아시시!"
너 또 도망치는 거냐, 이 썩을 놈아.
그러나 이번엔 전과 조금 달랐다. 달리다가 내 부름에 멈칫한다. 그 덕에 돼토를 달고도 금세 아시시를 따라잡을 수 있었다.
"아시시, 왜 여기 있어? 나 봤잖아. 나 또 피하는 거야?"
"아, 아닙니다."
"그럼 왜 나한테 가까이 안 와?"
내 대꾸에 말이 없다. 나는 물끄러미 아시시를 올려다보았다.
"공주님께선 정말…… 제가 무섭지 않으신 겁니까?"
또 그 소리냐? 두려움 가득한 건 오히려 내가 아니라 아시시인 것 같은데. 소리 없는 한숨이 내 입에서 흘러나온다.
 이런 거 백 번 말해도 씨알도 안 먹힐 것 같다.
 나는 대뜸 아시시의 손을 끌어당겼다. 내 손이 잡자 아시시의 팔이 움찔한다. 내 두 배 이상은 될 것 같은 손이 내 손안에 들어온다. 나는 그 손을 가져다가 내 뺨에 갖다 댔다.
 "난 아시시가 좋은걸. 아시시는 나 싫어?"
 올려다보는 내 시선에 아시시의 얼굴이 보인다.
 "아니요."
 살짝 찡그린 곤란한 그 표정이 내게는 꼭 겁먹은 어린아이처럼 비춰졌다.
 "좋아합니다."
 좋아한다는 말이 이렇게 기분 좋구나. 나는 빙그레 웃었다. 내 환한 미소에 아시시가 불안한 시선을 보낸다. 대체 뭘 그렇게 망설이는 건지.
 "단지."
 "응?"
 말을 하려다 아시시가 제 입술을 깨문다. 짓이겨지는 아시시의 붉은 입술이 너무 안쓰러웠다. 침착하게 아시시가 말을 꺼낼 때까지 기다린다. 옆에서 돼토가 쿵쿵거리며 재촉했지만 신경 쓰지 않았다. 돼토야, 지금 네가 문제가 아니라고.
 "저 같은 놈이 공주님 곁에 있어도 되겠습니까?"
 마침내 들려온 질문에 불만스레 미간을 찌푸린다.
 "아시시가 뭐 어때서?"
 도대체 뭐 때문에 이러는 건지는 모르겠지만, 나는 더 과장되게 고개를 끄덕였다. 그리고 바로 그에게 달라붙는다. 바싹 다가가자 아시시가 두 눈을 동그랗게 떴다.

"당연히 같이 있어도 되지. 나한테 아시시는 세상에서 제일 멋있는 기사님인데!"

뻐끔뻐끔. 아시시가 말을 잇지 못한다.

어쩐지 감격한 표정에 나는 도리어 미안했다. 얘, 왜 이리 순수하냐. 순수하지 못해서 도리어 미안하네. 멀거니 아시시를 쳐다보니 시선을 어디다 줘야 할지 모르는 듯 눈을 깜빡이다 아시시가 갑자기 고개를 숙였다.

"죄송합니다."

그리고 황급히 잡힌 자신의 손을 빼내더니 쌩하니 도망친다. 이 자식이 또 튀네! 하지만 그다지 잡으러 가고 싶은 생각은 들지 않았다. 내가 달려가서 붙잡으면 또 울 것 같았다고 해야 하나. 대체 뭐가 죄송하단 건지.

"돼토야, 저 오빠 좀 이상하다. 그치?"

마치 내 말에 수긍이라도 하듯 돼토가 킁킁댄다. 나는 잠시 쭈그려 앉아서 돼토의 등을 쓰다듬어 주었다. 부드러운 털의 감촉이 내 손에 느껴진다.

그렇게 가벼운 산책을 마치고 세르이라가 있는 곳으로 돌아오니 오늘은 일이 빨리 끝났는지 카이텔이 날 기다리고 있었다.

"잘 놀았나?"

"파파!"

반가운 모습에 금방 달려가니 카이텔이 날 받아 든다. 내가 가지고 있던 목줄은 세르이라가 가져갔지만 우리 둘의 시선은 똑같이 돼토에게 가 있었다.
"대체 언제 잡아먹을 거지?"
"안 잡아먹는다고!"
그리고 이건 식용도 아니라며!
내가 발끈하자 카이텔이 웃는다. 그 모습이 얄밉기 그지없으나 나는 늘 그렇듯 그냥 씩씩대고 넘어갔다. 다 웃은 건지 웃음이 잦아들자 카이텔이 내 머리를 쓰다듬는다.
"오늘은 너한테 볼일이 있다."
"응?"
무슨 볼일? 날 안은 채 카이텔이 솔레이로 향한다. 나는 의아한 표정으로 계속 고개를 갸우뚱거렸다. 하지만 가르쳐 줄 생각이 없는 건지 내 머리만 쓰다듬을 뿐 카이텔에게선 대꾸가 없었다. 뭐야?
솔레이 궁, 식당도 아니고, 알현실도 아닌 응접실. 나는 그곳으로 들어서는 것도 의아했지만 그곳에 들어서자마자 보인 낯익은 얼굴들이 더 의아했다. 페르델? 그리고 아까 나한테서 도망친 아시시도 그 자리에 함께 있었다.
뭐지, 이건.
상황을 몰라서 괜히 방이나 한번 돌아보는데, 갑자기 페르델이 웃으며 내게 다가왔다.
"앞으로 공주님을 호위하게 될 기사입니다."
"어?"
카이텔이 날 내려놓는다. 내 발로 서며, 나는 인상을 찌푸렸다.
"그게 무슨 소리야? 호위?"
"예."

호위라고? 무슨 호위?

카이텔을 돌아봤지만 카이텔은 별다른 말이 없다. 페르델도 마찬가지로 웃기만 할 뿐 별말이 없었다. 결국 아시시에게로 시선을 돌린다. 아시시는 어쩐지 긴장된 기색을 서 있었다.

"앞으로 아시시가 공주님의 수호기사입니다."

에에? 내가 방금 뭘 들은 거지? 깜짝 놀라 바로 페르델을 돌아본다.

"하지만…… 아시시는 아빠의 기사잖아?"

"괜찮습니다. 폐하께서도 이미 허가하신 일이십니다."

카이텔, 네 이놈, 대체 무슨 짓을 벌인 게냐!

뒤를 돌아보니 카이텔은 말없이 어깨를 으쓱일 뿐이었다. 진짜? 정말? 시선으로 물어보지만 앞을 보라는 손짓만 할 뿐 답이 없다. 결국 나는 앞을 보았다. 눈앞에 아시시가 선다. 늘 내가 먼저 갔는데, 이렇게 다가오는 걸 보니 참 아이러니하게도 어디 도망이라도 치고 싶은 기분이었다. 괜히 침을 삼킨다.

아시시가 내 앞에 무릎 꿇었다.

"정식으로 다시 인사드립니다."

낮으면서도 엄중한 목소리. 나는 숨을 죽였다.

"겨울달의 제 1검 아시시 자바이칼입니다."

우리의 시선이 마주친다. 나는 그 눈동자를 보며 순간 이상한 기분에 휩싸였다. 그렇게 피하고 다니더니. 어쩐지 얼떨떨하긴 했지만 싫은 기분은 아니다. 금세 환하게 웃으며 내가 고개를 끄덕인다.

"아리아드나, 앞으로 잘 부탁해!"

악수나 하자는 의미에서 손을 뻗었는데, 아시시는 그 손을 잡아

그 손등 위에 짧게 키스했다. 이게 아닌데. 그러나 다음 순간 아시시의 입가에 지어진 옅은 미소에 그만 나는 할 말을 잃어버렸다.
"앞으로 잘 부탁드립니다, 마이 레이디."

― End. Assisi

별이 뜨는 밤은 서늘했다.

오랜만에 밟는 곳이건만 희사원은 기억 속 그대로의 모습으로 가끔 찾아오는 나그네를 위로한다. 아시시는 그 위에 서서 이를 악문 채 벅차오르는 감정을 감내해야 했다.

스스스.

바람결에 겨울나무가 흔들리는 소리가 귀를 멀게 만든다. 그 아래에 무릎을 꿇고, 문득 희게 빛나는 겨울나무를 올려다보았다. 소리 없는 나무의 위로가 절망에 빠진 한 기사의 영혼을 다독인다.

언제부터인지 모른다. 이렇게 아무도 없는 틈을 타 이 나무 앞에서 무릎을 꿇고 앉아 있는 일이. 대체 언제 적이었던 건지 도무지 기억나지 않았다. 엄청 오래되었다는 건 아는데, 정확히 얼마나 오래된 건지는 모르겠다. 그래도 아시시는 좋았다.

멀거니, 이렇게 아무것도 하지 않고 바라보고 있으면 언제나 용

암처럼 들끓던 마음이 마치 거짓말처럼 진정된다. 끝없이 물고 늘어지는 질문과 번뇌 역시 깨끗이 사라진다. 그래서 아시시는 늘 이 나무 근처에만 있었다.

죽음이 이런 것일까.

"아직도 겨울나무에 고해성사를 하는 건가?"

낯선 목소리에 아시시가 고개를 든다. 놀란 표정이었으나 곧 얼굴에서 그 표정은 사라졌다. 모습을 드러낸 것은 어째서인지 잠들지 않은 카이텔이었다. 익숙한 제 군주의 모습에 기사가 웃는다. 그러나 그것은 웃음이라기엔 지나칠 만큼 서러웠다.

"수백 번을 고백한다 해도 사라지지 않을 죄입니다."

수만 번을 고백한다 해도 사라지지 않는다.

그저 제가 새겨 넣은 죄악에 더 심한 자책만이 돌아올 뿐.

그럼에도 이 고백을 멈추지 않는 건 언젠가 끝나리라는 부질없는 희망을 놓지 못하는 미련 때문이었다.

둘 사이에 깊은 침묵이 가라앉는다. 누구도 깨지 않고, 누구도 깰 생각이 없는 침묵. 그 원인이 전적으로 제 자신에게 있다는 걸 알고 있지만 아시시는 늘 그의 군주가 자신이 입을 여는 걸 좋아하지 않는다는 걸 알았다.

그럼에도 오늘은 이상하게 마음이 동한다.

"폐하의 따님을 보았습니다."

나지막한 목소리가 고요히 울렸다. 카이텔이 무심하게 고개를 돌린다. 시선이 마주쳤다.

"알아. 인사시켜 줬잖아."

"아니요."

바로 부정하는 목소리에 카이텔이 인상을 쓴다. 아시시는 개의 치 않고 덧붙였다.

"그 전에도 보았습니다."

그 후에도…….

잠시 잠깐 아주 짧은 시간 스쳐 지나가듯 본 것이었지만 그럼에도 뇌리에 강하게 남는다. 어쩔 수 없이 제가 베야 했던 생명들과 다를 바 없는 여린 생명체였는데.

놀라웠다.

작은 생명체는 그렇게 늘 항상 경이로운 것인지, 놀라웠다. 조금만 세게 쥐어도 바스라질 것 같다. 그런데 어떻게 그렇게 작은 몸으로 그렇게 작은 손으로 자신과 같이 숨을 쉬고 이 땅에서 살아가는 건지 아시시는 도무지 믿을 수가 없었다.

"웃는 게 참으로 어여쁜 공주님이셨습니다."

저 먼 땅에서도 황궁의 소식은 들린다. 하루에도 수백이 죽고 수백을 죽이는 그 땅에서도 주군의 딸이 태어났다는 소식은 들렸다. 그리고 그 딸이 주군의 손에 죽지 않고 공주로 인정돼 자라난다는 소식도. 허나 그때만 해도 아시시는 아무 생각도 없었다.

늘 그렇듯 저를 옥죄는 죄악에 지쳐 스스로를 좀먹는 자책에 나가떨어졌을 뿐. 설령 보게 된다 해도 별다를 바는 없을 거라 생각했다.

그러나 막상 눈으로 보게 된 순간, 아시시는 제 눈이 본 것을 의심했다.

이런 생명도 이 땅을 살아간다.

그것은 대체 어떤 축복이란 말인가. 죄악이라고는 하나도 없을 것 같던 그 맑은 눈동자, 제 손에 닿았던 온기가 도저히 잊히지 않는다. 뜨겁기까지 했던 손의 온기. 맥없이 무너지던 저를 안아 주던 그 작고도 작은 품. 그 품 안의 온기만큼은 진정 진실이었다.

"말해."

단호한 목소리에 고개를 든다. 둘의 시선이 마주쳤다.

"나한테 하고 싶은 말."

얼마를 떨어져 있었건 카이텔은 늘 제 자신의 진심을 쉽게 헤집는다. 항상 가면으로 덮고 거짓으로 감싸고 무표정으로 숨기는 데도 불구하고 그의 주군은 항상 그의 진실을 알아차렸다.

흔들리는 아시시의 표정에 대고 카이텔이 확신한다.

"있잖아?"

기사의 고개가 숙여진다. 입술을 깨물고 무언가를 인내하는 듯 그의 미간이 찌푸려졌다. 어느새 주먹 쥔 손은 떨리고 있었다.

"항상 죽고 싶었습니다. 제가 죽는다 한들 이 영혼이 닿을 곳은 지옥밖에 없음에도, 그래도 이 숨이 끊어지기만을 간절히 바랐습니다. 내일은 눈을 뜨지 못하기를, 항상 오늘이 끝이기를. 그렇게 빌고 빌며 폐하께서 제게 내리실 그 안식만을 간절히 바라며 살아왔습니다."

언제부터 반복된 건지 이제는 기억조차 나지 않는다. 그저 이 고통이 끝나길, 이 삶이 끝나길, 그리하여 벗어날 수 있길. 마치 고장 난 인형처럼 그것만을 되풀이하며 그렇게 이어 온 숨이었다.

"이런 저를 가만두면 스스로 제 목숨을 끊을까 염려하신 것 잘 압니다."

아시시는 숨을 한번 들이마셨다. 그조차도 고통스럽다.

"폐하의 기사가 된 이후 제가 간 그 수많은 전쟁터에서 벗어날 수 없었던 이유도 아주 잘 알고 있습니다. 그렇다고 그동안의 제가 잘못 살았다고 생각하진 않습니다. 이 지상엔 제가 깃들 곳은 여전히 없겠지요. 희망이라 부르는 것도 결국 부질없는 허울이라는 건 여전합니다. 허나."

허나……. 그 한마디가 강하게 와 박힌다. 카이텔은 조용히 이어질 다음 말을 기다렸다. 아시시가 숨을 고른다. 그의 손에 힘이 들어갔다. 어느새 바닥의 풀을 쥔 손이 떨렸다.

"처음으로."

이 한마디를 내뱉는 것조차 힘겹다.

"태어나서 처음으로."

그의 두 눈이 감긴다. 벅찬 숨을 토해 내며 아시시는 기어코 그 한마디를 털어놓았다.

"누군가를 지켜 주고 싶다는 생각을 했습니다."

환하다고 생각했다. 바로 닿은 그 숨결에, 미소 짓는 그 얼굴에 처음으로 빛이라는 걸 접한 사람처럼 어안이 벙벙했더랬다. 마치 숨통이 트이는 기분. 이런 것이 바로 살아 있다는 기분이구나, 그렇게 느꼈다. 늘 언제나 어둠 속에서 저 홀로 호흡하고 있었는데 눈앞에 같이 호흡해 주는 생명이 피어올랐다.

"누군가의 미소를, 누군가의 행복을, 누군가의 미래를 이 손으로 지키고 싶다는 생각을 했습니다. 아무짝에도 쓸모없는 이 목숨을 바쳐서라도 지키고 싶다는 마음을 품었습니다. 감히 제가, 이렇게 미련하고 멍청한 제가 그분을 지키고 싶다고 생각했습니다."

이런 감정을 무어라 표현해야 할지 사실 잘 모르겠다.

너무 생소하고 낯설어서 마치 다른 세상에 던져진 기분이었다. 하나부터 열까지 그 무엇도 알 수 없었다. 그러나 그럼에도, 그럼에도 불구하고 맹목적으로 열망한다.

지키고 싶다.

너무나 작고 너무나 여려서 가만히 놔두면 부서질 것 같은 저 생명을 제 자신이 바스러지는 한이 있어도 지키고 싶다.

처음으로 그렇게 바랐다. 정말 처음으로, 목적 없이 부유하던 이 삶에 목적이 생겼다. 정말이지 저 생명을 지키기 위해서 제 자신이 죽는다고 해도 기쁘게 눈을 감을 수 있을 것 같았다.

그런 감정은 처음이었다.

"물론 제가 지금 얼마나 주제넘은 소리를 지껄이고 있는지 압니다. 말도 안 되는 바람을 품었다는 것도 압니다. 다른 누군가의 것을 빼앗았던 이 더러운 손으로 감히 그분을 지키겠다 나서는 게 얼마나 건방진 소리인가도 잘 알고 있습니다. 이런 죄악을 뒤집어쓴 제가, 이렇게 더럽고 이렇게 추악한데 감히."

숨이 턱 막힌다. 절로 쓴물이 올라왔다. 문득 이런 것조차 바라면 안 될 정도로 제 자신이 추악하다고 느낀다. 너무 역겹고 지독해서 토악질이 나올 것 같았다.

하지만, 하지만 그렇다고 해서 포기할 수는 없었다.

그 모든 자괴감이 단 한 가지 생각에 무너진다.

깨지면 어쩌지? 부서지면 어쩌지? 문득 겁이 났다. 환한 미소를 다시는 볼 수 없으면 어쩌지? 망가져 버리면 나는 어쩌지? 막막함이 숨통을 조인다.

함께하지 못해도 좋다. 먼발치에서 바라만 보아도 좋다. 지킬 수만 있다면 뭐든 좋았다. 바라보기만 해도 좋다. 아니, 사실 바라볼 수라도 있으면 더 바랄 건 없었다.

목적도 신념도 살아가는 이유조차 없는 삶이다. 오로지 제 자신의 죽음만을 기다리며 살던 삶이었다. 제 주군이 내려 줄 그 안식만을 기리며 그렇게 부질없이 이어 가던 숨이다.

그렇게 모든 것을 놓아 버렸지만, 그래도 살아 있어서 다행이라는 생각을 해 본다. 단 한 번도 자신이 무언가를 원하게 될 것이라 상상조차 해 보지 못했다.

"폐하를 닮은 그분이 무사히 크는 모습을 곁에서 지켜보고 싶습니다. 설령 제 영혼이 구원받지 못한다고 해도 그 곁에서 살고 싶다는 욕망을 짓누르고 싶지는 않습니다."

자신의 생을 걸고 비는 소원.

허락받지 못해도 좋았다. 이대로 거절당하고 버림받는다고 해도 제 나름대로의 방법으로 지킬 방법을 찾아볼 생각이었다. 언제나 바라던 것이 제 삶의 끝이 아닌 다른 것이란 사실에 온몸이 환희에 젖는다. 기쁨으로 지르는 비명이 무엇인지 이제는 알 것 같았다.

"그분이 보는 내일을 함께 보고 싶습니다."

카이텔에게서 오는 답은 없었다. 아시시는 쓴웃음을 삼켰다.

"지금 제 이 요청이 모든 걸 포기하고 폐하의 기사가 되었던 날의 맹세를 배반하는 것이라는 걸 제가 제일 잘 알고 있습니다. 그 대가로 제 목숨을 요구하면 기쁘게 드리겠습니다. 다시 끝없는 전쟁터로 나가라 명령하셔도 기꺼이 따르겠습니다. 다만 제 목숨이 붙어 있는 한은 그분 곁에 있고 싶습니다. 죽음 이후의 영원을 지옥에 떠돌아도 좋습니다. 제가 드릴 말씀이 이런 것밖에 없어 송

구합니다."

문득 그와 처음 만난 날이 떠오른다. 자신이 그에게 기사의 맹세한 날도 떠올랐다. 둘 사이에 쌓여 있는 시간, 그리고 맹세. 아무도 아시시의 지옥을 알아주지 않았다. 이렇게 고통스러운데 이렇게 죽을 것만 같은데, 그 지옥에 홀로 살아 있었다. 카이텔은 그때 만난 최초이자 마지막 이해자, 그리고 구원자였다.

"우리가 처음 만났던 날이 생각나나?"

감정 없는 목소리가 말을 건다. 고저 없는 어조는 참으로 무심했다. 아시시는 카이텔이 이런 점은 변하지 않았다고 생각했다. 그의 주군은 어릴 적부터 무심한 사람이었다.

"넌 그날도 이렇게 무릎 꿇고 있었고, 나는 널 무심하게 내려다보고 있었지."

장소도 이곳이었다. 황궁에 들어올 적이면 늘 이곳으로 찾아왔으니까. 아시시가 고개를 숙인다. 그 어린아이들이 벌써 이렇게 자라 있었다.

"아시시."

자신을 호명하는 목소리에 아시시가 고개를 든다.

"넌 단 한 번도 더러운 적 없었어."

마주친 붉은 눈동자에 무슨 말을 해야 할지 몰라 입을 벌린 채 아시시는 굳었다. 그 순간 카이텔이 웃는다. 처음 보는 힘없는 미소였다. 그러나 그 미소는 곧 지워졌다.

"네 요청을 허가한다."

엄격한 목소리가 선고한다.

"널 아리아드나 공주의 수호기사로 임명하마."

차마 감사의 말을 입 밖에 내지도 못했다. 미처 이렇게 쉽게 허락해 줄 줄은 몰랐다.

아시시는 벅찬 감정에 입술을 깨물었다.

"그래도 제 군주는 폐하십니다."

카이텔이 웃는다. 아까와는 다른 큰 웃음. 그것은 보는 사람이 다 시원할 정도로 환한 웃음이었다.

"그것참 영광이네."

Arca I

하데이언력 511년, 7월 1일, 날씨는 맑음!

우리 세르이라 님은 너무 공주님께 무르시다! 좀 더 엄하게 대하셔도 될 텐데, 오늘 공주님은 간식으로 푸딩이랑 초콜릿 케이크를 두 개씩 먹어 치우셨다. 다들 주방장이 만든 특별한 간식이라지만 그래도 칼로리 걱정을 안 할 수가 없다.

저러다 살이라도 찌면 어쩌지?

……하긴 살이 쪄도 우리 공주님은 예쁠 거야.

어쩐지 날이 지나갈수록 공주님께서 괜한 꾀만 늘어가는 것 같지만 기분 탓이겠지. 사실 이걸 쓰게 된 이유가 있는데…….

오늘 공주님이 처음으로 먼저 내 품에 안기셨다, 꺄악! 어린 품이 얼마나 작고 따뜻한지. 아, 어디다 자랑하고 싶은 기분이었다.

아, 우리 공주님은 진짜 진짜 너무 귀여워.

-어느 황궁 시녀의 일기에서 발췌.-

(황제의 외동딸 3권에서 계속)

BLACK LABEL CLUB 004
황제의 외동딸 2

1판 1쇄 발행 2013년 1월 14일
1판 19쇄 발행 2024년 3월 13일

지은이 윤슬
펴낸이 최원영
편집장 예숙영
편집 박상희 최은지
편집디자인 한방울
마케팅 김민원 조은걸
물류 이순우 최준혁 박찬수

펴낸곳 ㈜디앤씨미디어
출판등록 2002년 5월 1일 제117-90-51792호
주소 서울시 구로구 디지털로 26길 111 JnK디지털타워 503호
대표전화 (02)333-2513 팩스 (02)333-2514
전자우편 dncbooks@dncmedia.co.kr
디앤씨북스 블로그 http://blog.naver.com/dncbooks

ISBN 978-89-267-6142-7 (04810)
ISBN 978-89-267-6140-3 (SET)